思君下渝州

——探寻重庆古诗地图

张永才　姜春勇 ◎ 主编

SIJUN XIA YUZHOU
TANXUN CHONGQING GUSHI DITU

重庆出版集团　重庆出版社

图书在版编目(CIP)数据

思君下渝州：探寻重庆古诗地图 / 张永才，姜春勇主编. —重庆：重庆出版社，2017.12
ISBN 978-7-229-12969-9

Ⅰ.①思… Ⅱ.①张…②姜… Ⅲ.①古典诗歌—诗集—中国 Ⅳ.①I222.72

中国版本图书馆CIP数据核字(2017)第316435号

思君下渝州
——探寻重庆古诗地图
SIJUN XIA YUZHOU

张永才 姜春勇 主编

责任编辑：徐　飞
责任校对：何建云
装帧设计：彭平欣

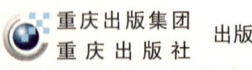

重庆出版集团　出版
重庆出版社

重庆市南岸区南滨路162号1幢　邮政编码：400061　http://www.cqph.com
重庆出版社艺术设计有限公司制版
重庆天旭印务有限责任公司印刷
重庆出版集团图书发行有限公司发行
邮购电话：023-61520646
全国新华书店经销

开本：787mm×1092mm　1/16　印张：24.25　字数：385千
2017年12月第1版　2017年12月第1次印刷
ISBN 978-7-229-12969-9
定价：79.00元

如有印装质量问题，请向本集团图书发行有限公司调换：023-61520678

版权所有　侵权必究

《思君下渝州——探寻重庆古诗地图》
编辑委员会

主　任

张永才

副主任

姜春勇　李　鹏

委　员

雷太勇　李　耕　张红梅　李　诗
周　勇　任　锐　单士兵

《思君下渝州——探寻重庆古诗地图》
编辑室

主　编

张永才　姜春勇

副主编

吴国红　兰世秋

编　辑

牛瑞祥　匡丽娜　夏　婧　李星婷
黄琪奥　刘蓟奕　李　珩　强　雯
申晓佳

在探寻古诗中触摸巴渝文脉（代序）

姜春勇

文化是一个国家、一个民族的灵魂。

党的十九大报告强调要"推动中华优秀传统文化创造性转化、创新性发展"。用中华优秀传统文化精髓滋养当代中国人的精神世界，提振人们的精神力量，这是党报的使命与责任担当。

"江流自古书巴字，山色今朝画巨然。烟火参差家百万，波涛上下浪三千。"

重庆日报"重走古诗路 思君下渝州——探寻重庆古诗地图"全媒体系列报道从2017年6月启动，历时4个多月，采访团队走遍全市38个区县（自治县），行程逾万公里，挖掘史料、对话专家、实地寻访，在山水间遍寻诗人留下的印迹，在街巷里寻觅巴渝优秀文化的传说……

36期，16万字的报道，梳理出的古诗近万首，这是重庆第一次对巴渝古诗脉络进行全面梳理报道，堪称一项大规模的文化传播工程。"从来没有人做过这样题材的报道。""这是一项文化大工程！为你们点赞！"这是我们在采访中听到最多的话。

我们犹如入宝山而满载归。

巴渝古诗在灿若星河的中华优秀传统文化宝库中闪耀着神秘深邃的光芒。

"朝辞白帝彩云间，千里江陵一日还""无边落木萧萧下，不尽长江滚滚来""何当共剪西窗烛，却话巴山夜雨时""曾经沧海难为水，除却巫山不是云"……这些源于巴渝的诗篇已是家喻户晓，传唱千古，重庆还为中国古代诗歌贡献了"巫山高""竹枝词"等诗歌体。

李白、杜甫、白居易、李商隐、苏轼、黄庭坚等众多诗人在重庆留下灿烂诗篇。这些诗作或托物言志、感怀时事，或吟诵重庆的山川景物、风土人情，滋养了一代又一代重庆人，为巴渝文化留下宝贵的精神财富。

这是一次礼敬之旅。我们以客观、理性、虔诚的态度来讲述这些古诗的故事，其中蕴含着哪些中华优秀传统文化的人文精神？这些古诗背后有着怎样的故事？那些历代文人诗吟过的地方，今天发生了怎样的变化？在挖掘古诗中传播文脉，在实地感悟中记录变迁。整个系列报道因其较高的文化价值、较好的传播力和较广的关注度，在社会上引起了热烈反响。

专家称赞报道在"追寻古人留下的足迹中穿越历史、连接时空、感悟变革、见证辉煌，通过系列化、大版面、融合式、持续性传播，让受众在审美沉醉中浓郁乡愁，在古今对比中触摸沧桑，进而领略重庆美丽多姿的山川景物和美丽独特的风土人情"。

这是一次开拓之旅。过去，曾有学者对巴渝古诗词作过研究，但多是以时间为轴，或以名人为轴，研究的范围也多集中在三峡周边地区，而"重走古诗路"系列以区域划分为轴线，对全市古诗路进行全面整体梳理，无疑令这组报道具有了开创性和创新性。

其实，正像中原有《诗经》、楚地有《楚辞》一样，从古代的巴人歌谣开始，巴渝大地就一直被古老的诗歌吟诵，只是，随着时光流逝，它们中的一部分散落、湮没在某个地方尚未被今人发现。我们做的就是探寻、挖掘、考证重庆古诗的基础工作——从古诗入手，沿着历代文人墨客的行迹，重走这条开满优秀传统文化鲜花的古诗路，为读者拼出一幅重庆古诗的全景图。

采访中，我们遇到了前所未有的困难。古代巴渝几经战乱，很多史料都已散失在岁月的烟云中，而各区县对古诗的整理出版程度不一，要重新去挖掘梳理这块土地上曾经留下的古诗难度颇大。

我们在浩如烟海的史料中寻找古诗的痕迹，反复查阅资料、遍访专家学者、实地采访重走，唯恐自己的大意，错过了前人留下的瑰宝。

这样的探寻，也让我们的报道具有创新性，如黄花园大桥下那片石滩，在明清时期却是诗人笔下远近闻名的"莺花渡"；如屈原的《山鬼》

在探寻古诗中触摸巴渝文脉(代序)

是现存最早描写巫山神女的诗歌……

这是一次普及弘扬传播优秀传统文化、体现党报责任与担当之旅。欲流之远者，必浚其泉源。文化自信源于对中华优秀传统文化的自豪与传承。通过报道，让更多人加深对中华文脉的了解和热爱，强化了中华优秀传统文化的社会普及，使人们更加敬重和珍惜先人创造的优秀精神文化财富。

我们在报道时将天下兴亡、匹夫有责的家国情怀，崇德向善、礼义廉耻的传统美德，求同存异、崇尚仁爱的人文精神放在故事中展现，以润物无声的方式浸润心灵，成风化人，使之成为涵养主流价值、涵育美德善行的重要源泉，力争达到"让收藏在博物馆里的文物、陈列在广阔大地上的遗产、书写在古籍里的文字都活起来"的目的。

在此，要感谢我市的专家和各区县那些热爱痴迷巴渝文化，为巴渝古诗整理挖掘默默无闻付出心血的人们，更要感谢热心的读者和网友，有了你们的支持和关注，我们才能完成这次采访。

我们的探寻之旅中也有诸多遗憾。作为传播者，我们更多的是做了一些初步的梳理挖掘工作，并非严格的学术考证，因时间、水平所限，内容上还存在许多的疏漏和不当之处。

我们按照见报的时间顺序，将采写的文章汇编成此书，希望以此唤起社会各界对巴渝文化的更多关注，希望这次的报道不是终结而是一个开始，有更多的市民和专家给我们提供线索和帮助，让这份巴渝古诗地图能够更加完整，让巴渝古诗，这颗中华优秀传统文化宝库中的璀璨明珠发出更耀眼的光芒。

目录

在探寻古诗中触摸巴渝文脉（代序）◎1

【渝中篇】
江流自古书巴字　山色今朝画巨然◎2
晚清赵熙用诗歌为朝天门画像 / 7
渝中古诗选萃 / 10

【九龙坡篇】
牵笮沂九龙　崎岖驿路重◎12
寻找鹅公岩下龙先生 / 16
九龙坡古诗选萃 / 18

【巴南篇】
江风无限好　诗酒夕阳间◎20
木洞名字由来曾被写入诗中 / 23
巴南古诗选萃 / 27

【江北篇】
倚栏频北望　雄镇拥金沙◎29
昔日繁荣江北嘴　八道城门藏诗中 / 34
江北古诗选萃 / 37

【沙坪坝篇】
棹歌声中过慈溪　宝轮寺里藏玄机◎39
清代武将作诗描写威武霸气的二郎关 / 43

1

沙坪坝古诗选萃 / 46

【南岸篇】
候人兮猗！中国最早的情诗诞生在南岸 ◎ 48
唐代才女薛涛曾与恋人元稹同游海棠溪？ / 51
南宋抗蒙名将诗咏南岸最美寺庙 / 54
南岸古诗选萃 / 56

【璧山篇】
古驿苍茫落照西　千年璧山话沧桑 ◎ 58
你知道"璧山神"的传说吗？ / 62
璧山古诗选萃 / 65

【北碚篇】
江山青峰耸缙云　云来舒卷目缤纷 ◎ 67
周敦颐和"南国诗人"曾在北温泉写下同一首诗？ / 71
"巴山夜雨涨秋池"　秋池就在金刚碑？ / 73
北碚古诗选萃 / 75

【合川篇】
井径东出县　山河古合州 ◎ 77
杨慎在钓鱼城写下传世名篇 / 78
杜甫、范成大遗憾错过会江楼 / 80
周敦颐在合川诗咏木莲花　养心亭内留下宋代理学开山之作 / 83
合川古诗选萃 / 85

【綦江篇】
綦水一带环　瀛岭千峰矗 ◎ 87
杨慎曾路过綦江　写诗怀古留佳句 / 88
宋代官员留下残诗传世　记录老瀛山四十八面险 / 90
"兄弟进士"成美名　家训相传百余年 / 92
綦江古诗选萃 / 94

目录

【南川篇】
金佛何崔嵬　缥缈云霞间◎96
清代诗人还原南川先民抗击蒙军场景 / 100
凤嘴江边尹子祠　曾是南川诗歌文化发祥地 / 102
南川古诗选萃 / 104

【大足篇】
青袍白马翻然去　念取昌州旧海棠◎106
清代大足知县李德用八景诗推广大足 / 108
相传大足宝顶山石刻创始人写下《明月图颂》/ 110
大足古诗选萃 / 112

【长寿篇】
水曲流巴字　山长幻寿文◎114
黄草峡中忧世情　长寿风云入诗文 / 118
《怀清台》遗留的"丹砂女王"之谜 / 120
长寿古诗选萃 / 122

【铜梁篇】
铜梁指斜谷　剑道望中区◎124
"相见时难别亦难"诞生于安居？/ 127
铜梁古诗选萃 / 130

【武隆篇】
新丰谷里曾为瑞　分得黔南一派川◎132
武隆古诗选萃 / 136

【潼南篇】
寺下空江滚滚流　天边河雁影悠悠◎138
潼南古诗选萃 / 141

【江津篇】

几江形势甲川东　山势崔巍类鼎钟◎143

黄庭坚做客江津乘兴留诗　杨贵妃吃的荔枝出自江津？/ 147
"要吃烧酒中白沙" / 149
江津古诗选萃 / 151

【酉阳篇】

酉山貌横心多空　如奇士不矜修容◎153

桃花源诗的原型地在酉阳？/ 157
酉阳古诗选萃 / 160

【永川篇】

流成永字三江秀　汇入碧川万顷涛◎162

永川诗人李天英诗才深得袁枚赞 / 165
南宋"帝师"陈鹏飞：仰慕者在他墓前挥泪写长诗 / 167
永川古诗选萃 / 169

【开州篇】

开州盛山十二景　盛名之下已沧桑◎171

杜甫仅差"一步"到开州 / 175
落魄举人为开州留下传世典籍 / 177
开州古诗选萃 / 179

【忠县篇】

巫峡中心郡　巴城四面春◎181

苏轼号"东坡居士"竟与忠县有关 / 186
皇华城——宋朝皇帝曾经的驻所 / 187
忠县古诗选萃 / 189

【彭水篇】

摩围山下路横斜　二水争流带碧沙◎191

黄庭坚"四海一家皆弟兄"的名句诞生于彭水 / 194

目录

彭水古诗选萃 / 199

【涪陵篇】
千古人物抒情怀　涪州胜迹入诗来◎201
白鹤梁"双鲤"引历代诗人题唱和诗 / 205
涪陵古诗选萃 / 208

【石柱篇】
水宿五溪月　霜啼三峡猿◎210
险峻大寨坎令石达开写下《咏呷酒》/ 214
破山和尚寓居三教寺留下感怀之作 / 215
石柱古诗选萃 / 217

【丰都篇】
平都天下古名山　自信山中岁月闲◎219
仙子去无踪，"白鹿夜鸣"为哪般？/ 223
岁月等闲过，"丰都八景"今安在？/ 225
丰都古诗选萃 / 227

【荣昌篇】
径转横渠水一方　堰边风起忽闻香◎229
明代廉吏喻茂坚家训相传400多年 / 234
荣昌古诗选萃 / 236

【秀山篇】
斗大方城镇蜀陬　公然黔楚此咽喉◎238
秀山古诗选萃 / 242

【垫江篇】
驿路交游熟　千年一古县◎244
垫江古诗选萃 / 248

【云阳篇】

峡里云安县　江楼翼瓦齐 ◎250

媲美白鹤梁的龙脊石引众多文人刻诗于石 / 254

云阳古诗选萃 / 257

【万州篇】

路入巴东何处好　万州郭外最清奇 ◎259

八个变形字与"错别字"组成一首诗　太白岩上藏着千古诗谜 / 263

万州古诗选萃 / 266

【梁平篇】

凉露无声湿桂树　古洞清幽百尺宽 ◎268

陆游成就蟠龙洞　引文人墨客偏爱 / 272

梁平古诗选萃 / 274

【巫山篇】

曾经沧海难为水　心在巫山十二峰 ◎276

《巫山高》：以巫山命名的古诗体 / 280

大溪：神秘的东方伊甸园 / 282

巫山古诗选萃 / 285

【城口篇】

城盘龙虎势　山起凤凰仪 ◎287

城口古诗选萃 / 291

【大渡口篇】

猫儿峡风光似夔门　石林二十景惹人醉 ◎293

大渡口古诗选萃 / 297

【巫溪篇】

盐井平分万灶烟　引从白鹿记当年 ◎299

目录

巫溪"五句子":古巴巫文化"活化石" / 304
巫溪古诗选萃 / 306

【黔江篇】
东南佳山水　武陵花雨深◎308
尚爱此山看不足　天生福地武陵山 / 311
一代名人范长生和陈景星 / 315
黔江古诗选萃 / 317

【渝北篇】
玉峰若笔立　千树看猿悬◎319
雪霁美景今仍在　华蓥高腔代代传 / 323
渝北古诗选萃 / 326

【奉节篇】
众水会涪万　瞿塘争一门◎328
杜诗:宏伟的诗城基石 / 330
一句"朝辞白帝彩云间"响彻千年 / 333
从民间歌谣到文人雅作的竹枝词 / 335
奉节古诗选萃 / 338

重庆最美十大古诗◎339

记者手记
重走在开满优秀传统文化鲜花的古诗路上 / 340
触摸记忆的温度 / 343
回望,是为了更好地传承 / 345
抬头看见星光 / 347
不要让文化底蕴消失于人心 / 349
那一刻,我对这座"诗城"充满了深深的敬畏 / 351
巫山巫溪踏歌行 / 353
传承优秀传统文化,匹夫有责 / 355
纸上得来终觉浅,绝知此事要躬行 / 357

探寻古诗地图　提升文化修养 / 359
在"重走"中寻觅新知 / 361

研讨会
凸显责任担当　弘扬巴渝文化
"重走古诗路　思君下渝州"系列报道研讨会举行 / 363

附录
重庆日报报道版面摘录 / 369

渝中篇

朝天门夜景(苏思 摄)

江流自古书巴字　山色今朝画巨然

"城郭生成造化镌，如麻舟楫两崖边。江流自古书巴字，山色今朝画巨然……"

一首清代诗人何明礼的《重庆府》，生动地描述了渝中半岛的繁华盛景。

渝中半岛，两江环抱，远在周朝时期，即为巴国国都。作为重庆母城，渝中半岛有着厚重的人文历史积淀，留下过众多文人雅士的足迹。

"重走古诗路　思君下渝州"系列报道的第一站自然便从这里开始。

渝中古诗知多少　众多诗作谁开篇

此次采访界定的"古诗"是指辛亥革命以前创作的反映重庆的诗歌。那么，描写渝中半岛的古诗有多少呢？

记者在采访中发现，要真正梳理清楚以渝中为题材的古诗数量是个难题。主编过《重庆通史》的重庆市地方史研究会会长周勇、《巴县历代诗歌选注》主编之一林永蔚、主编过《历代巴渝古诗选注》的巴渝文化研究专家熊笃都表示，目前没有确切的描写渝中半岛古诗的数量统计。记者发现，目前也没有一本专门集纳渝中古诗的专著。

通过采访收集，记者也只掌握了几十首反映渝中的古诗。为什么现在收集到的吟诵渝中的古诗不多？

专家认为，一是文字记载的关于古代巴渝文化的史料并不多；二是古代巴渝几经战乱，尤其是张献忠攻破重庆古城后，很多史料散佚；三是明清以前，文人墨客多是从水路路过渝中，在此少有停留。

"时至明清，大量移民进入巴渝地区，促进了重庆经济的发展繁荣，本土与寓居重庆的文化名流，共同推进了重庆的文化繁荣，诗歌创作这才出现了一个高潮。"周勇介绍。

▲ 清代重庆母城地图（渝中区文管所供图）

追根溯源，能否确定描写母城的第一首诗歌究竟是哪一篇呢？

"根据我研究的史料表明，李白是有明确记载的吟咏渝中的第一位诗人，《峨眉山月歌》是吟咏渝中的第一首诗。"周勇表示，在李白的《峨眉山月歌》中有一句"思君不见下渝州"，这里所提到的"渝州"，即今天重庆主城的渝中区。这首诗是李白写于唐开元年间出蜀途中。在此之前是否还有描写渝中的诗歌？周勇称，他暂未发现。

对此，也有学者认为，现在还无法证明唐代以前就没有文人写过渝中，李白是否为吟咏渝中第一人，尚需进一步考证。

唐代之后，陆续有文人在诗作中开始提及今天的渝中区，北宋的苏轼、南宋的范成大等著名诗人都留下了关于渝中的诗作。

"老人歌"中显文脉　洪崖洞里诗作丰

"重庆历史上四次大规模的筑城都在渝中半岛。"重庆市文化遗产研究院研究员袁东山介绍，其中，南宋重庆知府彭大雅为抗击元兵，组织军民弃泥墙改用砖石砌墙，并扩大了重庆城的规模，延伸到了通远门、临江门一带，重庆母城格局就此形成。

如何了解当年筑城的情景呢？元代著名文学家袁桷的一首《渝州老人歌》就反映了这段历史。

林永蔚介绍，诗中"小儿舞槊红离离，大儿挽车上栈迟。渴饮古洞之层冰，暮宿古松之危枝。渝江人马瞬息渡，排石列栅犹支持"等数句，描写了当时军民修筑城池的情景。

"对于修筑重庆城，史料中曾有记载，但以诗歌来反映的却不多见，袁桷的这首诗具有弥补史料不足的意义。"林永蔚说。

古诗中对渝中半岛关注较多的地方是哪里？据记者调查，洪崖洞要算一个。

明代洪崖洞地僻人稀，一派田园风光，城内数条小溪交汇于此，沿崖而下，构成"浓翠滴空蒙"的佳景，有苏轼、任仲仪、黄庭坚题刻数篇。"洪崖滴翠"在明代就被列为"渝城八景"之一，不少诗人在此留下佳作。

清代四川川东道张九镒诗云："手拍洪崖肩，洞壑认仙踪。"奉节知县姜会照赞叹："自是仙崖张画景，岚光一片袅清风。"曾修订"巴渝十二景"的清乾隆年间巴县知县王尔鉴更有诗作传世："洪崖肩许拍，古洞象难求。携得一樽酒，来看五色浮。珠飞高岸落，翠涌大江流。掩映斜阳里，波光点石头。"

如今这里已被建成洪崖洞民俗风貌区，以颇具巴渝传统建筑特色的吊脚楼为主体，依山就势，成为渝中区吸引游客的重要景点。

金碧不知何处去 "第一山"中觅余香

重庆古城的最高处在哪里？可能很多人都不知道。一说是金碧山，有诗为证。

金碧山在何处？据考证，就在今天新华路、人民公园一带。金碧山上原有座寺庙叫"崇因寺"。此寺建于北宋，山门外有一座石牌坊，上书"第一山"三个大字。王尔鉴曾作诗云："巴山耸秀处，金碧有高台。"

▲ 外国游客在湖广会馆参观（苏思 摄）

在"巴渝十二景"中，排名首位的就是"金碧流香"。王尔鉴曾著文称，金碧山上，"每轻风徐过，馥馥然袭袂香流，寻之并无花木，岂心清闻妙香耶？"

既然没有花木哪里来的妙香呢？这飘了几百年的"香"究竟从何而来？

有趣的是，王尔鉴、周开丰、姜会照三位清代诗人各自以《金碧流香》为题，用诗歌写出了心中的答案。

王尔鉴在诗中写道："何处天香至，疑从月窟来。"意思是金碧山的香味是从月宫里飘来的。

周开丰觉得："轻飔何处至，虚谷异花香。"即金碧山的香味来自"异花香"。

姜会照则认为："心清自有妙香来。"在他看来，这金碧山的"香"，其实是来自于自己的心香。

直到今天，仍然没人知道这奇妙的香味从何而来，这似乎已经成了一宗"悬案"。

说到重庆古城最高处，还有一地不得不提，那就是位于通远门内的金汤街，此处也是古时重庆城的制高点，曾建有五福宫，是观山望景的好去处。

五福宫建于何时不详。明朝兵部尚书兼文渊阁大学士王应熊在《五福宫殿铭》中写道："五福宫乃城中最高处，俯窥阛阓，坐带江流。"

明朝巴县乡贤刘道开有诗写五福宫："山从城内起，殿倚堞边开。万井须眉列，双流衣带回。红云擎北帝，紫气郁东台。不有题诗客，谁当载酒来。"

明末清初，五福宫毁于兵火。清人黄钟吕在《兵后入城经五福宫有感二首》中感慨："荆棘复荆棘，何为葳此宫。"

如今，五福宫早不见踪影，用于抵御兵火的通远门已成公园，每日三三两两喝茶的人们闲坐其间，聊着老城的故事。

《夜雨寄北》传千古　秋池究竟在哪里

"君问归期未有期，巴山夜雨涨秋池。何当共剪西窗烛，却话巴山夜雨时。"

在众多描述渝中区的古诗中，晚唐诗人李商隐的《夜雨寄北》，恐怕是最著名的，但同时也是最具争议的。

渝中半岛三面环水，古时陆路只有沿佛图关山脊一线通往川西。佛图关是镇守重庆古城的重要关隘，被称为"佛图雄关"。相传，唐大中九年（855年），李商隐从巴州赴梓州任职途中曾在此借宿，有感而发创作了《夜雨寄北》。然而，李商隐究竟是否到过重庆，在学术界有不同说法。他笔下描写的"巴山夜雨"真的是佛图关的景致吗？诗文中提到的"秋池"又在哪里？

重庆师范大学教授鲜于煌表示，在袁行霈著的《中国文学作品选注》一书中，对《夜雨寄北》中"巴山"的校注是"泛指川东一带的山"，"夜雨、秋池极有可能是诗人笔下的意象，而没有具体的所指"。

尽管无法证明李商隐曾来过渝中，但鹅岭公园（佛图关公园属鹅岭公园园区——记者注）园长任财国介绍，佛图关海拔最高的地方确实曾有一座夜雨寺，夜雨寺外还有一块夜雨石。而秋池，应该就在夜雨寺附近。2009年那里修建工程时，夜雨寺的残留被全部拆掉。

如今，渝中区正沿着李子坝、佛图关、化龙桥、虎头岩一线，打造长约4.5公里的山地公园，昔日的"佛图雄关"将变身为市民休闲、健身的好去处。

晚清赵熙用诗歌为朝天门画像

重庆
〔清〕赵熙

万家灯火气如虹,
水势西回复折东。
重镇天开巴子国,
大城山压禹王宫。
楼台市气笙歌外,
朝暮江声鼓角中。
自古全川财富地,
津亭红烛醉春风。

一部电影《从你的全世界路过》,火了重庆美景,更火了渝中半岛。影片中,朝天门江景、夜景令无数人心神向往。可是,你知道重庆夜色是何时成为一处景观的吗?从古诗中可以推断,起码有三四百年的历史。

1760年,王尔鉴评定"巴渝十二景"中有"字水宵灯"一景,指的就是朝天门的夜景。两江交汇之处,迂回曲折,酷似"巴"字的古篆体,入夜,万家灯火,波光凌照,故名"字水宵灯"。

100多年前,一位晚清文人以一首诗歌——《重庆》,深情地为朝天门画了一幅总体画像。

这位文人是谁?在《重庆》中,他吟诵了朝天门的哪些景致?这些景致在今天发生了怎样的变化?

诗人舟行至朝天门时写下诗歌

写渝中半岛夜景最早的古诗,如今仍不可考。

清人王尔鉴曾写下:"高下渝州屋,参差傍石城。谁将万家炬,倒射一江明。"

赵熙则在《重庆》一诗中这样描写山城夜景:"万家灯火气如虹。"

赵熙（1867—1948年），字尧生，号香宋，四川荣县人。清光绪十八年（1892年），赵熙进京参加殿试中进士，授翰林院庶吉士。光绪二十年（1894年），赵熙二次入京，应保和殿大考，名列一等，授翰林院国史馆编修。

《巴县历代诗歌选注》主编之一林永蔚向记者介绍，赵熙思想开明，曾参与四川保路运动，弹劾赵尔丰；支持戊戌维新，作诗唾骂袁世凯。

赵熙"工诗，善书，间亦作画。诗篇援笔立就，风调冠绝一时。偶撰戏词，传播妇孺之口"，蜀传有"家有赵翁书，斯人才不俗"之谚，世称"晚清第一词人"。

林永蔚告诉记者，赵熙一生与重庆颇有渊源，先后写下大量关于重庆的诗篇，现流传下来的有160余首。《重庆》一诗为清光绪十八年新春，赵熙初到重庆而作。"从这首诗描述的景致看，诗人应该是舟行至朝天门码头时，仰望重庆城——今天的渝中半岛时所作。全诗描述了热闹非凡的朝天门的夜景、江景，山水之城的美景跃然纸上。"

| 朝天门江景、夜景更胜往昔 |

100多年前的朝天门是什么样的呢？

"万家灯火气如虹，水势西回复折东"中，上句写的是朝天门的夜景，下句描述的则是滚滚而来的长江水，在朝天门两江交汇处向东折去汇入大海。

《中国地域文化通览》（重庆卷）中记录，朝天门码头是重庆历史上最早的一个古码头，千百年来，因码头而生的各种文化要素在这里聚集沉淀。故而以朝天门为视角，描述渝中半岛的诗歌，在古代还有不少。

元代诗人吴皋早就在同为《重庆》的诗中写道："一片石头二水环，天镛城阙破愁颜。"他热情歌颂了长江嘉陵二水环绕的石砌山城，描述自己听到城上"天镛"响鸣，惊天动地，忧愁一扫而空。

如今，诗人笔下的景象更胜往昔。朝天门客运码头成为中外游人观赏渝中半岛的好地方。两江在此汇合后，声势益发浩荡，穿三峡，通江汉，一泻千里，成为长江上的"黄金水段"。

游客如果选择效仿古人，在朝天门乘船夜游两江的话，可选择经典的

"两江游"航线。船行江中，游人尽可感受赵熙在诗文后半段中书写的"楼台市气笙歌外，朝暮江声鼓角中"的意境。

与之相邻的长滨路上车水马龙，灯火辉煌，一栋栋建筑鳞次栉比，长江大桥、朝天门大桥气势宏伟，各色灯饰令人目不暇接。

目前，朝天门广场正在建设中，该项目又名"朝天扬帆"，其塔楼设计源于重庆积淀千年的航运文化，分别以350米及250米的高度化形为江面上强劲的风帆，与朝天门广场连为一体，犹如一艘"大船"，寓意迎风启航、乘风破浪。

（兰世秋）

渝中古诗选萃

峨眉山月歌
〔唐〕李白

峨眉山月半轮秋,影入平羌江水流。
夜发清溪向三峡,思君不见下渝州。

恭州夜泊
〔宋〕范成大

荦山硗确强田畴,村落熙然粟豆秋。
翠竹江村非锦里,青溪夜月已渝州。
小楼高下依盘石,弱缆西东战急流。
入峡初程风物异,布裙跣妇总垂瘤。

崇因寺
〔明〕曹学佺

背江才入寺,上岭久闻钟。
法到巴中说,僧从山下逢,
藤萝开八水,金碧傍孤峰。
寂静身心悦,焚香出古松。

踏青过巴蔓子墓
〔清〕周开丰

莫踏坟前带露莎,中藏毅魄有神呵。
吾城尺寸终难得,楚使寻常敢若何。
东地得全同胜算,南宾孤守足悲歌。
夕阳杜宇时相吊,遗碣无闻蔓草多。

九龙坡篇

崖壁上的九龙滩题刻（崔力　摄）

牵笮沂九龙　崎岖驿路重

位于主城的九龙坡区属先秦时期巴子国江州，自古为成渝水路要冲，文人墨客不绝于途，留下诸多诗篇。其中，九龙滩及铜罐驿、白市驿等古驿站为历代文人吟唱最多。

据考证，在明朝，区域内就有了"九龙滩"地名。清乾隆《巴县志·建置之度外山川》记载："滩在江心，有九石翘首若龙。"指的就是九龙滩。

上世纪30年代，九龙铺码头与九龙铺机场建成。1945年，毛泽东来渝参加重庆谈判，《新华日报》记者将其所乘飞机降落的九龙铺机场误写为"九龙坡机场"，"九龙坡"一名就此流传开来。1955年，九龙坡区正式定名。

不过，要追溯九龙坡风光，还得从古诗中寻找时光的痕迹。

朱嘉征为九龙滩写下第一首诗

"渝城日日雨，云乱无定所……牵笮沂九龙，石立纷然怒……"

时光回溯到明朝的某一天，恰值山城雨季，因为浪急，哗啦啦的水声老远就能听见。一位诗人乘船经过，亲眼目睹九龙滩之险，旋即写下了这样的诗句，题为《九龙滩》。据专家考证，这是目前发现的最早写九龙滩的诗歌。

曾经的九龙滩究竟是什么样子？诗人又是在何种情况下写下这首诗的？

九龙坡区地方史研究者李辛华介绍，这首诗出自明代诗人朱嘉征之手。朱嘉征，浙江海宁人，字岷左，曾任推官（在州府掌司法事务的官员）。写诗之时，他正好逆水而行，被眼前咆哮的江水所震撼。

"曾经的九龙滩石壁如削，一巨型石坝延至江心，将滚滚而来的水流猛挤，惊涛拍岸，蔚为壮观。"李辛华说，《九龙滩》的首句"渝城日日雨，云乱无定所"，点明了诗人来渝时正值雨季，这时经过九龙滩，必然更能感受到此滩的险峻。

那么，九龙滩究竟在哪里？

▲ 铜罐驿古镇外的古驿道（崔力 摄）

据乾隆《巴县志·建置之度外山川》记载，"王坪山：智里一甲，城西南十一里。坪下岩高十余丈，镌有佛像，又镌有'九龙滩古迹'五大字。滩在江心，有九石翘首若龙"。

据考证，王坪山即位于现九滨路龙凤寺北面的一个山头。1987年的全国文物普查中，考古人员在该山头一处临江的崖壁上发现了残存的刻痕，在认真查看周围地形地貌之后，确定此处正是九龙滩题刻所在处，而"翘首若龙"的九石早已因影响行船，于上世纪四五十年代被炸掉。

在朱嘉征后，王尔鉴、张宗蔚、龙为霖等多位诗人都吟咏过九龙滩。其中，龙为霖对九龙滩用情最深，一共写了14首关于九龙滩的诗歌。有意思的是，在这位清代诗人笔下，九龙滩在险境之外，多了一份"江上轻风回燕子，池边细雨长鹅儿"的闲适与快乐。

记者看到，如今的九龙滩题刻一带已修建成供居民健身、休闲的九滨路文化步道。崖壁上，重新镌刻的"九龙滩"三个大字饱满有力，面前的潺潺江水流向远方，"石立纷然怒"的险境早已不见踪影，而"江上轻风回燕子"的那份轻松仍在江边游人的笑声中延续。

古驿站成为诗人们的"心头好"

作为古代交通的重要载体，古驿站曾是无数文人墨客赞颂的对象。旧时，九龙坡区一带的驿站东有石桥铺，南有铜罐驿，西有走马场，北有白市驿。其中，因地处要道，铜罐驿、白市驿最为知名，成为历代诗人咏唱的重点。它们在诗词中，又是怎样一番景象？

那是近500年前的一个春天，明代诗人杨慎逆水行舟，途经今九龙坡区铜罐驿镇，用一首七言律诗展现了一幅十里长江的山水图——

> 金剑山头寒雨歇，铜罐驿前朝望通。
> 天转山移回合异，春添江色浅深同。
> 巴农麦陇层云上，楚客枫林返照中。
> 水底鲤鱼长尺半，寄书好到锦亭东。

杨慎，何许人也？如果说"明朝四川唯一状元"这个头衔还不响亮的话，那么，小说《三国演义》开篇词作者的身份也许更具代表性——那首人们熟悉的《临江仙·滚滚长江东逝水》正是出自杨慎所作的《廿一史弹词》，只是毛宗岗父子在评刻《三国演义》时将其放在卷首，致使后人误以为是罗贯中所作。

"古时，铜罐驿和鱼洞驿、木洞驿并称重庆三大水驿站。铜罐驿地处长江北岸，明朝设为驿站，文人墨客时有赞颂，杨慎便是其中著名的一位。"李辛华介绍，明嘉靖三年（1524年），杨慎因"大礼议"案被谪于云南永昌（今云南保山），投荒30余年，终老于戍所。杨慎存诗约2300首，《铜罐驿》就是其中的一首。

九龙坡区另一个知名的古驿站白市驿，也是诗人们的"心头好"。

白市驿自明清设驿站，商贾云集，素有"白日场"之称。在这里，至今流传着"二王"写诗的故事。

所谓"二王"，指的是清代巴县知县王尔鉴、重庆知府王梦庚。他们一前一后写了白市驿，风格却大为不同。

"用现代人的说法，王尔鉴的《自佛图关夜行白市驿》就是自我爆料。"李辛华说，王尔鉴喜欢在崖洞上题咏，这首诗讲的是有一次他出发去白市驿，却因为在佛图关的摩崖上刊刻诗词，耽误到暮色降临，只好猛赶50里夜路，路上仆人嘲笑、轿夫嗔怪，但王尔鉴却悠闲地欣赏沿途风光。诗中"时断时续听溪声，若隐若现看云树"，就写出了他一路所见的美景和怡然自得的心境。

而王梦庚则在《白市驿》一诗中直书晴空下的古镇景色，一句"新涨渝江阔，晴阳远黛浓"，展现出雨过天晴后古镇的秀美。

龚晴皋与华岩寺的情愫

说到九龙坡，还有一个地方不容忽视，那就是拥有"川东第一名刹"华岩寺的华岩镇，而提到华岩镇，就不能不提到诗人龚晴皋。

龚晴皋究竟有怎样的来头？

《龚晴皋评传》作者范国明介绍，龚晴皋名有融，巴县冷水场人（冷水场即今九龙坡区华岩镇）。《巴县志》对他的评价是"县三百年来极高逸文艺之誉者"。清乾隆四十四年（1779年），龚晴皋中举人，曾任山西崞县知县，后回到家乡吟诗作画度过余生。龚晴皋以诗、书、画名于世，至今仍有上千幅书画作品传世，在三峡博物馆内还能看到其部分真迹。

"龚晴皋回乡以后，在冷水场滩口购置薄田20亩，筑茅屋数间定居。他将书斋题名为'碾斋'，并在滩口石壁上镌'退溪'二字，又将居室腾出一半为乡邻、学生免费教学所用。"李辛华说，龚晴皋所创作的110首诗作曾由其堂弟与弟子辑为《退溪诗集》。

据相关资料记载，龚晴皋的家离华岩寺只有大约5里路。那么，在这位诗人笔下，"川东第一名刹"究竟是什么样子？

记者翻阅了《退溪诗集》的所有诗篇，却只找到一首关于华岩寺的诗歌——《赠华岩寺僧愚岭》。让人意外的是，这首诗只是赞叹了友人愚岭的品行，如"佛子心清妙，宗风语性天"等，而对华岩寺却没有任何描述。

"愚岭是道光年间华岩寺的高僧，因为与龚晴皋在诗词上有共同爱好，两人情意深厚。"李辛华说，华岩寺始建年代不可考，明万历年间重修，殿宇庄严，因离家不远，龚晴皋常常到华岩寺与愚岭相会。"关于华岩寺的诗歌，是他没有写过，还是弟子在整理的时候漏掉了，便不得而知。"

如今，为延续九龙诗脉，九龙坡区政府正在筹备出版《九龙坡历代诗选》一书，将关于九龙坡区的诗歌作一次整体的梳理。其辖区内的谢家湾街道已启动"诗韵谢家湾"项目，计划让传统诗词走进社区、学校和商圈。

寻找鹅公岩下龙先生

九龙滩

[清] 龙为霖

别业初开向九龙，
耽幽僻性几人同。
澹烟笼日春阴后，
古木栖云暮霭中。
千棵竹摇三径雨，
一林鸟唤百花风。
从今习静观朝槿，
世路尘埃一洗空。

这首诗是何人所写？吟诵的是重庆哪个地方的景色？恐怕大多数人都不清楚。这是清代诗人龙为霖的《九龙滩别墅杂诗十首》之一。诗中所描述的是260多年前，九龙坡长江沿线九龙滩的景色。

然而，作为九龙坡区历史上首屈一指的诗人，知道他的人却并不多。

退养后在鹤皋岩建立诗社

龙为霖是巴县人，历官云南太和知县、石屏知州、广东肇庆同知、潮州知府。其著作《本韵一得》被收入《四库全书总目》，是在《四库全书总目》中唯一留有书名的清代重庆学者。

李辛华曾是九龙乡文化站站长，30年前便开始研究龙为霖。他告诉记者，清乾隆二年（1737年），48岁的龙为霖去官还乡，在今鹅公岩之南修建"九龙滩别墅"。"别墅"有草屋数间，竹翠松青，仿若世外桃源。

"当年鹅公岩叫'鹤皋岩'，取自《诗经》名句'鹤吟于九皋，声闻于天'。"

李辛华说，在鹤皋岩王坪山上，龙为霖前后集结了易半山、陈乃志、周开丰等20多名诗人建立诗社，以"九龙滩别墅"为聚居地，咏唱巴山渝水，

▲ 如今的九龙滩题刻一带已经修建成九滨路文化步道。（崔力 摄）

留下无数佳篇。

那么，这个汇聚八方诗友的诗歌聚集地究竟在哪儿？

对此，众多文献语焉不详。1987年，在全国文物普查中，考古人员在如今的九滨路一崖壁上发现了九龙滩题刻。根据民间口碑以及前贤诗歌所述，李辛华判断，"九龙滩别墅"就在题刻附近的下马嘴高崖地势稍低处，如今，这里已成为一家4S店的停车场。

| 鹤皋诗脉今犹存 |

虽然"九龙滩别墅"早已消失在时间的长河中，但其诗脉却流传了下来。

1987年，在当年龙为霖所居住的鹤皋岩一带，重庆建设厂的古诗词爱好者们创办了建设诗社，数十年来笔耕不辍。社刊中开辟了"鹤皋诗脉今犹在"专栏，刊登龙为霖等诗人的作品，用以凭吊与学习。

如今，曾经的鹤皋岩上，架起了连接九龙坡区与南岸区的鹅公岩大桥，桥下的九滨路形成九龙坡区与渝中区之间的快速交通干道。

"龙为霖曾吟诗'插竹试看江涨猛'，意思是把竹子插进水中，看看江水又涨了多少。而现在，人们已不必担心猛涨的江水了。"在九滨路上，李辛华笑着做了个插竹的动作。在他身边，一群跑步的少年如风一般呼啸而过。

(夏婧)

九龙坡古诗选萃

九龙滩

〔明〕朱嘉征

渝城日日雨，云乱无定所。
有似东西人，乾坤同逆旅。
平明肃严驾，解缆及停午。
放舟清江曲，滩声阚如虎。
牵筝沂九龙，石立纷然怒。
雨歇江波澄，仿佛鲛人宇。
泪尽日南珠，临渊不得语。

白市驿

〔清〕王梦庚

迢递征程近，崎岖驿路重。
成周巴子国，季汉蜀王封。
新涨渝江阔，晴阳远黛浓。
涂山何处是，禹迹秀灵钟。

九龙滩别墅杂诗十首（之六）

〔清〕龙为霖

此心不系亦不移，物我相忘处处宜。
江上轻风回燕子，池边细雨长鹅儿。
种花种果亦聊耳，呼马呼牛且任之。
世事浮云何足问，闲来高咏把松枝。

巴南篇

木洞镇上留下来的老街（木洞镇政府供图）

江风无限好　诗酒夕阳间

位于主城的巴南区，前身即为历史名邑巴县，周朝巴人就在此建都，为巴国都城所在地，直至1994年撤销巴县，成立巴南区，迄今已有3000余年历史。

"江风无限好，诗酒夕阳间。"清代文人姜会照曾在古诗《舟次木洞》中，写下自己在巴南木洞这个山水相依的江边小镇中怡然自得、饮酒作诗的情景。

《巴县历代诗歌选注》主编之一陈显明说，迄今为止，虽无法统计辛亥革命前曾在巴南境内生活过的历代诗人的准确人数，但千百年来，他们寄情于这里的山水，确给我们留下了几多动人诗篇。

岁月更替　诗史难考
巴南古诗多诞生在明清

那么，吟诵巴南的古诗数量究竟有多少呢？记者就此采访了多名专家，都无法给出一个准确的数目。

陈显明告诉记者，巴县历史上留下的诗歌，有典籍、文本可查的，主要来自王尔鉴、熊家彦、向楚所编写的乾隆、同治和民国三个版本的《巴县志》中的艺文卷或附录，以及《重庆府志》《江北厅志》《璧山县志》等地方志。

但如向楚所说："巴处山川形胜之地，立国最古，前代名迹，较然彰著。而岁月迁贸，丧乱频仍；明清之际，图经荡灭，民鲜土著，故老无征。乾隆旧《志》，粗有掇拾，循名则是，考迹或乖。"古代的巴县几经战乱，很多史料都已散失，若要真正梳理清楚描绘巴南的诗歌，确是一道难题。

2012年，巴南区实施了巴南文化建设六大工程，其中一项内容便是收集整理留存下来的巴县历史典籍，选择部分描写巴县的诗歌，加以校勘、注释、简析，编写成了《巴县历代诗歌选注》。

记者看到，这本书选录了截至1949年的102名诗人所写的200多首吟诵巴县风物的诗，其中涉及巴南区的约有20多首。

"历史上的巴县，辖区包括现在的渝中、江北、沙坪坝、九龙坡、大渡口、南岸、巴南等区的全部及北碚、璧山、渝北等区的部分地方。"陈显明说，巴南区并不是当时巴县最中心最繁华的地方，由于交通不便，因此相比渝中等地，来到巴南的诗人并不多，描绘巴南区的诗词数量也相对较少。

直到明清时期，巴南区鱼洞驿和木洞驿逐渐繁荣，交通的便利吸引了不少诗人来到巴南，也促成了描绘巴南的诗歌数量的增长。在《巴县历代诗歌选注》一书中涉及巴南的20多首诗，便几乎都是明清时期的作品。

山川壮丽　林谷秀美
水驿、山峰、峡谷都是吟咏对象

诗歌多产生于山水之间，地处长江南岸丘陵地带的巴南区，其形态多样的山川林谷，曾吸引不少诗人流连忘返。其中，巴南的水驿、山峰、峡谷等都成为诗人泼墨题咏的对象。

清代文人王尔鉴就曾渡江涉水，在巴南界石镇写下《界石早发喜雨》一诗，一句"界道泉飞溜而溅，悬崖瀑布虹影垂"，以特写的方式，描述了界石的泉水撞击山石腾起的水雾，在阳光下呈现七色彩虹的美景。

在滔滔江岸边，明代文人王廷相则用一首《木洞驿》记述了自己在谪迁过程中路过木洞驿时的所见之景，并抒发了自己壮志未酬的悲凉之情。

那么在巴南区，哪些地方最吸引诗人的关注？"聊这个话题，不能不提云篆山。"《巴县历代诗歌选注》主编之一林永蔚告诉记者。

将"云篆风清"选为"巴渝十二景"的王尔鉴曾亲临云篆山，写下了《云篆风清》一诗："风送云为御，云盘山几重。如何非象马，偏是走蛇龙。"

此后，云篆山便成为不少文人慕名而来的地方，清代四川川东道张九镒用诗句"卷舒窈而曲，宛然成篆文"，解释了云篆山的得名原因；清代重庆知府王梦庚则留下诗句"云山势绵亘，横结万叠云"，来赞美云篆山气势雄伟、变幻万千之美；此外，清代文人周开丰、姜会照等人也曾穿径登峰，留下吟咏云篆山的诗篇。

除云篆山外，巴南境内的鱼洞、南泉、圣灯山、仙女洞等地都曾迎来诗人的身影，他们或讴歌山川壮丽，吟诵林谷秀美；或怀古抒情，寄托家国幽思；或借物言怀，倾吐人生感慨。

青山渡口　红树苍松
"晚清第一词人"描绘百年前的鱼洞

在巴南迎来送往的无数文人墨客中，除了有选出"巴渝十二景"的王尔鉴外，还有一位重要人物，他便是有着"晚清第一词人"之称的赵熙。

"赵熙是晚清时期著名的文学家、书法家、教育家。"陈显明介绍，赵熙的一生，与重庆颇有渊源。他曾经数次到过重庆，游历于巴山渝水间，先后写下大量诗篇，现在尚存的就有163首。

在南温泉，他写下了"夕阳红挂万株松，一水摇天碧玉容"；在磁器口，他写下了"远远青山知隔县，棹歌声里过慈溪"；在缙云山，他写下了"疏钟响在齐梁上，小舫吟于水竹宜"……

"此外，赵熙还写过一首《鱼洞溪》，描绘百年之前的鱼洞江岸之美。"巴南区作协、书协副主席徐胜毅说，鱼洞位于箭滩河汇入长江之地，这入江处俗称"溪口"，因此鱼洞也被称为"鱼洞溪"。

1882年，赵熙由泸州经水路去宜昌，顺江而下途经此地，看到当时的鱼洞江岸风景优美，人与自然和谐共生，心旷神怡，遂提笔写下七绝《鱼洞溪》，为我们展现了百余年前的鱼洞之美。

赵熙在诗中这样写着："青山渡口列茅茨，红树苍松点鹭鹚。"这里所说的渡口在哪里呢？

林永蔚带记者来到今天鱼洞老街公园旁的码头，"诗中写的渡口就是这里，此处位于长江回水沱，是个天然的深水港，过去上下水的轮船多停泊在此。"

"在码头的旁边，便是曾经的鱼洞老街。"林永蔚说。"青山渡口列茅茨，红树苍松点鹭鹚",当时诗人赵熙所见的鱼洞,便是这样一处充满烟火气息的水上驿站。

如今,走在修复后的老街上,仿古建筑沿街而立,夕阳铺洒在青石板路上,老茶馆里人头攒动。虽然诗人已逝,但诗味却随着老街的重生而再次浓郁。

"在老街修复中,我们坚持保护性开发,修旧如旧,仿照古巴国院落前铺后宅、四合小院的空间形态,运用了天然石材、木材等建筑材料,保留了老街的原汁原味。"巴南区商务局相关负责人介绍。

目前,巴南的鱼洞老街已经被纳入《重庆市巴南区商业网点规划(2014—2020)》进行重点培育和打造,政府将对特色商街、运营管理主体、入驻企业给予政策扶持,让百年老街重新焕发活力,诗意盎然。

木洞名字由来曾被写入诗中

木洞驿
〔明〕王廷相

蹙浪喷江门,幽洞冒琼树。
寒林碧参差,秋嶂莽回互。
白龙不定眠,中江起烟雾。
素舫历长波,凌兢戒前路。
客行不能留,已过青莎渡。
所期心遥遥,离居岁云暮。
帝子隔沉湘,浮云落何处。
揽古心飞扬,寒空屡延顾。

你知道巴南木洞名字的由来吗?

传说旧时鲁班在木洞的一处山洞内藏了许多优质木材,人们发现后,誉其为神木。乡人焚香礼拜后将神木取出，用作修建寺庙的栋梁之材，"木洞"也因此得名。

500多年前，这个美丽的传说，被一位明代诗人写入古诗《木洞驿》中，"蹙浪喷江门，幽洞冒琼树"的诗句，令后人神往不已。

这位诗人是谁？他为何会来到木洞？他在木洞看到了什么？这些景观今天又有了怎样的变化？

| 诗人行至木洞时写下诗歌 |

"作为重庆旧时重要水驿之一的木洞驿，是不少文人吟咏的对象。"《巴县历代诗歌选注》主编之一林永蔚告诉记者，"但让木洞名字传说入诗的，则是明代诗人王廷相。"

王廷相（1474—1544年），字子衡，号浚川，为明"前七子"之一，河南仪封（今兰考）人，祖籍潞州，明代著名文学家、思想家、哲学家。

500多年前，王廷相为何会来到重庆，写下这首《木洞驿》呢？

"王廷相所处的时期，朝政昏庸，忠良之臣经常遭受打击。"林永蔚告诉记者，王廷相为官，不畏权贵，刚直不阿，因此得罪了以刘瑾为首的宦官，弘治十七年（1504年）后遭刘瑾迫害被贬至四川。

此诗正是王廷相乘舟入川，路经木洞驿时所作。

"当时巴渝仍为西陲，较之京华苏杭，可称为边远的'化外荒丘'。"林永蔚说，加上王廷相降职谪往，心中悲凉，尽染纸上。

在《木洞驿》中，王廷相用一句"幽洞冒琼树"讲述了木洞名字的由来。然而，拥有这样美丽传说的木洞，在壮志难酬的诗人眼中却是另一番凄凉景象。

"寒林碧参差，秋嶂莽回互。"在一片萧瑟中，诗人仅凭一叶"素舫"长途历波，瞻望前路，一幕幕难以忘却的往事又涌上了心头……触景生情的诗人遂提笔写下此诗，抒发自己被贬他乡的孤寂与悲凉。

白龙中江今何在

"蜀道之难，难于上青天。"

古时陆路交通不便，进出四川，主要凭借长江水道。居于水陆要冲的木洞，便成为了通商航运的重要枢纽，南来北往的货物都在木洞码头吞吐集散，明清时期，木洞便成为了进出重庆的水路第一驿站。

"商贾云屯，百物萃聚，万帆并舣。"这是木洞中学教师余民伟对于儿时木洞的记忆。

"过去木洞的码头旁停满了船，船上装载着盐、桐油和山货，河街上人声鼎沸，热闹得很。"站在江岸边，余民伟告诉记者，"距离木洞码头不远的地方，就是有名的白龙沱。"

犬石嶙峋、恶浪不息的白龙沱，是过去行船至木洞的必经之路。"站在岸上很远的地方，都能听见江水急速奔涌的声音，行船之人稍有不慎，就可能发生意外。"林永蔚是土生土长的木洞人，小时候他曾见到成群结队的纤夫，在白龙沱的岸边匍匐前行，"其中艰辛难以想象"。

在白龙沱岸边眺望，江面上有一座绿意盎然的小岛。"这就是桃花岛。"余民伟指着岛尾，"那里有一座寺庙，名为'中江寺'。"

"过去岛上的居民想要过江，除了在枯水期蹚过裸露的石梁外，便是在中江寺码头坐渡船。"记者随林永蔚来到码头旁，只见两艘渡船在江面悠然而过，岛上的中江寺在云烟氤氲中若隐若现。

"白龙不定眠，中江起烟雾。"这便是当时诗人所见吧。

▲木洞老街（卢波 摄）

"现在岛上的不少居民已经搬迁，坐船的人越来越少了。"船工告诉记者，未来随着连接桃花岛的苏家浩大桥竣工，渡船可能将彻底成为回忆。

木洞老街正在回春

物换星移，如今的木洞已全无诗中的萧瑟之意。

走在木洞河街上，茶馆、民居、大院相继而立，黄葛树掩映着青砖碧瓦的巴渝老建筑，临河的一边有码头遗迹，街景与江景同时映入眼帘，老木洞的记忆在河街得到重现。

"木洞河街修缮工程从2015年初启动，2016年竣工开街。"巴南区两岛建设工作领导小组办公室主任余立新告诉记者，修缮过程中他们重新规划建设了市政管网，改变了过去河街污水横流的景象，同时对街边的房屋进行修缮整治，在保护传统风貌的同时，让其产生经济效益。

51岁的孙萍芳是河街的原住民，每天忙着打理自己在河街开的小餐馆。"修缮之前，河街长期污水横流，没有多少人愿意来，现在环境好了，来的人多了，我的生意也比以前好了。"

河街的重生只是木洞回春的一小部分。余立新介绍，目前包括石宝街、解放路、向阳坪、水沟街和前进路等街巷在内的地区，都已经被划入木洞镇传统风貌核心保护区，进行统一规划保护。

下一步，木洞镇将对水沟街片区进行修缮保护，恢复古驿道，整修房屋，规划建设管网设施。"修复完成后，木洞老街上还会保留原住民，同时引入新住民，让老街的生命得以延续。"余立新说。

（卢波）

巴南古诗选萃

鱼洞溪
〔清〕赵熙

青山渡口列茅茨，红树苍松点鹭鹚。
野老自工田舍计，行人过此望仇池。

云篆风清
〔清〕张九镒

秀削云层岭，仰眺但闲云。
卷舒窈而曲，宛然成篆文。
忽发微飙发，空净无余氛。
谁能御风支，翛翛羽鹤群。

圣灯山绝顶
〔清〕程春翔

步虚衫袖等飞翔，石磴盘回欲接星。
两足踏平千树绿，双目收尽万山青。
烟中江练徐徐转，风外松涛细细听。
那得结庐消夏日，坐消香篆读黄庭。

泊木洞驿
〔清〕王士祯

新月数声笛，巴歌何处船。
今宵羁客旧，流落竹枝前。

江北篇

北滨路边这块露出水面的坝子就是当年的鸳花碛，鸳花渡就在这里（谢智强 摄）

江北篇

倚栏频北望　雄镇拥金沙

"倚栏频北望，雄镇拥金沙。江隔襄樊界，星繁博望槎。笙歌虽自沸，风气不为奢。尤羡神明宰，城中放早衙。"

古代的江北城是什么模样？这首清代诗人傅峤的《江北镇》给出了答案：雄伟的城镇被金色的沙包围，嘉陵江把渝中半岛和江北城隔开，透过树杈就能看见天上繁星点点……

奔腾的嘉陵江从重庆穿流而过汇入长江，嘉陵江的两岸分别是渝中半岛和江北城。相传，商周时期便有巴人在江北城定居。据史料记载，东汉时江北城曾被设置为北府城，此后一段时期无城垣记载，直至清代，才有关于道光八门石城、咸丰十门石城的记载。

因此，江北城与渝中半岛一样，历来就是重庆历史上重要的政治经济文化活动中心，成为历代文人墨客留宿或驻足之地，并留下了不少诗作。

郡治江州巴水北　诗作繁盛依水兴

江北城地处长江、嘉陵江两江交汇处，自古就有巴人在此定居。据《华阳国志·巴志》记载，"汉世，郡治江州巴水北，有甘橘宫，今北府城是也，后乃还南城"。

"汉代时的江州即现在的渝中区，而巴水指的是嘉陵江，北府城应该就在如今江北区江北嘴至刘家台一带，是巴郡郡治所在地。"重庆市历史文化名城保护委员会秘书长吴涛介绍。

另一方面，江北城历来是重庆江山形胜之地。据《江北厅志》记载，江北城"左观音梁绵亘江中，右岸石壁陡立，迤俪江岸，夹束江水，宛然迥然"。

行政中心的优势，独特的地理位置，天然的旖旎风光，让江北城成为历代文人墨客创作诗词歌赋的"乐土"。那么，描写江北城的古诗有多少呢？

江北区文联副主席、区作协主席姜孝德告诉记者，2011年，当时的江北区文广新局、区文化馆曾策划、编辑并出版了一本《重庆江北历代文学作品选》，然而，其中涉及辛亥革命以前创作的反映重庆的诗歌仅有50余首。

根据《重庆江北历代文学作品选》记录，描写江北最早的诗歌是汉代的《刺巴郡守诗》："狗吠何喧喧，有吏来在门。披衣出门应，府记欲得钱。语穷乞请期，吏怒反见尤。旋步顾家中，家中无可为。思往从邻贷，邻人言已匮。钱钱何难得，令我独憔悴。"

姜孝德介绍，这首诗出自《华阳国志·巴志》。主要描述的是，东汉桓帝时期，河南李盛仲为当时的巴郡太守。李盛仲贪财，实行繁重的赋税，人民苦不堪言，便有诗人写下这一首讥讽他的诗。

但姜孝德表示，这首诗的作者是谁？在此之前是否还有描写江北的诗歌？由于史料不足，这些问题已无从考证。

记者在寻访过程中还发现，在江北区如今仅存的这一部分古诗词中，大部分与长江、嘉陵江等水脉有关。例如，明代诗人王廷相在《大洪江》中写道："大江日东注，客兴凌苍茫。沿回层峤底，出入白云乡……"清代诗人余德中在《过明月峡》中吟诵："花影照江流，春风香满舟。轻帆悬急峡，明月认高秋……"

"明清时期，大量移民进入巴渝地区，促进了重庆经济文化的繁荣发展，文人墨客多是从水路进入重庆，描写视角往往是站在船上远眺江北城，抑或从渝中半岛瞭望。因此这一时期的诗歌创作出现了一个高潮，可以说是依水而兴。"姜孝德介绍。

香国寺内有乾坤　　文人题咏诗作丰

"在明清时期的诗歌中，香国寺是文人墨客们最重要的创作源泉。"姜孝德说。

记者也发现，在江北区仅存的几十首诗歌中，以香国寺为创作对象的诗歌就多达14首，这些诗歌几乎全集中在清代。例如，王清远的《上元日游香国寺》、罗守仁的《再游香国寺》、宋煊的《香国长春》、张宗蔚的《春日游香国寺》等等。

"香国寺在哪儿？可能很多人都答不上来。它就在今江北区华新街附近。"姜孝德介绍说，香国寺建于明万历年间，位于今嘉陵江大桥下游北岸500米处，华新街西侧，曾是明清时期重庆近郊的一大名寺，文人题咏甚多，尤其在清代，关于香国寺的诗文创作达到了顶峰。

香国寺究竟有何魅力，让如此多的文人"竞折腰"？

据《江北厅志》记载，"寺中林木茂密，梵宇清幽，花黄竹翠，四时皆春，为览胜者必至之区"。可以想象，当时香国寺景色醉人，环境清幽。

清乾隆年间，时任巴县知县的王尔鉴听闻香国寺是江北镇的名胜，慕名游览。时值八月，桂花正开，寺僧取出刚写的桂花诗请王尔鉴指教。两人一边品茶，一边谈诗论文，很是投缘。

事后，王尔鉴写下了《八月二日香国寺僧恒送桂花诗以视之》一诗，来记述这次香国寺之行。诗中说："传闻香国寺，岩桂早花开。欲遣吴刚去，相将老纳来……"

香国寺的夜景在当时也堪称一绝。清康熙年间，诗人龙为霖在《宿香国寺》一诗中就曾这样写道："把炬寻山寺，江干一线通，高楼停月小，疏竹倚天空。香篆浮金鸭，灯花缀玉虫。坐谈清净理，茗饮听松风。"

跟随古代诗人们的脚步，记者近日前往嘉陵江大桥下寻找香国寺。然而，诗中所描绘的秀丽风光已不复存在，取而代之的是一幢幢即将拔地而起的高楼。

"寺庙早就不在咯！"在华新街住了近30年的陈敏得告诉记者，他曾听父亲说过，直到新中国成立初期，香国寺一名还标注在重庆市区地图上。上个世纪60年代，重钢三厂扩建时香国寺被完全拆除。如今，重钢二厂已拆迁，厂址已用作民、商建筑。

莺花碛上莺花渡　文人墨客斗诗乐

从清乾隆到同治年间，几经改版的《巴县志》城图和县辖区图内，很多地名发生过变化，唯独嘉陵江北岸一个叫"莺花渡"的地名始终没变。

▲ 清代鸳花渡古地图（江北区文联供图）

　　鸳花渡之名，从字面上看，在重庆众多刚性、直白的地名中确实与众不同，清雅脱俗，很有点江南水乡的韵味。

　　"鸳花渡，顾名思义是嘉陵江岸的一个渡口、码头，其历史记载可追溯到明朝，所以又叫'鸳花古渡'。"姜孝德介绍，鸳花渡位于嘉陵江北岸，其位置大致在今天的金沙打铁街至刘家台一带。

　　清道光《江北厅志》对鸳花渡的描述为："厅岸金沙门过巴县临江门。"可见鸳花渡在以前是出重庆城前往江北北部腹地的必经之路。

　　鸳花渡有何过人之处？有一种说法是，鸳花渡口有一块碛坝，所谓碛坝，就是浅水中的沙洲。每年春末到秋初的涨水季节，这块碛坝就被淹没于水下；秋末到第二年仲春枯水期，它便露出水面。

　　碛坝露出来时，长满了花草，各种鸟儿飞行其间，颇多情趣。明清时期，文人墨客喜欢到碛坝上饮酒斗诗，久而久之便为其取了一个雅名"鸳花碛"，莺花渡之名也因此而来。

这种说法也得到了王尔鉴、姜会照两位清代诗人的印证，他们都曾以《莺花渡》为题，描绘了当时的场景。

王尔鉴在诗中写道："春日渡莺花，花香逐浪奢……"意思是春天到莺花渡坐渡船，那里的花香如波浪一般扑鼻而来。

姜会照这样写道："花发媚游客，莺啼欢酒家。春城环二水，野渡艳三巴……"意思是春天莺花渡的鲜花开得娇媚，游人如织，商贾云集，飞鸟纵情歌唱，这里两江环绕，虽是郊外渡口，但却艳绝三巴（指古时的巴郡、巴东郡、巴西郡）。

随着城市的变迁，莺花渡这个富有诗意的名字渐渐被淹没在历史的烟云中。"抗战时期，重庆大量修建公路，毗邻莺花渡的刘家台修建了车渡，莺花渡便逐步被取代。"姜孝德说。

如今，莺花渡那曾经美丽的碛坝只剩下一片乱石滩，平日里除去三五个钓鱼人以外，很难见到其他人影。而"莺花渡"这个充满诗意的地名，也再无人提起。

昔日繁荣江北嘴　八道城门藏诗中

题渝北新筑八门
〔清〕黄勋

朗朗文星照九重，
问津那许白云封。
镇安永远资神护，
保定于今际世雍。
沿岸金沙随浪涌，
汇川火井衬波浓。
觐阳红日东升处，
恰对涂山第一峰。

作为重庆中央商务区的核心区，如今的江北嘴中央商务区是重庆对外开放的重要窗口。

然而，你知道吗？早在清道光年间，就曾有一位诗人通过一首《题渝北新筑八门》来描绘当时江北嘴的繁荣景象。

这位诗人是谁？《题渝北新筑八门》描绘了当年江北嘴的哪些景致？这些景致如今怎样？

近四万两白银筑起江北八门石城

"这首七言律诗是清道光年间的文人黄勋写的。黄勋何许人也，有怎样的出身背景，在地方志史中没有详细记载，只知道黄勋字懋轩，仅此而已。"江北区文联副主席、区作协主席姜孝德说。

姜孝德认为，黄勋写的这首七律很巧妙地将当时江北城的八道城门：文星、问津、镇安、保定、金沙、汇川、觐阳、东升都纳入诗内。也正因为如此，此诗曾引起满城争睹，确也风行一时。不过，诗中的"渝北城"，并非原来的江北县，也非今日的渝北区，而是指与朝天门隔江而望的江北老城，再具体一点就是如今的江北嘴。

江北篇

"渝中区的九开八闭十七门,是老重庆城的标志性建筑。而在清代,江北嘴一带也曾有八个石门拱卫,而且城门间都筑有坚实高大的城墙,这些石门均修建于清道光年间。"重庆市历史文化名城保护委员会秘书长吴涛介绍说。

▲保定门已被复原在重庆大剧院旁。(谢智强 摄)

据史料记载,清嘉庆年间,白莲教在川渝一带很是活跃,曾兵临鸳鸯桥,而鸳鸯桥距当时的江北城不过30里,吓得城中富人心神不安。

于是,清道光年间,重庆府江北同知(同知是清代官名,为知府副职)福珠朗阿,召集本地绅耆、阁属、粮户捐资38500两白银,历时19个月,于1835年建成了江北八门石城,抵御白莲教。

史料记载,这座石城城墙正南濒水,还设有4座炮台。八门石城建成后,城内修筑了20多条主要街巷。

"江北城就从那时开始逐渐繁华,江北嘴也成为名副其实的文化经济中心,是货物进出陕川的集散地,其繁荣程度比肩朝天门。"姜孝德告诉记者。

| "金沙火井"曾闻名于世 |

"黄勋在诗中提到,'沿岸金沙随浪涌,汇川火井衬波浓',从这句诗中足以展现出明清时期江北嘴的繁荣景象。"姜孝德说。

"金沙"指的是什么?

据记载,明朝时,江北隶属于巴县江北镇,故称"北镇"。江北镇嘉陵江边冬季水涸,河滩多有河沙铺于岸边,在阳光的照射下,发出闪闪金光,故称"北镇金沙",远近闻名。

到了清代中叶,古人们将北镇金沙、八门石城等江北城的十处景致并称为"渝北十景",其中最有名的要属"金沙火井"。

"火井"即天然气矿苗。姜孝德介绍，当时在嘉陵江北岸沙滩上有天然气露头，人们在沙壁上凿孔为灶，即可点燃，供炊饮之用。夜间望去，火光闪烁，辉映江波，煞是壮观，也因此吸引了许多文人墨客到此题咏。

清代诗人宋煊曾在其创作的《金沙火井》中这样写道："平沙浅浅水中舟，掘井争传火气融。乙夜光分黎杖绿，丁帘影射晚灯红，焚兰不借吹嘘力，煮海应推造化功，乞得余辉燃绛烛，丹铅可许聚书丛。"

当时，江北嘴地处两江交汇处，是重庆府重要的水陆交通口岸，进出重庆的船只与货运量的大幅度增加，加速了河岸贸易的繁荣，这也成为"金沙火井"这一奇妙景观形成的重要原因。

| 旧貌新景相映红 |

"1860年，重庆府江北同知符葆到任后，考虑到石城西北依山一面位扼险要，再次筹款，增建了嘉陵、永平两道城门，时称江北'新城'。"吴涛说，新建的两道城门与之前的八道城门，被合称为"咸丰十门石城"。

可惜的是，随着公路货运的兴起，水路运输逐渐没落，清末至上个世纪60年代初，江北城已先后垮塌或拆除了7道城门和绝大部分城墙，只剩下了残存的保定门、东升门和问津门三道城门。

如今，保定门已被复原在重庆大剧院旁，东升门和问津门也将在江北选址重建。

近日，记者跟随古代诗人们的脚步前往江北嘴探寻当年江北嘴的繁荣印记。顺着重庆大剧院旁阶梯下行，在靠近河岸的地方，就能看到绿树掩映中的一段老城墙。这段城墙高不过六七米，城墙上枝繁叶茂的黄葛树新发出来的绿叶苍翠欲滴，城墙下的花草在春风中摇曳，城墙中间位置是保定门的门洞，从门洞往外望去，就是高楼林立、车辆川流不息的朝天门。

（刘蓟奕）

江北古诗选萃

舟出巴峡

〔清〕王士祯

曲折真如字,沧波十月天。
云开见江树,峡断望人烟。
新月数声笛,巴歌何处船。
今宵羁客泪,流落竹枝前。

九日同人江北镇登高返棹口占

〔清〕王尔鉴

城南山万叠,城北水双流。
雪浪翻明月,云峰接素秋。
好看金菊蕊,便渡木兰舟。
此会欣同健,花前共一瓯。

溉澜溪访友

〔清〕程衡

果然此地绝风尘,几欲相求已暮春。
竹里遗苏摇凤尾,溪边小浪纤龙鳞。
到来恰见如珪月,坐久浑忘卖药人。
却忆当年杜陵老,寒山无伴语津津。

沙坪坝篇

磁器口全貌（苏思 摄）

棹歌声中过慈溪　宝轮寺里藏玄机

"山楼尽处苇初花，大段江程取势斜。行过慈溪秋更远，一丛林影退公家。"有着"晚清第一词人"之称的赵熙用一首《过飞浪子》，为我们描绘出沙坪坝区磁器口古镇昔日繁华的景象。

据史料记载，先秦时期，沙坪坝属巴国；秦汉时期，属巴郡；西晋，成汉玉衡元年（311年）置荆州，让其地位直线上升，吸引了不少文人墨客。1955年，这里被正式定名为重庆市沙坪坝区。

那么，沙区的第一首诗究竟为谁所写？众多文人墨客所作的诗歌中蕴含着怎样的秘密？

今天的"重走古诗路　思君下渝州"系列报道就为你揭秘。

明代才有第一首诗？

作为我市历史积淀深厚的文化区，相信不少读者都会认为，沙区的诗歌创作史一定可以追溯到很早之前，但当记者翻阅1995年出版的《沙坪坝志》时，却发现其中记载的描写沙坪坝区的第一首诗歌创作于明正德年间。

难道沙区的第一首诗真的诞生于明朝？在沙坪坝区地方志办公室原主任张建中看来，答案是否定的。

"早在上古时期，这里的古人就开始进行诗歌创作了。"张建中说，特别是在齐梁时期，这里诞生的民歌竹枝词成为唐代《竹枝词》《杨柳枝》的母本之一，在文学史上意义重大。

为何这些诗歌都没能流传下来？

张建中表示，这主要和战乱有关："在宋末元初和元末明初，由于长时间的战乱和军阀割据，导致沙区诗歌大量失传。"

"不过，随着明清时期巴渝地区的政局日益稳定，特别是在'湖广填四川'的影响下，大量移民进入巴渝地区，促进了沙区的经济发展和繁荣。尤

其是在清代，随着磁器口的发展，沙区的诗歌创作出现了高潮。"沙坪坝教育博物馆筹备工作室工作人员张南介绍。

那么，有记载的描述沙坪坝区的第一首诗歌究竟为何人所写？

"明正德年间，因得罪权臣被贬到巴蜀担任四川按察司提学佥事的王廷相，是现有文献记载的吟诵沙坪坝的第一位诗人。"张建中说，王廷相是明"前七子"之一，他在担任四川按察司提学佥事期间，路过磁器口时创作了《发白崖》一诗。《发白崖》是有文献记载的，描写沙区最早、最完整的诗作，而白崖就是磁器口的旧称。

"白崖的称呼最早可以追溯到西周时期，巴人建国后在这里建立市场，称其为巴市，因山顶上有一块巨大的岩石，又被称作巴岩，后因古音'巴''白'同音，逐渐就被传为白崖。"张建中介绍，王廷相的《发白崖》主要借自己路过磁器口时看到的风景，抒发一心为国却遭排挤的郁闷之情。

在此之后，陆续有诗人在诗中提及沙坪坝，明代的刘道开，清代的张兑和、王尔鉴、赵熙等人都留下了与沙区有关的诗作。

反差巨大的磁器口

作为明朝"前七子"之一的王廷相，他笔下的磁器口又是怎样的景象呢？

"读完此诗，我们不难发现，在王廷相笔下，磁器口可谓一片萧条。"张建中说，特别是该诗开头："霜青沙塞欺我衣，蛮方岁暮还思归。苍山冥冥落日尽，古渡渺渺行人稀。"为我们呈现了这样的景象：近500年前的一个傍晚，王廷相坐船路过磁器口码头，抬头一看，却见这白崖之外，"苍山冥冥"，"落日"将坠，古渡口行人稀少，一派萧瑟。

人们印象中的磁器口多是一片商贾云集、百舸争流的景象。为何在王廷相的笔下，磁器口却如此萧条呢？

"造成这样差别的原因主要和磁器口当时的经济发展情况有关。"张建中说，元明时期，由于战争和政局的影响，磁器口古镇远没有现在繁华，明末清初的战火更是让这里毁于一旦。直到清朝中期，大量外地移民拥入磁器口，把各地的地方文化和富有地方特色的小产业带到这里，使其从战乱中恢复了元气，才呈现出一片繁荣景象。

这样的变化也体现在描写磁器口的诗歌之中。"塔尖遥望笋班齐，白鹭群飞拂水低……"赵熙用一首《慈溪口》为我们描写了一个充满诗情画意的磁器口。

"瓜皮一叶乘空下，指点中流望白崖……"曾在乾隆年间担任巴县知县的张兑和则以一首《大水过白崖》，为我们研究嘉陵江的水文情况提供了宝贵资料。

暗藏玄机的宝轮寺

在众多描写沙区的诗歌中，被提及最多的景点是哪里呢？"我认为是距今已有1400多年的宝轮寺。"张建中说。

据张建中介绍，宝轮寺始建于西魏年间，原名白崖寺，由西魏大都督尉迟炯所建，后于宋咸平年间改名为宝轮寺。

"名山大川、佛寺道观历来都是古代文人墨客热衷的游览之地，而宝轮寺受到诗人们追捧，也许还与这里的一个民间传说有关。"张建中说。

相传，明建文帝由滇入川后，只剩监察御史、法号"雪庵"的叶希贤随侍左右。建文帝来到重庆后，在磁器口宝轮寺隐居5年之久。正因如此，原寺庙大门前有"龙隐禅院"大匾，白崖镇也改名为龙隐镇。

"虽然现在已经证明，早在汉代，磁器口就因是水陆要冲，被称为龙隐镇，宝轮寺也早在宋朝就改名为龙隐寺，和建文皇帝没有丝毫的关系，但这却没有影响诗人们创作的热情。"张建中说，清乾隆年间举人陈廷闾就有诗云："蹋遍空王界，深篁辟草莱。"清康熙年间举人周开封称赞这里："疏钟出烟寺，落叶瘦秋山。"

值得一提的是，王尔鉴的《重宿白崖宝轮寺》一诗共28句196个字，是现有文献中，最长的描写沙磁地区的诗歌。

歌乐灵音有望再响？

漫步沙区，除了磁器口外，最为出名的莫过于歌乐山了。

在清代巴县知县王尔鉴拟定的"巴渝十二景"中，排名第五的就是歌乐灵音。对于歌乐灵音，王尔鉴是如此形容："讵迓吹笙客，俨来御鹤仙。昔曾广雅调，云顶响流泉。"

那么，王尔鉴诗中所写的"云顶响流泉"究竟是写的哪里呢？

"诗中的云顶就是曾经屹立在歌乐山之巅的云顶寺。"张南称。

"云顶寺原名二郎寺，是重庆有名的佛教古寺。"张南说，据史料记载，该寺始建于秦代，扩建于明朝宪宗成化年间。

"相传寺庙内有铜钟一口，高4米、重3000余斤。昔日，僧众做法事鸣钟，远在20里外都可听到嘹亮的钟声，大殿屋檐上还挂着12个铜铃，风一吹，铜铃就会发出清脆的声音，和着阵阵松涛翻滚十里，动听至极，这也是歌乐灵音最早的来源。"张南说。

歌乐灵音到底是天籁之音还是自然之音？这个问题不仅我们不太清楚，连古人也不太清楚。除了王尔鉴之外，周开丰、姜会照这两位清代诗人也以《歌乐灵音》为题，谈了他们对歌乐灵音的看法。

周开丰曾写下"天乐传虚梦，真灵奏妙音"的诗句。在他眼中，歌乐灵音是此音只应天上有，人间难得几回闻。而姜会照所写"万树松篁振响遥，

▲歌乐山云顶寺遗址（魏中元 摄）

一天风雨奏箫韶",则表明在他看来,歌乐灵音来源于大自然的鬼斧神工,是正儿八经的自然之音。

"无论是自然之音,还是钟鼓之声,随着云顶寺的消失,我们都再也听不到了。"张南说,上个世纪50年代,云顶寺因故被毁,松涛没了铜铃相伴,也没了那种味道,真可谓灵音依然在,云顶无处寻。

"沙区已准备重新启动云顶寺的建设工程。"沙区旅游局有关负责人表示,"在重建工程中我们会秉承'修旧如旧'的原则,按照明代云顶寺的样子对它进行重建,寺庙建成之后,会挂上铜铃,让更多人体会到'崖鸣风度壑,松韵雨霏天'的美妙意境。"

清代武将作诗描写威武霸气的二郎关

> **二郎关**
> [清]鲁岱
>
> 严关今不闭,自古岂虚名。
> 峻岭碍云路,危峰触玉京。
> 佛图郊已近,此地戍非轻。
> 未雨终难必,绸缪空复情。

说到重庆的关卡,或许你脑海中首先浮现出的是佛图关。但你可知道,就在沙坪坝区,同样有着这样的一个关卡:它不仅被古人描绘为"三关叠障,守者得人,可收丸泥之功",还曾见证了明代女名将秦良玉的风采。值得一提的是,有一位武将甚至为其赋诗一首,对它极力赞美了一番。

这个关卡就是自古与佛图关、青木关齐名，地处中梁山东岭的二郎关。

那么，为其赋诗的武将究竟是谁？这个关卡的后面蕴藏着怎样的故事？如今的二郎关又是怎样的景象？近日，记者随同相关专家前往二郎关，一探究竟。

| 二郎关的关门不闭 |

从上桥古街出发，穿过石垭口，步行约800米，记者的视线豁然开朗，目之所及，除了郁郁葱葱的树林和一条黄土小道外，根本没有任何关楼的遗迹。

"这就是过去的二郎关所在地，而写下《二郎关》的武将叫鲁岱。"沙坪坝教育博物馆筹备工作室工作人员张南介绍，根据现有史料显示，此诗为清康熙年间担任游击（清朝武官官职）的鲁岱游历二郎关时所写。至于他有怎样的出身背景，在现有史料中没有详细记载，只知道他是浙江人。

张南称，二郎关最初建成的时间已无法考证。据说，因设关时此处有二郎庙，驻关兵丁们也住在庙里，此关亦因庙而得名二郎关。

作为一名武将，为何鲁岱会在游历二郎关后发出"峻岭碍云路，危峰触玉京"的感叹呢？张南认为，这还和二郎关的整体地形地貌有关。

"在清代的《巴县志》上，对二郎关的地形是这样描述的：'复傍岩曲折，万仞深壑，一门洞开。'"张南说，虽只有寥寥数语，但我们却可从中感受二郎关的威武霸气。

二郎关的关门在大部分时间是敞开的。对此，鲁岱诗中有"严关今不闭"的诗句为证。

据张南介绍，作为古时成渝驿道的重要组成部分，二郎关见证了太多成渝客商的来往："当时古人从通远门，沿佛图关、石桥铺、车歇铺（上桥）、二郎关、龙洞关、白市驿，最后走到走马，方才结束一天的行程。"

| 巍巍雄关，见证秦良玉的忠勇 |

"虽然鲁岱写作此诗的场景已经无法还原，但从'严关今不闭，自古岂虚

名'这句诗可以看出,二郎关是重庆的门户,得二郎关者,自然可得重庆。"张南说。

古籍亦可作证。《巴县志》中这样写着:"一门洞开,斯又为佛图关之锁钥。"

"正因有着这样的地位,二郎关自古就是兵家必争之地。"张南说,明代著名女将领秦良玉也曾在此激战。

明天启年间,永宁(今川南叙永一带)宣抚使奢崇明起兵造反,史称"奢安之乱"。石柱女总兵秦良玉奉命镇压,并在白市驿、马庙等地与奢崇明叛军恶战,先后夺取龙洞关,占据了中梁山西、中两岭,进逼东岭二郎关。"在二郎关下,秦良玉和叛军展开了激战,最终在秦良玉军连续攻击下,奢崇明叛军被打败。叛军统帅黑蓬头也被秦兵活捉。"张南告诉记者。

"二郎关之战可谓是'奢安之乱'的转折点,此战之后,秦良玉趁机攻克佛图关,成功收复重庆,明朝官兵也转守为攻,并最终在1623年成功平定此次叛乱。"张南说,难怪鲁岱在观看二郎关的整个地势后,会发出感慨:"佛图郊已近,此地戍非轻。"

不过,可惜的是,随着热兵器时代的到来,二郎关和其他古关一样,逐渐失去了战略价值,成为一个单纯的驿站。上个世纪50年代,随着二郎关最后的遗迹——关卡附近房屋的坍塌,这座曾经的雄关也就此消失。

"二郎关虽然已经消失,但成渝驿道却保留了下来。"沙区旅游局有关负责人介绍,随着老成渝驿道的走红,二郎关迎来了不少热爱徒步的驴友,以一种特别的方式获得了新生。

(黄琪奥)

沙坪坝古诗选萃

发白崖

〔明〕王廷相

霜青沙塞欺我衣，
蛮方岁暮还思归。
苍山冥冥落日尽，
古渡渺渺行人稀。
可怜生事尚羁旅，
何日宦情真息机。
沧洲鸥鹭同萧散，
魏阙动华绝是非。

宿歌乐山白海楼

〔明〕刘道开

山应参躔秀，江回巴字流。
楼高临白海，客到是清秋。
萧管终疑幻，蓝舆但可游。
松风来枕畔，一夜响飕飕。

游宝轮寺

〔清〕陈廷阖

拨云寻古寺，崖破洞重开。
山鸟惊人起，江流抱石回。
天飞岚外翠，霞落镜中杯。
蹋遍空王界，深篁辟草莱。

南岸篇

位于涂山上的涂山寺（熊明 摄）

候人兮猗！中国最早的情诗诞生在南岸

南岸，位于重庆市西南部，自古钟灵毓秀，名人荟萃。

先秦时期，南岸属巴国；秦汉时期，属巴郡江州县；南北朝时期，南齐永明五年（487年），隶垫江县，北周武成三年（561年），隶巴县；隋、唐、宋、元、明、清，建制未变。

神奇秀丽的群山，狭长绵延的江岸，令历代文人墨客为南岸留下许多动人的诗篇。

"禹娶涂山"酝酿出最早的情诗

南岸的诗歌历史，可以追溯到大禹娶涂山氏、三过家门而不入的远古神话。

大禹是我国古代有历史记载的英雄人物，而涂山究竟在何处，一直以来争议不断。

重庆工商大学教授熊笃表示，经考证《华阳国志》《水经注》等相关史料，"禹娶涂山"的发生地，就是位于今天南岸区南山山脉中段的涂山。

《吕氏春秋·音初》记载："禹行功，见涂山之女。禹未之遇而巡省南土。涂山之女乃令其妾候禹于涂山之阳。女乃作歌，歌曰：'候人兮猗！'"

这段文字为后人描述了这样一幅凄美的画面：大约在4000多年前，涂山女娇日日在涂山等待着她的爱人、治水英雄——大禹的归来。面对滔滔江水，满怀对禹的敬重和思恋，她深情地唱出："候人兮猗！"

重庆师范大学教授鲜于煌表示，这首《候人歌》的意思就是：等你啊，我等你啊！"可别小瞧了这首短短的四字《候人歌》，它可是中国最早的情诗，远早于大家熟悉的《诗经》中的《关雎》。"

鲜于煌的观点反映了古今很多学者的共识：清杜文澜将它收入《古谣谚》，闻一多《神话与诗》、郭沫若《屈原研究》、刘大杰《中国文学发展史》

等对它屡有称引，他们都充分肯定它的完整的诗歌性质，称这首诗是有史可稽的中国第一首情诗。

鲜于煌表示，《候人歌》具有诗言志、声韵和谐的表达特点，后来的《诗经》《楚辞》用到的"兮"字，都明显是受到《候人歌》的影响。

涂山峰峦叠嶂，林色如黛。涂山之上有一座涂山寺，原为巴渝地区百姓祭祀大禹和涂山氏的禹王祠、涂后祠，始建年代不可考。因为大禹娶涂山的美丽神话，加之风景秀丽，涂山及涂山寺成为众多文人墨客吟咏的对象。

这其中最著名的，恐怕要算唐代诗人白居易的《涂山寺独游》："野径行无伴，僧房宿有期……"

唐元和十三年（818年），白居易因向皇上直言进谏，被贬为忠州（今重庆忠县）刺史。在职期间，他孤身一人游览涂山寺，并写下了此诗。

唐代的另一位官员寇泚也在慕名游了涂山之后，留下一首豪迈的《度涂山》，其中，"涂山横地轴，万里留荒服"的诗句凸显出涂山的雄伟瑰丽。

此后，明代张稽古的《登涂山后作》、清代王士祯的《涂山绝顶眺望》等诗作，都热情讴歌了大禹治水的功绩，赞颂了涂山的雄奇峻峭。

如今，涂山寺内依然香火缭绕，涂山女的形象被塑成雕塑，立在涂山湖畔，动人的传说仍回荡在巴山渝水间。

遭遇战乱　古诗仅存世100余首

既然南岸诗歌的历史可以追溯到远古时期，南岸境内又风景如画，那么，南岸古诗的数量一定数不胜数吧？

然而，记者在查阅了相关资料后发现，现存关于南岸的古诗数量大约仅为100余首。

这又是为什么呢？

"南宋末年和明末清初，巴渝地区两次遭遇战乱浩劫，导致生灵涂炭、典籍损毁。"南岸区作协主席杨金帮表示，直至清乾隆年间，巴县知县王尔鉴重修《巴县志》，这才收集保存了部分巴渝史料，但前人有关重庆的诗作，不少已经失散在时光的烟云中。

杨金帮称，在古代，南岸境内山、水、泉、瀑、洞、峡、花、岛一应俱全，历来就是渝州传统的游览观光胜地。

清乾隆以前评出的"巴渝八景"中，南岸占了三景。王尔鉴厘定的"巴渝十二景"中，南岸占了四景。

龙门浩月、黄葛晚渡、字水宵灯、海棠烟雨……这些美丽的景色令诗人们流连忘返，留下传诵至今的诗作。

清乾隆年间四川川东道张九镒在《龙门浩月》中写道："石扇划地轴，一涧流淙淙。谁将青玉镜，挂在苍鳞龙。"

清光绪年间举人冯兰亭在《黄葛晚渡》中吟诵："斜阳返照暮江红，古渡人归趁短蓬……一双兰桨桃花浪，三尺蒲帆柳絮风。回首城南灯万点，当头明月恰如弓。"

清代官任奉节知县的著名诗人姜会照在《字水宵灯》中抒怀："万家灯射一江连，巴字光流不夜天。谁种榆河星历历，金波银树共澄鲜。"

南岸美景成为诗人们创作灵感的迸发地，文人墨客纵情山水间，诗意大发，好不快哉！

览胜亭曾是重庆夜景最佳观赏点

古人欣赏重庆夜景的最佳地点是哪里？答案是位于涂山绝顶的览胜亭。这从众多诗人描写览胜亭的诗作中可见一斑。

清代诗人王士祯在《蜀道驿程记》中记载，在涂山绝顶"下视灵山累累如蚁蛭"，由此说明览胜亭所处地势很高，是观赏夜景的绝佳去处。

相传览胜亭始建于明代，重建于清代，原名澄鉴亭，清乾隆年间被张九镒更名为览胜亭。为此，张九镒还专门作诗一首，记录此事："旧额澄鉴书大字，面目假借非真容。如此山川足遥睇，易云览胜无雷同。"

览胜亭在古代的名声好比今天的南山一棵树观景台，令喜观夜景的文人们纷至沓来。这其中，清康熙年间进士龙为霖对其尤为偏爱，曾多次游览。

有一次，龙为霖又与友人相约游览胜亭。站在亭中，诗人看到月升中天，光照亭栏，双江印月，渝州夜景愈加美轮美奂。于是，他即兴创作了

《月下登澄鉴亭观渝城夜景》，留下了"一亭明月双江影，半槛疏光万户灯"的佳句。

近日，记者登上涂山绝顶，寻找览胜亭的踪迹。遗憾的是，山峦之上，仅见一根铁桅杆高高耸立，览胜亭已不见踪迹。

这根铁桅杆从何而来？又是何人所立？

据史料记载，外号"刘大刀"的明代总兵刘綎于明万历二十三年（1595年）在览胜亭前立下此杆。此杆为全生铁铸造，高10.5米，直径17厘米，隔江可见。

涂山寺的僧人正勇告诉记者，上世纪60年代，览胜亭被毁。如今，唯有这历经400多年风雨的铁桅杆仍巍然屹立于绝顶之上，诉说昔日的繁华。

唐代才女薛涛曾与恋人元稹同游海棠溪？

海棠溪
〔唐〕薛涛

春教风景驻仙霞，
水面鱼身总带花。
人世不思灵卉异，
竟将红缬染轻沙。

在"巴渝十二景"中，位于南岸区海棠溪的海棠烟雨分外清幽动人，吸引了众多文人留下诗作。

唐代才女薛涛也曾创作过一首《海棠溪》，清新雅致、委婉细腻。难道长

▲位于南滨路的海棠溪码头（熊明　摄）

居成都的薛涛真的曾经造访过重庆，在海棠溪畔浅吟低唱？

薛涛，字洪度，京兆长安（今陕西西安）人。薛涛柳絮才高，一生作诗500多首，然而这些诗歌大多散失，流传至今的有90余首。后人将她与鱼玄机、李冶、刘采春并称唐代四大女诗人。

薛涛16岁入乐籍，与韦皋、元稹有过恋情。恋爱期间，多情的女诗人制作桃红色小笺用来写诗，后人纷纷仿制，将其称为"薛涛笺"。

薛涛《海棠溪》中"春教风景驻仙霞，水面鱼身总带花"的诗句，描写出这样一幅动人的画面：种满溪畔的海棠一片红艳，犹如春风吹来的片片彩霞，簇拥在溪岸，落英缤纷，鱼儿嬉戏。

相传，这首诗是薛涛与当时如日中天的诗人元稹情到深处，二人结伴同游重庆时的作品。

薛涛是否真的来过重庆？《海棠溪》是否写的就是南岸海棠溪？对此，重庆师范大学教授鲜于煌认为，答案是否定的。

"唐元和四年（809年），薛涛在梓州与时任川东监察御史的元稹一见倾心。"鲜于煌表示，但二人只相处了数月，元稹就调离川地，任职洛阳，"史料中没有关于薛涛到过重庆的记载，说二人同游海棠溪，只是后人美好的想象"。

本土学者李正权称，海棠在唐代有着"花中神仙"的美誉，薛涛的《海棠溪》是一首歌咏海棠盛开美艳情景的写景诗，与南岸的海棠溪无关。

记者在采访中了解到，海棠溪的历史已难以考证。《巴县志》记载："海棠溪，发端南岸山麓，寻源不远，极小溪也。"

关于海棠溪名字的由来，《巴县志》的解释有二，一说是因为旧时此处多海棠；另一说是每逢长江涨水时江水倒灌入溪，江波喷发似朵朵海棠。

在清代，海棠溪已经成为文人墨客们的钟爱之处，尤其是下起小雨时，这里烟雾缭绕，宛若轻纱飘扬，令人神往。刘慈、龙为霖、周开丰等诗人都写过大量赞美海棠烟雨的诗歌。

清乾隆年间巴县知县王尔鉴对海棠烟雨更是极其偏爱，有诗为证："溪邃怜香国，山容映海棠。轻烟笼晓髻，细雨点新妆。娟秀宁工媚，幽清却善藏……"

诗中，王尔鉴把海棠溪比喻成刚刚睡醒的少女，在轻烟薄雾笼罩下梳妆打扮，含颦蹙眉，娟秀动人。

就连外国人也认同他的评价，1896年在重庆出版的英国报纸《黑桥通讯》就称："重庆城唯有海棠溪一带才是游赏的精华所在。"

然而，随着时代的发展，在城市建设的脚步中，海棠溪的风光逐渐消失。1980年重庆长江大桥通车，海棠溪的车渡、轮渡从此"退休"。此后，海棠溪溪沟被填平，海棠烟雨的美景消失了很长一段时间。

值得庆幸的是，2002年2月，南滨路建成，烟雨公园也于2003年9月竣工。烟雨公园由植物带、海棠花雕塑、观景木平台、音乐喷泉等组成，已成为市民休闲娱乐的好去处。

南宋抗蒙名将诗咏南岸最美寺庙

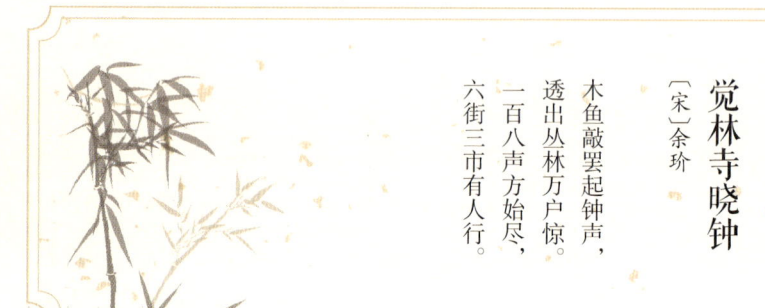

觉林寺晓钟
〔宋〕余玠

木鱼敲罢起钟声,
透出丛林万户惊。
一百八声方始尽,
六街三市有人行。

南岸境内有不少寺庙,唐、宋、明、清,迭有兴建。这些寺庙中,哪一座最美?

《巴县志》对其中的一座寺庙有这样的描述:"其地风景绝佳,为县南诸寺冠。"这座寺庙,就是位于南岸区莲花山下的觉林寺。

据史料记载,觉林寺兴建于南宋绍兴年间(1131—1162年),明末毁于兵乱,清康熙二年(1663年)重建。乾隆二十二年(1757年),月江和尚为报答母恩,在寺内修建了报恩塔。

南岸的这座最美寺庙,自然吸引了文人墨客们的造访。在众多书写觉林寺的作者中,有一位比较特别,他就是赫赫有名的南宋抗蒙主帅——余玠。

南岸区作协主席杨金帮告诉记者,宋淳祐元年(1241年),宋理宗赵昀命在淮东屡立战功的余玠为兵部侍郎、四川制置使兼知重庆府,负责四川防务。从

▲觉林寺报恩塔(熊明 摄)

淳祐三年到四年，余玠率领将士们与蒙古军经历了大小36战，战果显著。

令人没有想到的是，这位抗蒙名将不仅擅长打仗，还满腹文采。

作为重庆知府，南岸是余玠的辖区，他也曾到觉林寺游览放怀，并留下一首《觉林寺晓钟》。

余玠的这首诗作紧扣"晓钟"二字，以简洁的笔法，描写了觉林寺僧人敲起木鱼、举行晨课、诵读经文的情景。这悠扬的钟声透过山林，唤醒了很多人的酣梦。当108次钟声敲完，这一带的人们也纷纷开始了一天的生活。全诗着墨不多，却组成了一幅恬淡的生活画面。

此外，清人王汴、周开丰、龙为霖等都在此留下了优美的诗篇。

王汴就在诗中描绘了冬日的觉林寺："渡江为访寒梅信，路入觉林获胜游。一带寒山松影碧，数声野鸟竹亭幽。"

周开丰用"窈窕行来花正放"的诗句，描述觉林寺内西阁的木芙蓉朵朵开放的姿态，宛如窈窕淑女，亭亭玉立。

值得一提的是，觉林寺内的报恩塔曾在重庆最早的邮票上留下"倩影"。该邮票属于重庆商埠邮票，距今已有120多年的历史。

日前，记者冒雨追随700多年前余玠的足迹，前往下浩社区一带寻找觉林寺。在觉林寺公交车站旁，周围是一片工地，这里已经看不到曾经的最美寺庙，唯有年久失修的报恩塔还高高耸立。

记者查阅相关史料发现，原来，在光绪末年，觉林寺住持德行不正，破坏教规，被巴县知县耿保奎逮捕法办，逐出庙门。之后该寺改为重庆幼稚工厂。上世纪三四十年代，此寺已无僧人，相继开办各种工厂，所有殿堂亭阁面目全非。十年浩劫中，原寺址全部改成厂房、职工宿舍和居民住宅，报恩塔也遭到破坏。

目前，觉林寺仅剩的报恩塔被围了起来，没有对外开放。记者从南岸区文管所了解到，文物部门将会对报恩塔进行修缮，以期重现旧日容颜。

（兰世秋）

南岸古诗选萃

登涂山绝顶
〔明〕曹学佺

百折来峰顶,三巴此地尊。
层城如在水,裂石即为门。
涧以高逾疾,松因怪得存。
瑞阶金翠色,人世已黄昏。

秋夜登重庆澄鉴楼
〔明〕刘绘

排树含云态,摇江动月华。
不堪枫叶落,秋思黯三巴。

南 岸
〔清〕赵熙

出郭金笼放白鹇,春风河鸟自关关。
数峰秀出涂君国,游女争寻启母山。

璧山篇

璧山区东林寺外（谢智强　摄）

古驿苍茫落照西　千年璧山话沧桑

"古驿苍茫落照西，临邛凤羽漫称奇。"清代诗人王梦庚的一首《咏璧山县来凤驿诗》，带领我们走进南临长江、北倚嘉陵江的璧山。

璧山于唐至德二年（757年）建县，古时曾属渝州、恭州等，继而为重庆市所辖。它地处重庆西部和北部要冲，旧时由重庆到成都，有三条陆路和一条水路可走，除了水路由重庆到四川泸州入岷江转道成都外，其余三条陆路都要经过璧山。因此，璧山素有"扼渝州之咽喉"的说法。

位于交通要冲的璧山，自古以来文人墨客不绝于途。唐代便已有文人在诗作中描绘过璧山，此后历朝历代都有佳咏传世，直至明清时期进入一个高潮。在这些诗咏璧山的人当中，既有文人学士，如"巴渝第一状元"冯时行，也有英才名流，如北宋著名画家李公麟……他们或宦游，或旅行，或寄寓，为后人留下了无数动人的诗篇。

璧山古诗多诞生于明清时期

谁为这里写下了第一首诗？几乎成了记者每到一个区县追问的首个问题。

"这个问题难以考证。"璧山区委宣传部常务副部长胡正好介绍，在元代，璧山就曾因地广人稀而并入巴县，明代重置璧山县后，又于清康熙元年（1662年），因"户口尚少"交由当时的永川县代管，直至雍正七年（1729年）才复置璧山县。

明末清初，战乱不断，位于交通要冲的璧山在战火中遭到洗劫，人口急剧减少，县城内遍是断壁残垣。《重庆市志》记载了当时的情形："永川、璧山、铜梁、定远、安居等县，或无民无赋，城邑并湮；或哀鸿新集，百堵未就。"

县辖地域的几经变动，加上战乱频繁，造成了部分史料佚失，确实难以梳理清楚璧山古诗的脉络。

虽然无法确定是谁为璧山写下第一首诗，但历朝历代都不乏文人学士汇聚于此，他们或为"璧山八景"欣然命笔，或为古刹禅院题咏不绝；或登山涉水，即景抒怀，或酬唱赠答，吟咏遣兴，为璧山留下了大量诗篇。

据清同治时编纂的《璧山县志》和不少私家收藏典籍所载，李公麟、冯时行等名家都曾来到璧山，在山川寺院里留下言志寄兴之作。

为延续璧山诗脉，2007年，由璧山县委宣传部、县楹联学会编写了《璧山古诗鉴赏》一书，从现存的历史典籍中选取了唐代以来至现代的71位诗人的169首涉及璧山的诗歌，加以注释与鉴赏。

在书中记者看到，明清时期的诗作数量最多。这一方面是因为明清时期距离今天时间不长，便于诗作的留存；另一方面则是由于在明清时期，璧山进一步发展繁荣，境内的来凤驿在当时就是与重庆白市驿、四川龙泉驿和双凤驿齐名的巴蜀"四大古驿"。100多年前，清人孙毓汶就曾在日记里记录了其夜宿来凤驿的感受："供市喧呼，竟夜不能成寐。"繁荣的市井自然吸引了更多的文人墨客驻足。

璧山知县黄在中选出"璧山八景"

璧山境内群山环抱，浅丘交错起伏，古刹寺院林立，优美的自然人文景观，千百年来让无数文人墨客咏叹。

"在这些游记诗作中，以'璧山八景'为题者较多。"胡正好说。

翻看清同治《璧山县志》，我们能看到书中所载的"古八景图"，它们分别是：觉院夜雨、东林晓钟、圣灯普照、茅莱仙境、凉伞云遮、金剑晴雪、虎峰马迹、石泉凝脂。

"巴渝十二景"诞生于清代巴县知县王尔鉴的笔下，那么"璧山八景"又是谁选出来的呢？"这就不得不提及清代璧山知县黄在中。"胡正好说。

黄在中，字公瓒，江西宜春人，清雍正十三年（1735年）至乾隆七年（1742年）任璧山知县。

"可以说黄在中是一个改变璧山历史的人。"胡正好介绍，当时的璧山地广人稀，百废待兴。黄在中上任以后，惠农劝学，重修了文庙、书院，布局

并修建了包括移民会馆在内的"九宫八庙",并主持编纂了《璧山县志》……

此外,这位历任璧山知县中的明星级人物,还做了一件很重要的事,就是评选出了"璧山八景"。

"其实早在明代就有'璧山八景'一说,黄在中在此基础上,遍访璧山各地后,替换了其中'四景',这才有了我们今天看到的'璧山八景'。"璧山区政协学习及文史委主任傅应明说,黄在中还为此写出了脍炙人口的《璧邑八景》诗,后人争相传诵。

例如在《石泉凝脂》中,黄在中登上位于璧山城南的华盖山(今属璧山区健龙镇),用"瀑溅珠岩百丈垂,清心静质少人知"描绘了泉水从高高的山岩飞流直下,激起的水花如同一粒粒珍珠的美景。

"莲社荒凉存古碣,柴扉寂寞启洪音。"在《东林晓钟》一诗中,黄在中记述了自己夜访东林寺之时,莲社寂静之中隐约传来阵阵轰鸣声,有恍然如梦之感。

"过去东林寺是璧山香火最旺的庙子。"东林寺的看守人吴月官告诉记者,抗战期间东林寺曾作为键生艺术专科学校的校址,迎来送往莘莘学子。"目前寺庙正在重修,将重新对公众开放。"胡正好说。

如今,"璧山八景"中的部分景观已在岁月更替中荡然无存,有的则旧貌换新颜,但历史的遗迹在诗篇中并没有丢失,这些穿越数百年时光的诗句,发思古之幽情,历久弥新。

明代"三才子"之首为马坊桥写诗

其实,除了今天我们所熟知的那些描绘璧山的古诗外,还有许多古诗在时光流逝中逐渐散失,它们被掩埋在历史的尘埃中,等着我们去重新发现。

"最近我在阅读《重庆府志》的过程中就新发现了一首描写璧山的古诗,它并没有被收录在《璧山县志》中,因此之前知道这首诗的人并不多。"傅应明告诉记者,这首诗出自明代"三才子"之首的笔下。

它的作者到底是谁呢?

"他就是明代诗人杨慎。"傅应明说,杨慎字用修,四川新都(今成都市新都区）人，是明代著名文学家。

在杨慎现存的2300多首诗词中，有不少都与重庆有关。例如在三峡，杨慎挥笔写下《峡东曲》："白帝到江陵，一千二百里。"长江一泻千里的壮阔之景跃然纸上。

在合川钓鱼城，杨慎则通过诗句"钓鱼城下江水清，荒烟古垒气犹生"，赞叹了这处中外闻名的古战场遗址。

"我在《重庆府志》中发现，杨慎其实还为璧山写过《马坊桥》一诗。"傅应明说。

为何杨慎会来到璧山呢？

"古时交通不便，从四川来的人时常沿成渝古驿道到重庆后，再坐船经三峡出川。"傅应明介绍，马坊桥则是位于成渝古驿道沿线的一个重要场镇，"去年我们在马坊桥附近发现了一处明代的家族墓葬群，分布面积超过600平方米，这也从侧面反映出当时的马坊桥人丁兴旺、相当热闹"。

傅应明推测，这首诗也是杨慎在出川途中路过璧山马坊桥时所作。他用诗句"无奈旅怀多，村酤引睡魔"，抒发去国怀乡之感。

那么诗中所写的马坊桥，今天还在吗？

记者在璧山区丁家街道看到，这座已有数百年历史的古桥横跨梅江河上，依旧在发挥着通行的作用，只是这些年来南来北往的旅人越来越少了。

"随着上世纪90年代成渝高速的通车，不再位于交通要冲的马坊桥，也不复旧时繁华。"胡正好说，不过它即将迎来新的机遇："即将开工的合璧津高速将在马坊桥附近设置下道口，这将为沉寂的马坊桥带来源源不断的人气。"

你知道"璧山神"的传说吗?

> **游茅莱山道士留饮**
> 〔清〕刘宇昌
>
> 茅莱胜境即蓬莱,
> 为访仙踪得得来。
> 四面名山随地拱,
> 数重禅院倚云开。
> 林深疑有青牛卧,
> 洞古欲邀白鹤陪。
> 难得支公能识我,
> 相逢大笑醉霞杯。

璧山区大兴镇的茅莱山,供奉"璧山神"的普泽庙,守庙人正在介绍土主殿残存的石柱。

璧山是如何得名的?

据《元和郡县图志》《太平寰宇记》记载,"县有一孤山,西北二面险峻,东南二面稍平,土人号为'重壁山',因以名县"。这是"璧山"得名的一种说法。

"这里的'孤山',指的就是如今位于璧山大兴镇的茅莱山。"璧山区委宣传部常务副部长胡正好告诉记者,提到茅莱山,"璧山神"就是一个绕不开的话题。

在清代文人刘宇昌的诗作《游茅莱山道士留饮》中,便出现了"璧山神"的身影。

那么这位"璧山神"究竟是谁?它是怎么来的?它对人们的生活又产生了哪些影响呢?让我们穿越时空,到这首古诗中去一探究竟吧。

|"璧山神"传说曾影响巴蜀地区|

提起刘宇昌,可能知道的人不多。

"他是璧山人，清嘉庆二十三年（1818年）的进士，曾任贵州桐梓、湄潭等县知县及山东平州等地知州、贵州黎平府知府。"胡正好说，刘宇昌为官30余年，始终清正廉明，囊无余金，室无私蓄。

然而不愿巴结上司、网罗党羽的刘宇昌，却难以在官场中找到肝胆相照之人，心情苦闷的他在浏览家乡名山茅莱山的过程中遣兴抒怀，写下这首《游茅莱山道士留饮》。

"茅莱山便是'璧山八景'之一的'茅莱仙境'所在地，按照史料上的排序，'茅莱仙境'位于'璧山八景'的第四位。"胡正好说。

但是，胡正好认为，如果要介绍"璧山八景"，第一个要提的就是"茅莱仙境"，因为这里不仅是璧山得名之处，也是民间传说中"璧山神"修炼升天之所。

那么这位"璧山神"到底是谁呢？

"他就是唐大历年间的巴川县令赵延之。"璧山区政协学习及文史委主任傅应明介绍，由于平定资州、泸州等地少数民族叛乱有功，赵延之被委以管理数州事务的军政长官，后卒于璧山，传说在茅莱山得道成仙，被民间称为"璧山神"。

"四面名山随地拱，数重禅院倚云开。"这里面的"禅院"，指的就是宋代璧山县人为祭奠赵延之所修的气势恢宏的普泽庙。

千百年来"璧山神"的传说一直影响着巴蜀地区。传说成仙之后的赵延之保境安民，除瘟驱病，深受巴渝一带老百姓的景仰。明清时期，四川盆地乃至云贵地区，都能见到大大小小供奉"璧山神"的庙宇。

| 将茅莱山打造成璧山历史文化山 |

为了进一步探寻"璧山神"的传说，我们来到了位于璧山大兴镇均田村的茅莱山。

站在山脚下，这座作为璧山得名之处的名山看上去却并不起眼，山坡上杂草丛生，一片荒芜，坡度也不大，为何它会被称为"重璧山"呢？

顺着石板小路，一行人开始气喘吁吁地向上爬，半小时后我们站在茅莱山顶峰，从西面顺着茅莱山脉往北望去，原来在山的另一面，真的是一道重峦叠嶂宛若刀削的山壁，险峻无比，山崖边林木参差，落英满地，这便是诗人所说的"茅莱胜景即蓬莱"吧。

那么"数重禅院倚云开"的普泽庙又在哪里呢？

在小路尽头一处破败的寺庙里，守庙人简珍贵告诉我们，这里就是供奉"璧山神"的普泽庙。

寺庙内有一片很大的空地，"这里过去就是供奉着'璧山神'的土主殿。"简珍贵回忆，殿的四周有四根精雕细琢的石柱，雕刻着孙悟空西天取经、张果老倒骑毛驴等情景。

除了土主殿外，普泽庙内过去还有药王殿、玉皇殿、黄经殿等建筑，气势恢宏。"不过这些现在都看不到了，基本上都被毁掉了。"简珍贵惋惜道。

普泽庙衰败了，"璧山神"也在人们的生活中渐渐走远。在采访中我们发现，不少璧山当地人都没听说过"璧山神"的传说，曾经影响着巴蜀地区的"璧山神"，如今让人觉得陌生而神秘。

"以'璧山神'、茅莱山等为底蕴的历史文化，构成了璧山独特的文化基因。"胡正好说，重新将这些概念提出来并进行打造，对于璧山的文化建设十分重要。

好在璧山已经有了规划。"我们计划在茅莱山修建一个茅莱山公园，通过建设植物园、恢复历史建筑等措施，将其打造成为璧山的历史文化之山。"胡正好说。

（卢波）

璧山古诗选萃

马坊桥
〔明〕杨慎

无奈旅怀多，村酤引睡魔。
醒醒不成寐，枫叶助吟哦。

东林晓钟
〔清〕黄在中

密树疏烟停暮鼓，倚云傍月访东林。
招提不是人间路，梵语如闻天地心。
莲社荒凉存古碣，柴扉寂寞启洪音。
野猿睡起鸦飞急，惊破寒窗晓梦沉。

春社出郊
〔宋〕李公麟

千寻古栎笑声中，此日春风属社公。
开眼已怜花压帽，放怀聊喜酒治聋。
携刀割肉馀风在，卜瓦传神俚俗同。
闻说已栽桃李径，隔溪遥认浅深红。

北碚篇

"缙岭云霞"是诗人笔下的最爱(徐建 摄)

江山青峰耸缙云　云来舒卷目缤纷

北碚区背倚缙云山，面朝嘉陵江，因有巨石伸入嘉陵江中，曰碚；又因在渝州之北，故名北碚。这里自古就是重庆进出川北的咽喉要地，在夏商时期为濮人（商周古民族）居住区，风景优美，自然人文景点众多，不少文人墨客在此留下众多诗篇。

据目前能查到的资料统计，自唐代开始至清末，共有48位诗人曾经路过或在此居住，留下了关于北碚的诗作80余首。

陈子昂所作是描写北碚的第一首诗吗？

"东岩初解缆，南浦遂离群……路转青山合，峰回白日曛。奔涛上漫漫，积浪下沄沄……"

大约公元684年，唐代著名诗人陈子昂在武则天召他进长安做官，途经嘉陵江小三峡（古称巴峡、东阳峡）时，写下了《入东阳峡与李明府舟前后不相及》一诗。

这首诗，是目前能搜集到的最早描写北碚的诗。

"古时，蜀国人如果要出川，除陆路外，从合川经北碚至朝天门的嘉陵江，是唯一的水路。"西南大学文学院讲师赵天一告诉记者。

从合川区境内的沥鼻峡开始，加上北碚区境内的温塘峡、观音峡（合称嘉陵江小三峡），正是这条水路中的一段。

江水奔腾，漩涡叠生，峡壁两岸悬崖挺立，犹如刀凿斧削……近日，记者来到温塘峡入口处。

1300多年前，曾写下千古名句"念天地之悠悠，独怆然而涕下"的大诗人陈子昂，见到这样的景象后，在《入东阳峡与李明府舟前后不相及》一诗中，写下了"奔涛上漫漫，积浪下沄沄""孤狄啼寒月，哀鸿叫断云"的诗句。

"这是目前我们发现的最早写北碚的诗。"今年87岁、曾负责编纂《北碚诗词》一书的北碚区原地方志办工作人员李萱华告诉记者,上世纪80年代,北碚区地方志办启动了《北碚诗词》的整理工作。

《北碚诗词》最终确定了从唐代至1949年前113位诗人留下的关于北碚的270余篇诗作。其中,在辛亥革命以前,有48位诗人留下关于北碚的诗作80余首。清代为创作高峰,共有27位诗人创作了40余首有关北碚的诗作,约占总量的一半。

"古代巴渝几经战乱,很多史料散佚。"李萱华说,作为交通要冲,先秦至隋朝的北碚可能还会留有不少诗作,只是难以查找而已。

缙云山是诗人笔下出场最多的地方

北碚自然风光秀美,嘉陵江小三峡、缙云山、北温泉……这些著名的风景名胜,均是诗人笔下的"热词"。

"巴水急如箭,巴船去若飞。十日三千里,郎行几岁归。"这是唐代大诗人李白在《巴水歌》里,对出川要道嘉陵江小三峡湍急水流的描述。

"江山青峰耸缙云,云来舒卷目缤纷。有时酿作光华日,九十九峰都不醉。"这是清代诗人王尔鉴在《望缙云山》里对缙云山的咏叹。

"两崖环抱法王居,峡邃林深静有余。几个长松巢野鹤,一池温水跃神鱼。"这是明代诗人刘道开对温泉寺(今北温泉)美妙景致的诗吟。

那么,古诗中对北碚关注最多的地方是哪里?缙云山首屈一指。

在《北碚诗词》中,描写缙云山的诗作最多,有近30首。"'缙,赤色也。'缙云山因山间霞云姹紫嫣红,五彩缤纷,故名缙云山。"北碚区旅游局副局长李绚介绍,《重庆府志》描述的"巴渝十二景",其中之一就是"缙岭云霞"。

因此,缙云山的云霞是诗人们最偏爱的对象之一。

王尔鉴有诗云:"蜀山九十九,萃此九峰青。霞胃悬丹嶂,云开列翠屏。光华歌复旦,胼寸遍沧溟。更孕巴渝脉,人文毓秀灵。"

周绍缙、姜会照、王梦庚等诗人,均写过题目同为《缙岭云霞》的诗篇。"仰望缙岭霞，上带赤云彩""云来山掩云如失，云去山空影似留""朝晖状万千，暮彩散余绮"……缙云云霞的奇妙变幻在诗人笔下得以生动呈现。

"巴渝第一状元"是否真的中过状元

从狮子峰左侧下行，记者来到千年古刹缙云寺。在其西北面的古井旁，竖着宋代文学家冯时行的雕塑。

有史料显示，冯时行是宋徽宗宣和六年（1124年）恩科状元，蒲国宝则是重庆境内宋代继冯时行后的又一名状元。

清代诗人周开丰曾就此写下《双状元碑》一诗："巴国当南宋，冯蒲两状元。遗徽存石碣，可复继高骞。"意在褒扬两名状元的才华，激励后世向他们学习。然而，关于冯时行是否真的中过状元，古今学术界一直有争议。

据《重庆市北碚区志》记载，冯时行少时曾在缙云山求学，1124年考中进士，此后，历任奉节尉、江原县丞等官职，后因力主抗金被贬，"坐废十七年后方重新起用"。在被贬的这些年里，冯时行重返缙云山，在山下的梁滩坝（即状元碑）开办学堂，"结庐授课"。

隐居山林的十余年间，冯时行著有《缙云文集》43卷。《忆渊明二首》《见雪》《竹枕》等见于《缙云文集》中的诗文，大多描述了他与朋友的交往和日常生活。这些诗篇，使缙云山名声更盛。

然而，虽隐居山中，诗人却依然心忧抗金之事。他在《春题相思寺》一诗中的"相思思底事，老大更无心"，就表达了其忧国忧民之情。

"在《宋状元录》中，没有关于冯时行中状元的记载。《四川通志》也记载，清朝大学士纪晓岚曾作过考证，称冯时行是北宋进士，排92位。"李萱华告诉记者，冯时行是对百姓"有惠政"的父母官，老百姓也十分敬仰他的爱国行为。"因此，即使冯时行当时不是状元，但民间也尊称他为'巴渝第一状元'。"

《巴县志》记载，明代万历元年（1573年），官吏胥从化在缙云山山麓梁滩坝立碑，碑上镌刻"状元乡"三个字。如今，碑石由于修筑公路等原因，已被凿毁铲去。

"虽然昔日石刻不见,但'状元碑'这个地名却一直沿用至今。"李绚告诉记者,古代诗人在北碚留下许多动人的诗篇,值得好好挖掘利用。目前,北碚已全面启动缙云山—北温泉片区建设,拟到2030年将"缙云山—北温泉旅游度假区"建设成为国家级旅游度假区。

"度假区分核心区和保护区。"李绚介绍,核心区东临澄江镇及其沿江金刚碑古镇,南倚温泉大道及其沿线区域,西接澄江联通璧山乡村公路璧北河岩滩段,北靠草街全胜村;缙云山及金刚碑沿线则作为保护区,将周边旅游资源点均纳入其中,并丰富乡村游等产品,打造旅游产业集群,让更多人领略到北碚区的自然和人文之美。

▲美丽的北温泉(秦廷富 摄)

周敦颐和"南国诗人"曾在北温泉写下同一首诗？

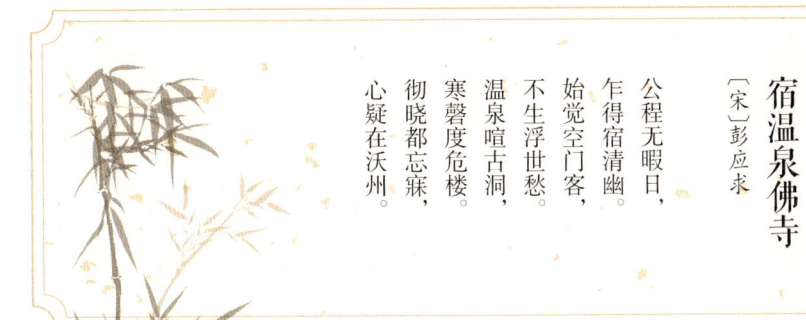

> **宿温泉佛寺**
> 〔宋〕彭应求
>
> 公程无暇日，乍得宿清幽。
> 始觉空门客，不生浮世愁。
> 温泉喧古洞，寒磬度危楼。
> 彻晓都忘寐，心疑在沃州。

前身为温泉寺的北温泉公园，建于南朝刘宋景平元年（423年），距今有近1600年的历史，自古诗人在这里咏诗甚多。

不过，有趣的是，有着"南国诗人"之称的彭应求和著有《爱莲说》一文的周敦颐（字茂叔，号濂溪），竟然创作了一首内容几乎完全相同的诗篇。

这，究竟是怎么回事？

"北温泉背靠缙云山，前临温塘峡。由于风景优美，古往今来，北温泉吟咏者甚众。"北碚区博物馆馆长莫骄介绍，杜甫、李义山、王尔鉴等诗人，都曾游历或下榻过温泉寺，并留下诗作。

《重庆府志》《巴县志》《璧山县志》也称，温泉寺"题咏甚众""诗碑林立"。只不过，历经岁月更迭，这些诗碑已不见踪影。

"以前寺里曾有周敦颐的石刻，上书《宿崇圣》一诗。"北碚区原地方志办工作人员李萱华说，但一个惊人的现象是——这首《宿崇圣》："公程无暇日，乍得宿清幽。始觉空门客，不生浮世愁。温泉喧古洞，晚磬度危楼。彻晓都忘寐，心疑在沃洲。"其内容与有着"南国诗人"之称的彭应求所作的《宿温泉佛寺》，仅有"寒"与"晚"一字之别！

这首诗的作者究竟是谁？记者为此查阅了大量史料和典籍。

明《蜀中广记》卷二记载："山麓温泉悬崖涌出，四时腾沸，中有游鱼数十尾，人皆见之。宋推官彭应求诗云……周茂叔，舣舟其下，刻之于石。"这段文字明确记载了彭应求在北温泉写诗一事，对于周敦颐，却只有他刻诗于石上的记录。

《濂溪先生周元公年表》及南宋理学家彭度正的著作《性善堂稿》，也记录了彭应求作诗、周濂溪作序的事。

综上所述，事情的大致经过应该是这样：

大约在北宋景德元年与大中祥符年间（1004—1016年），彭应求出任渠阳（即合川）幕史，去合州上任途中，他曾夜宿温泉寺，并题五律《宿温泉佛寺》诗于寺壁。

几十年后，也就是北宋嘉祐元年（1056年），周敦颐前往合川，出任合州通判。乘舟路过温塘峡时，他读到此诗，赞不绝口，便为其作序，然后将诗作刻石立于温泉寺中。

南宋嘉定十二年（1219年），重庆知府庹性善发现残破的此碑，如获至宝，为其作"跋"收入《周濂溪集》中。

"因此后人误以为这首诗是周敦颐所作。"李萱华说，彭应求是北宋名满江左的诗人，但因为史料遗失，留下的诗作很少，周敦颐只是为该诗作序刻石。不过，这个"乌龙"事件，令这首诗广为流传，也让温泉寺为更多的人知晓。

在历史的烟云中，温泉寺曾几经战乱。民国时期，著名爱国实业家卢作孚先生倡导巴蜀各界名流募捐，建成北温泉公园。乳花洞、爱莲池、数帆楼……这些景观让历史悠久的北温泉更添韵味。

"对北温泉的打造，北碚区拟将其与嘉陵江小三峡，以及周围的张飞古道、乡村游等旅游资源整合，并利用'互联网+'进一步推广。"北碚区旅游局副局长李绚表示。

北碚篇

"巴山夜雨涨秋池" 秋池就在金刚碑？

"君问归期未有期,巴山夜雨涨秋池。"1000多年的一个深秋,唐代著名诗人李商隐写下这样的千古名句。

诗中的秋池到底指的何处？千百年来,人们争论不休。比较流行的说法是在渝中区的浮图关。但还有一种说法,巴山夜雨涨秋池写的是金刚碑,秋池指的是金刚碑古镇旁的大沱口。

坐落在北碚嘉陵江畔的金刚碑古村,因其右侧、北山之上有巨石直立如碑,且上有唐人题刻的"金刚"二字,故名金刚碑。

沿青石板一路前行,记者直至江边。只见山峦拱翠,古树参天,一江碧水,穿过缙云山间的温塘峡,江水在出峡的下口,形成一处巨大的回水。

"重庆人称江水回水的地方为'沱',因此此地得名大沱口。"西南大学教授、中国诗学研究中心主任吕进说,李商隐写此诗时,是其在今四川三台一带任职期间。

彼时巴蜀地区多山,交通不便。诗人极有可能是从三台县沿涪江、嘉陵江乘船而下进入重庆,而这条线路必然要经过巴山和嘉陵江。"南宋《方舆胜览》等典籍多称缙云山为'巴山',因此《夜雨寄北》中的'巴山',是缙云山的可能性极大。"吕进认为。

再来看秋池。自古以来,北碚植被茂盛、水量充沛,夜雨之景在全国久负盛名。

"以前人们多认为'秋池'泛指诗人写诗所在地周围的池塘,并无明确的特指。"吕进进一步分析,但凑巧的是,金刚碑附近的大沱口,像极了一口"大秋池"。

"尽管学界关于这首诗的诞生之地还有其他争论,但综合历史文献、气象数据、地理条件的分析与解读,金刚碑具备诞生《夜雨寄北》这首千古名篇的条件。"吕进认为。

北碚区旅游局副局长李绚介绍，为充分挖掘保护金刚碑的历史文化，九街实业集团有限公司将启动对金刚碑片区的打造，整合周边嘉陵江湾、北温泉、清代码头等要素，将其打造为"中国古镇第一泉"。

"中国古镇中既有诗文化又有温泉的并不多。"九街实业集团有限公司负责人介绍，金刚碑项目将在江边沱口处恢复"渔人码头集市"；临江的"滨江大舞台"将引入国外经典剧目上演；古街两侧，则分别是特色温泉民宿和特色餐饮等。届时，酒肆、茶馆、说书院、土特产作坊等原生态的生活场景都将重新亮相。

"预计3年后，金刚碑将会重生。"李绚介绍，届时，这里将成为重庆又一个集传统与时尚为一体的巴渝特色文旅之地，古诗里的意象将在这里得以重现。

（李星婷）

北碚古诗选萃

入东阳峡与李明府舟前后不相及
〔唐〕陈子昂

东岩初解缆，南浦遂离群。
出没同洲岛，沿洄异渚濆。
风烟犹可望，歌笑浩难闻。
路转青山合，峰回白日曛。
奔涛上漫漫，积浪下沄沄。
倏忽犹疑及，差池复两分。
离离间远树，蔼蔼没遥氛。
地上巴陵道，星连牛斗文。
孤狖啼寒月，哀鸿叫断云。
仙舟不可见，摇思坐氛氲。

游温泉寺
〔宋〕丁谓

胜景游未久，烟岚迥出群。
水温何用火，山冷自多云。
客到留新句，人闲咏旧文。
徘徊吟哦处，松子落纷纷。

冬日游缙云山
〔清〕何仕昌

晨起步山腰，冷冷飞玉屑。
相将遣愁怀，非欲探奇绝。
倚树听松涛，划台观石碣。
偶逢鹤发翁，留醉藤萝月。

合川篇

合川区在三江交汇处（谢志强 摄）

井径东出县　山河古合州

位于嘉陵江、渠江、涪江交汇处的合川区，扼川北水陆交通咽喉，自古为巴蜀重镇。

西魏恭帝三年（556年）始有合州之名，宋淳祐三年（1243年）为抗蒙兵，在州城之东5公里的钓鱼山筑新城，这便是日后为世界瞩目的钓鱼城。1913年，合州改名合川县。2006年，设立合川区。

古时的合川是什么样子？

它可以有清代诗人张乃孚笔下的柔美——"木叶文成异，竹林风自清"；也可以有宋代诗人范成大笔下的壮阔——"井径东出县，山河古合州"。

据不完全统计，就是在这样一个历史底蕴丰富的地方，自隋唐以来，共有81位历代名人留下诗作200余首。由于合川的旖旎风光和独特的地理位置，现存的古诗中，山水诗所占比重最大，颇具特色。

在清光绪《续修合州志》和《民国新修合州县志》中的数百首合川山水诗中，就有张三丰、梁潜、杨慎、徐澜等名家之作。其中，明代道士张三丰在当地的濂溪祠写下《濂溪祠抒怀》，以"瓢挂树间人影久，器尘绝水响潺潺"的诗句，表达遁世隐居的闲适。

此外，写下《登幽州台歌》的陈子昂、写下《爱莲说》的周敦颐、诗圣杜甫等也都曾寄情于合州山水，留下佳篇。

说到合川的山水诗，就不能不提"合阳八景"。

清光绪《续修合州志》记载有"合阳八景"图与相关文字。"合阳八景"包括"涪江晚渡""濮湖夜月""金沙落雁"等。张乃孚、刘泰三、卢雍三位诗人都曾为"合阳八景"题诗。在张乃孚笔下，"涪江晚渡"有着"绿播风细细，白石水粼粼"的绝美景色；刘泰三用"路转峰回复几弯，沿溪不计浅深间"形容在"濮湖夜月"下泛舟的闲适；而面对"金沙落雁"，卢雍则发出"黄金虽贵不可饱，还向江田觅稻粱"的感叹……

很少有人知道，历史上，合川除了"合阳八景"外，还有"涞滩八景"，包括"佛岩仙境""龙洞清泉""修竹戏石"等八处美景。不过，这些美景早已不复存在。记者查阅大量资料只找到了一些关于涞滩古镇的零星诗篇，其中就有清代合川本地诗人冯镇峦写的《端午前一日约同人泛艇渠江龙挂溪至涞滩即事》。

在合川各处高山上，还散留下了不少诗作。其中，铜梁山、龙游山较多。在铜梁山，周敦颐大赞这里盛开的木莲花，诗人陈大文、谭升也留下诗篇；龙游山则留下洪成鼎、王尔鉴、韩耀南等多位诗人的佳作，王尔鉴《登龙游山》的首句——"龙游之山盘晴空，江环山转如游龙"，因其磅礴的气势、丰满的想象，至今被人吟诵。

杨慎在钓鱼城写下传世名篇

合川哪个景点的古诗最多？自当是名扬四海的古战场钓鱼城。

记者采访多位专家，并没有梳理出钓鱼城古诗的确切数量，但对于钓鱼城在合川诗歌史上的地位，专家们却众口一词——自筑城以来，钓鱼城就吸引了无数诗人泼墨吟诵。

| 杨慎作诗大赞钓鱼城守将 |

钓鱼城是我国保存最完整的古战场，它的传奇从700多年前，就已经开始。

在四川人民出版社出版的《钓鱼城诗选》一书中，一共收录了80余首关于钓鱼城的古诗。记者在查阅后发现，这些诗篇大都以怀古作为主题。其中，直接名为《钓鱼城怀古》的诗歌就有18首。作者有明代诗人胡应先、清代诗人王元兆等。

不过，在所有怀古诗中，被称为"传世名篇"的则是明代大诗人杨慎的《钓鱼城王张二忠臣祠》。杨慎在诗中大赞钓鱼城守将——王坚与张珏。

> 钓鱼城下江水清，荒烟古垒恨难平。
> 睢阳百战有健将，墨翟九守无降兵。
> 犀舟曾挥白羽扇，雄剑几断曼胡缨。
> 西湖日夜尚歌舞，只待崖山航海行。

重庆文理学院教授杨钊介绍，明嘉靖十八年（1539年），杨慎从贬谪地到重庆"领戍役"，过合川凭吊钓鱼城，感古伤今，写下此诗。

有别于其他的作者，杨慎在诗中用了大量典故，"睢阳百战有健将"比喻王、张二人如唐代安史之乱固守睢阳的张巡、许远一样坚韧、忠诚；"墨翟九守无降兵"一句则来自春秋战国时期墨子与公输的故事；"犀舟曾挥白羽扇"取自晋代顾荣在舟中泰然挥动羽扇的典故。

钓鱼城历史文化博物馆馆长池开智认为，除了对典故的巧妙运用外，更让人拍案叫绝的是，诗歌最后，杨慎还以一句"西湖日夜尚歌舞，只待崖山航海行"，将笔触拉回现实。

"这句话的意思是说，眼下，西湖还在夜夜笙歌，如此这般，等待南宋君臣的就只有到崖山跳海自尽啦。"池开智说，如此反思也正是这首诗的宝贵之处。

| "鱼城烟雨"让人迷醉 |

当然，除了古战场之外，钓鱼城还有一个身份：巴蜀名胜。这个身份使诗人接踵而来，留下不少山水佳篇。

钓鱼山位于嘉陵江、渠江、涪江交汇之冲，山、水、城合一，自古为巴蜀形胜之地。在清光绪《续修合州志》里的"合阳八景"中就有"鱼城烟雨"。

何为"鱼城烟雨"?杨钊解释,古时,每当烟雨欲来,大雾必先由钓鱼城一岩隙间涌出,瞬间便弥漫开,令整座山陷入茫茫烟雨中,犹如一幅水墨画,人称"鱼城烟雨"。

记者查阅资料发现,明代诗人卢雍与清代诗人张乃孚都写过题为《鱼城烟雨》的诗作。其中,卢雍用"悬崖三面阻江湍,古堞摧颓烟雨寒",来形容鱼城烟雨之美;而张乃孚则用一句"晓妆开嶂黛",将青翠山峰形容为晨曦中对镜梳妆的少女。

记者在钓鱼城始关门至护国门大路左侧石壁上,还看到刻有明代诗人徐澜的两首诗《登钓鱼山》《与一泉别驾常君三泉进士张君同游护国寺》。

杜甫、范成大遗憾错过会江楼

在合川的诗歌地图上,有一个叫作会江楼的地方显得有些与众不同——它先后被唐代大诗人杜甫与宋代大诗人范成大写进诗中,但诗句中并未对会江楼本身有过多描写,只是在最后一句提到"会江楼"三个字。这三个字让前者心生向往,让后者满是遗憾。

会江楼究竟是个怎样的地方?两位大诗人又与会江楼发生了怎样的故事?

| 江花未尽时,杜甫想要登上会江楼 |

前者途中一相见,人事经年记君面。
后生相动何寂寥,君有长才不平贱。
君今起柂春江流,余亦沙边具小舟。
幸为达书贤府尹,江花未尽会江楼。

这首诗正是诗圣杜甫创作的《短歌行送祁录事归合州因案苏使君》。诗中提到的"会江楼"旧址即在合川鸭嘴码头广场附近。

会江楼是古时合州城的会江门城楼,位于嘉陵江、涪江交汇处,可远眺都东山、铜梁山、学士山,是极负盛名的巴蜀名胜之一。

那么,杜甫到底登上过会江楼没有?重庆市诗词学会会长凌泽欣说,多年来,学界一直流传着杜甫到过合川的说法,但事实上,登上会江楼只是诗人最终落空了的梦想而已。

凌泽欣介绍,唐代宗广德元年(763年),流落四川梓州(今四川三台县)的杜甫为一个合州小吏送行,拜托其捎书信给合州的贤府尹,写下了这首诗歌。

诗中最后几句,他对这位小吏说,在岸边他已经停放好去合州的小舟,有幸拜托小吏为他送一封信给贤府尹,他要在嘉陵春浪未尽时登上会江楼。

然而,第二年,在成都好友严武的推荐下,杜甫出任检校工部员外郎,去往成都,未能实现登上会江楼的愿望。

不见"沙头杜老舟",范成大错过会江楼

有意思的是,在《蜀中名胜记》中有一首公认的山水诗佳作《望合州》,作者系宋代著名诗人范成大,他也在诗歌的最后一句点名"会江楼"——

> 井径东出县,山河古合州。
> 木根拿断岸,急雨洗江流。
> 关下嘉陵水,沙头杜老舟。
> 江花应好在,无计会江楼。

范成大是否登上过这著名的城楼?

凌泽欣介绍,范成大当时正出任四川制置使,经合州时遇瓢泼大雨,面对"木根拿断岸,急雨洗江流"的场景,他写下这首五律诗。

诗中最后几句:"关下嘉陵水,沙头杜老舟。江花应好在,无计会江

▲新的会江楼。（谢智强 摄）

楼。"正是诗人想起了杜甫当年未能登上城楼的遗憾，而发出的感叹：古城楼关防下流淌着嘉陵江水，岸边仿佛停着杜甫的小舟。嘉陵春浪还在，他和杜甫却没有登上那会江楼。

历史上，会江楼经过多次迁移与重建。中华人民共和国成立初期，会江楼因成为危险建筑而被拆除。

2010年，为传承历史文脉，根据原貌，新的会江楼在合川文峰街建成。记者看到，重建的会江楼为木质结构的三层楼，宏伟壮观，雕檐飞角间仍透着唐风古韵。

周敦颐在合川诗咏木莲花
养心亭内留下宋代理学开山之作

"予独爱莲之出淤泥而不染,濯清涟而不妖……"周敦颐的《爱莲说》可谓家喻户晓,但很少有人知道,这位宋代著名文学家曾在合川为官3年多,并在此写下宋代理学开山之作——《养心亭记》。

这3年多的时间里,周敦颐在合川发生了怎样的故事?又留下了什么样的诗歌?

40多岁的周敦颐出任合州通判

在合川,只要一提到周敦颐,几乎每个人都会说:"一定要去看看学士山上的八角亭。"学士山是座什么山?周敦颐和八角亭又有什么关系?学士山即嘉陵江东岸的一座小山,这座山因唐代著名学士曲瑞常往小憩而得名。八角亭则是北宋合州名士张宗范在学士山上修建的一座读书亭阁。

北宋嘉祐元年(1056年),40多岁的周敦颐出任合州通判。这位名人的到来,让合州文坛沸腾了。南宋《周濂溪先生年谱》记载:"当时乡贡之士,闻先生学问多来求见。"

张宗范也是其中的一名崇拜者。把学士山上的八角亭建好后,张宗范邀请周敦颐前去做客,一到现场,周敦颐便被这里的山水所折服,欣然为八角亭题名为"养心亭"。就在这

▲养心亭。(谢智强 摄)

里，周敦颐写下了宋代理学的开山之作《养心亭记》。

如今，当人们漫步于合川嘉陵江边的步道上，仍然远远就能看见矗立在一座小山头上的养心亭。它看上去挺拔而清秀，在经历了宋代以来的数度重建与修葺，已成为合川区级文保单位。

| 周敦颐为何只留下一首诗？ |

《合川历史文化纲要》记载，周敦颐担任合州通判共三年零七个月。那么，这位文学大家在这3年多的时间里，为合州留下了什么样的诗篇？记者查阅大量资料发现，合川只有一首周敦颐留下的诗作——《铜梁山木莲花》。

这首诗是周敦颐在城郊铜梁山观木莲花时所作。诗中，他用"仙姿疑是华颠栽，不向东林沼上开。异芯每随榴花放，清香时傍竹风来"的诗句，形容木莲花之美。

"铜梁山是古代名人的向往之地。"池开智介绍，周敦颐在任合州通判时，曾带自己的门生、宋代理学家程颐游览了铜梁山的美景，这首《铜梁山木莲花》可能就是应景之作。

如今的铜梁山已被打造成为铜梁洞森林公园，修建了健身步道。想要知道周敦颐诗中的木莲花开得还好吗？还得去森林里找一找。

(夏婧)

合川古诗选萃

送李员外贤郎
〔唐〕王维

少年何处去，负米上铜梁。
借问阿戎父，知为童子郎。
鱼笺请诗赋，橦布作云裳。
薏苡扶衰病，归来幸可将。

鱼城烟雨
〔明〕卢雍

悬崖三面阻江湍，古堞摧颓烟雨寒。
盘石可能容我坐，绿蓑青笠弄长竿。

登龙游山（节选）
〔清〕王尔鉴

龙游之山盘晴空，江环山转如游龙。
挽葛牵藤上梯石，泠泠两腋携天风。
天风吹我入云里，夭矫云龙腾空起。
天然石壁生层云，云气蔚蒸映池水。

綦江篇

2017年6月22日，綦江区老瀛山山顶的白云道观（谢智强　摄）

綦江篇

綦水一带环　瀛岭千峰矗

"綦水一带环，瀛岭千峰矗。"清代诗人吴宗衍的一首《癸亥重九日登崇山步捷墀黄少府韵》，带我们走进依水而生的綦江。

綦江古时曾属巴郡、南州、渝州、重庆府等，继而为重庆市所辖。它地处四川盆地东南与云贵高原接壤处，南与贵州习水、桐梓两县接壤，与城同名的綦江由南到北贯通全境，是重庆通往贵州的交通大动脉，因此，綦江素有"重庆南大门"之称。

位于交通要塞的綦江，谁为这里写下了第一首诗？"我认为是南宋抗蒙名将王坚。"说这话的是綦江区政协退休干部、作家胡世博。

胡世博告诉记者，据《道光綦江县志》记载，王坚曾在綦江做客，并登上观音岩（位于綦江城边，上世纪30年代因修建公路被毁）留下《游观音岩》一诗："两载南州客，悬岩此日登。翠环千丈壁，红映一龛灯。索句拈枯笔，凭高倩老藤。闲身何所托，抛剑欲依僧。"

至于王坚之前有没有文人墨客为綦江作诗？没人能确定。因为在宋代，綦江分属两地，北边属南川县，多为汉人居住；南边则是少数民族居住地，双方冲突不断。

"战乱频繁，加上县辖地域的变动，没有史志资料证明宋代之前綦江还有诗歌记载。"胡世博说。

尽管如此，历朝历代都不乏文人学士汇聚綦江。

相传，唐代大诗人李白流放夜郎时，见綦江李公坝景色迷人，故在此居住多年。后人为了纪念李白，将此处取名"李公坝"。

"李公坝"一名延续至今，如今已成为綦江花坝旅游景区的名片之一。至于这一地名是否真的为纪念李白到此来过，还有待专家学者进一步考证。

据《道光綦江县志》所载，明代"三才子"之首的杨慎也曾来到綦江，写下"行到蜀南欲尽头，江边深处隐扁舟"的诗句。

綦江留存诗作数量最多的是明清时期，达百余首。这一方面是因为明清时期距今不久，便于史料留存；另一方面则是由于在明清时期，綦江进一步繁荣，这也促进了诗歌的蓬勃发展。

除了是交通要塞外，綦江秀丽的山水也是吸引众多文人墨客到来的一大缘由。100多年前，清人杨荣就曾为綦江的老瀛山作诗："谁挈瀛洲妥帖安，浓云蒸处影漫漫。落花流水三春暖，古木高风九夏寒。"

位于綦江东南部的古剑山，因景色宜人，古代文人也频频造访。清代诗人陈锟就在登山时赋诗："古剑高难拔，森然势插霄。"清朝綦江贡生张先达也为之倾倒，写下诗句："危梯盘屈路潜通，绝顶频教眼界空。"

为延续綦江诗脉，目前，綦江区委宣传部、区文化委等单位正在编写《綦江历代文人作品选》一书，挖掘、梳理涉及綦江的诗歌，并加以注释与鉴赏。

杨慎曾路过綦江　写诗怀古留佳句

说到綦江这个地方，就绕不开一条河，那就是与城同名的綦江。

清澈的綦江穿城而过，蜿蜒顾盼，玉带飘柔。

綦江，古时又称夜郎溪，因它发源于贵州省桐梓县华山乡，经桐梓县夜郎乡形成夜郎溪，再经松坎至木竹河进入綦江境内。

古代有哪些文人为美丽的綦江留下诗歌？

| 杨慎在綦江写下《夜郎溪》 |

綦江区政协原主席张健告诉记者，明代"三才子"之首的杨慎曾挥毫泼墨，为綦江留下《夜郎溪》一诗。

该诗首句写道:"行到蜀南欲尽头,江边深处隐扁舟。"在杨慎眼中,悠悠綦江水,濯濯涟漪,一艘小船停泊在江中,构成了一幅安静的画面。

为何杨慎会来到綦江?

"古时交通不便,出川要么走水路,要么走古驿道。"綦江区政协退休干部、作家胡世博推测,这首诗应该是杨慎在出川途中路过綦江所作。诗人眼见潺潺江水,不禁怀古感叹:"不知孟获巢何处,料无烟芜避武侯。"孟获是三国时期南中地区少数民族的首领。相传诸葛亮七擒七纵孟获的地点就在夜郎溪附近。

| 碧水扁舟让人醉 |

自古以来,綦江就让众多文人墨客流连忘返。

看着这一汪绿水,清人李天英抒怀:"碧水沿綦市,扁舟过几城。全家荷安稳,树色隔江迎。"

清人李楫在游綦江时生出几分感触:"不见南平军,金戈和铁骑,当途瓦

▲綦江区赶水镇,一位当地居民在夜郎溪洗衣服。(谢智强 摄)

砾荒,怆然下远泪。"

作为长江右岸的一级支流,綦江也曾是重要的交通大动脉。

张健介绍,在古代,销往贵州和南川的盐茶糖果以及川黔边境一带的土产山货,大多是通过綦江运输。直至清代,从江口经綦江境到贵州新站都还通木船,这条运输线路也被称为綦岸。目前,綦江仍有120多公里可以通航。

近年来,綦江区投入资金对城区河道进行综合整治,不仅提升其防洪功能,还打造了水岸小景和亲水设施。经过整治的綦江,水质更加清澈,两岸建有观景健身、休闲娱乐、垂钓戏水的滨江公园。

宋代官员留下残诗传世
记录老瀛山四十八面险

在綦江目前留存的古诗中,描写哪里的诗歌最多?答案是老瀛山。

相传,老瀛山是老子修炼之地,四周皆悬崖峭壁,云雾翻腾。

那么,古代文人为老瀛山留下了怎样的诗作?

刘望之为老瀛山写诗

綦江博物馆馆长周铃说,綦江美景中,老瀛山最受古人钟爱,留下的诗作包括:明代重庆知府傅光宅的《望瀛山》、明代文人王白云的《山中漫兴》、清代文人蒋德馨的《题罗春堂瀛山远眺图》等。

老瀛山位于綦江东部,古人记曰:"老瀛山雄峙府东南,延袤数百里,星峰献奇。虬干呈异,龙头万仞,襟带清流,石笋千寻,撑擎碧汉,雾起山腰,人居山上,极目远眺,俯瞰八荒。"

"正是这样的美景,吸引了许多文人墨客。"周铃说,这其中最有名的,

▲ 綦江区老瀛山山顶的白云道观，游客在峭壁上观景。（谢智强 摄）

是曾任南平军（驻扎在綦江）教授的宋代官员刘望之。

《道光綦江县志》记载："刘望之，字叙仪，号观堂，合江人，绍兴进士，宰相沈该荐其文无尘埃气，召除学官迁秘书省正字，著有《观堂集》。"

满腹才学的刘望之，曾寄情于山水，游遍了南平军附近的风景。当他爬上老瀛山，发现其山势陡峭，四周都是悬崖峭壁，云雾缭绕，不禁为之感叹，写下诗歌。

遗憾的是，岁月更迭，刘望之的这首诗全诗已失传，仅留下"山盘四十八面险，云暗三百六旬秋"的诗句传世。

"白云观八景"美不胜收

位于老瀛山山顶的白云道观在古代也堪称一绝，为文人争相题咏，成就了"白云观八景"：石笋参天、南岩仙弈、洞天玉井、琼枝连理、龙头云霭、飞泉喷玉、梯步鸣琴、岩波双鲤。

例如石笋参天，在白云观前阳桥崖畔有一巨石，似峰屹立，高数丈，其形如笋。清人方麟就曾作诗赞曰："突兀擎宵不避风，此君作势已掣空；晚来静捧金茎露，云液潇疏到掌中。"清代举人罗星也留下诗歌："天半何年长竹胎，亭亭百尺倚云栽；春雷不肯添新笋，疑是娲皇炼过来。"

在白云观南面有一惊险峭壁，上有崖穴，长约4米，宽2米。倚崖远眺，青山如画，穴中石墩上刻有棋盘，昔时上有棋子。

"相传八仙吕洞宾、张果老曾在此对弈,这是'白云观八景'之一的南岩仙弈。"周铃说,清人李凤曾题诗赞曰:"瞻彼南山石,千秋一局棋。"

洞天玉井则在白云观前,沿两山崖之间石梯而下,狭窄处有一水井,传说清代举人罗星喝了以后觉得甘甜可口,沁人心脾,于是写诗赞道:"凿破云根涌碧澜,岩花长覆石栏杆;夜深听得琼浆泛,疑是金茎落玉盘。"

"老瀛山很多美景都保留了下来,并获批国家地质公园,进行保护性开发。"綦江区委宣传部副部长孙萍称,綦江正立足城市发展新区功能定位,突出"养生、养老、养心"主题,重点打造古剑山、横山、花坝、东溪古镇、老瀛山国家地质公园五大精品景区,使之成为人们休闲旅游度假的好去处。

"兄弟进士"成美名　家训相传百余年

綦江区文龙街道五桥路一条望不到底的巷子里,有一段很早以前留下的石板路,它是明清时重庆到云贵方向古驿道的一小段,石板路上曾有一座石牌坊,刻着"兄弟进士"四个大字。

这座牌坊背后有什么故事?

"那是綦江有名的进士牌坊,表彰的是清道光年间綦江伍家同门兄弟三个都在科举考试中考中进士的事。"綦江区政协退休干部、作家胡世博说,三兄弟分别叫伍辅祥、伍浚祥、伍奎祥,其父亲叫伍绍曾。

伍绍曾写下了《下车首政三十二条》,作为家训,让考中进士做了官的儿子们关心百姓疾苦,做一个清正廉明的好官。

"这在当时非常难得。"綦江博物馆馆长周铃说,在古代,合乐的称为歌,不合乐的称为诗,用于抒情言志,伍绍曾的《下车首政三十二条》正是诗歌的延伸。

伍绍曾为何会写下这样的家训？

周铃说，这与他的经历有关。伍绍曾年纪不大便担起了维持全家生活的重担，每天外出教书，因不能经常在家侍奉父亲，便嘱咐几个弟弟好好侍奉。伍绍曾还以身作则，每天清晨离开家前将父亲的便桶刷洗干净，晚上回家，不论多么累，他都要到父亲房中问候。伍绍曾的学问也很好，教书十分认真，先后7次被县令聘请作为县里考试的阅卷主持人。

他在《下车首政三十二条》中写道："严惩盗贼，安善良也。访拿讼棍，清讼源也。痛锄搢骗，除扰害也。查拿娼赌，端风俗也……"意思是当官者要严惩偷盗，诉讼公正严明；严查赌博嫖娼，端正社会风气；多体恤贫困孤寡，让更多老百姓受益；多修路修桥，方便百姓出行。

伍绍曾的儿子们也遵从家训，大儿子伍辅祥考中进士后，授工部主事，又擢升史科给事中。在此期间，他曾屡上奏折，呼吁革除四川盐政积弊，弹劾贪官污吏，清理庶狱，为人们所称道。二儿子伍浚祥和三儿子伍奎祥分别任御史和知县，为政清廉，勤于政事，且公正不阿，惩恶扬善，深受百姓爱戴。

伍绍曾90岁时含笑而终，死后被朝廷追封为"朝仪大夫""中宪大夫"。

"家训一直流传到今天。"伍之伦是伍家后人，幼时，爷爷就曾给他读过《下车首政三十二条》，让他印象非常深刻。

伍之伦是一名教师。"这几十年来，风清气正是我做人的守则。"伍之伦说，在伍家，这一家训还将继续传承。

记者了解到，2015年，因五桥路片区整体开发，石牌坊被拆除并被存放起来。

这样的家风家训在綦江还有吗？据悉，当前綦江正在推进文明城区创建，面向全区征集家风家训，并举行家风家训主题版画作品比赛，同时打造家风家训主题公园，让优秀的家风家训看得见、摸得着。

(李珩)

綦江古诗选萃

山中漫兴
〔明〕王白云

城中山林去路赊,历书颁不到仙家。
社前社后惟观燕,春浅春深只看花。
全仗酒杯扶道力,不须甲子计年华。
醉来笑坐东风里,鬓也蓬松帽也斜。

望瀛山
〔明〕傅光宅

瀛岭青天外,东南翠色来。
云封千树合,日上万花开。
石笋撑霄汉,飞泉下蓬莱。
群仙如可接,相对举霞杯。

瀛山二首次郭炼吾韵
〔清〕戴琛

晴岚时满郭,今日始登峰。
虚碧天光迥,沉青树影重。
泉鸣千点雨,风袅一声钟。
殊有真人想,尘心哪许容。
峭拔空依傍,神山或可侪。
何人开混沌,有鸟话春秋。
世路乾坤窄,禅房岁月幽。
少微星正朗,泉石为谁留。

南川篇

金佛山云瀑（翟明斌 摄）

金佛何崔嵬　缥缈云霞间

南川地处重庆南部，南接贵州省道真、正安、桐梓县，北接重庆涪陵、武隆。

史料记载，早在春秋战国时期，南川就属巴国枳邑，已有巴国先民在此繁衍生息。公元前316年，秦灭巴，置郡县，属巴郡枳县。元代至清代，更名为南川县。

清代《南川县志》中这样形容南川："黔蜀襟喉，巴渝险要……"足见南川在古时属渝南重镇，因此也吸引了历代文人墨客到此吟咏，如宋代一位云游诗人的"金佛何崔嵬，缥缈云霞间"，清代周士岳的"不用玲珑斗好峰，扶舆磅礴为此宗"……

南川究竟有何神奇魅力，引得古代文人雅士们留下如此令人神往的诗句？近日，记者追寻着他们留下的足迹，探寻古诗中的南川。

游人半向金山走　诗作多在此山中

大娄山脉巍峨耸立，绵延入川，在南川形成最高峰，人称金佛山，又名金山。据清代《南川县志》卷一《山》记载，金佛山为"南方如初佛地，巴蜀第一名山"。

金佛山的旖旎风光有多吸引人？在古诗中早有印证。清光绪年间诗人韦起文曾在他的《留客看山歌》中写道："城南温度九十九，游人半向金山走……"以此形容夏季的金佛山气候凉爽，游人们纷纷到山中避暑游览。

坐拥如此秀丽的名山，南川的古诗一定不胜枚举吧？

2016年，南川区委宣传部、区旅游局牵头出版了一本《金佛山人文历史研究》。然而，其中涉及辛亥革命以前创作的反映南川的诗歌不足百首。

根据该书记录，描写南川最早的诗歌是宋代的《望金佛山谣》："朝望金佛山，暮望金佛山，金佛何崔嵬，缥缈云霞间。"

但《金佛山人文历史研究》搜集汇编者、南川区旅游局原副局长张钦伟表示，这首诗的作者是谁，是否就是第一首写南川的诗歌，由于史志资料不足，这些问题都不可考。

记者在寻访过程中也发现，南川区如今仅存的这一部分古诗中，大多都与金佛山有关，且集中在明清时期。例如，明代高僧敏树如相在《游南川金佛山》中写道："古佛当年应迹来，南川瑞霭曙光开，奇峰一带冲霄汉，锦水千寻涌翠堆……"清代诗人张谨度在《晓望金山》中描绘："山势如文势，奇离夺化功。路迷青霭外，云起翠微中……"

"古代的南川地处偏远，不通水路，道路崎岖，唯一进入南川的交通方式就是步行或坐轿，据说当时从重庆主城到南川步行要花上三天三夜，因此鲜有名家大师到此一游。"张钦伟告诉记者，在仅存的诗歌中，作者都是当时南川当地的县令、举人、秀才等。

诗咏"南川古八景" "金佛晚霞"最知名

南川境内有世界罕见的喀斯特台原地貌，周边山脉连绵，山势雄奇秀丽、曲折重叠，故古称"九递山"。再加上特殊的气候条件，云雾缭绕，泉溪星罗棋布，景色深秀迷人，因此在千百年前就形成了"南川古八景"，为世人所传唱。

民国时期的《南川县志》称，"南川古八景"即"金佛晚霞""白雾晴岚""合溪印月""孝妇涌泉""古渡流金""圣水三潮""石池卧象""偏佛晨钟"。

"八景中有一处在城内，其他七处在城外，前人多有题咏。岁月流转，如今这些旧景中部分已经消失。"从事南川古诗研究多年的南川区文化学者张建华告诉记者。

古人眼中的八景是什么景象？我们可从诗中找到答案。

清代诗人张谨度在古诗《白雾晴岚》中描绘了这样的景色："旭日上晴风，岚光吞白雾。"白雾坪为城南诸峰之雄，蔚然森秀，林谷幽美。当久雨初晴，雾气上接霄汉，白云浮游山间，十分引人注目。

发源于柏枝山麓（今南川、桐梓境内）的九条小溪，其中两条汇合于合溪，成一碧水深潭。仲秋风来，夜空如洗，朗月高挂，两水映照，景色迷人。某一晚，清代诗人康作霖留宿南川合溪，被眼前夜色折服，写下诗作《合溪印月》："双溪汇成渠，一色净如洗。好风吹月来，影落碧潭里。"

"八景之中，以'金佛晚霞'最为知名，居众景之首。"张建华说，古时每当夏秋晚晴，落日斜晖把层层山崖映染得金碧辉煌，山顶飘着几朵流云，与晚霞交织之下，会缓缓出现似人非人的影像，如一尊金身大佛交射出万道霞光，异常壮观美丽。

清代诗人袁蔼如写有《金佛晚霞》一诗，咏曰："晚钟敲罢老僧闲，万丈明霞缥缈间。欲见金身亲说法，匆匆又被白云关。"

这首诗描述了这样的画面：傍晚山中寺庙的老僧刚刚敲过晚钟，晚霞云雾交相辉映着金佛山，诗人想走到跟前聆听石佛说法，却又被匆匆飘来的白云遮挡住了。

清人张谨度、康作霖都曾以《金佛晚霞》为题，将此番美景用笔墨镌刻在诗歌中，流传至今。张谨度吟诵："确是天台路，龙标炫赤城……"康作霖写道："形胜无可名，嵯峨矗云际……"

金山脚下文人多 "周氏文脉"居首位

在南川观音桥（现今南川区大观镇）曾有一支特别耀眼的周姓房族。族人之中，大都工于诗文，在南川留下了许多美妙的诗作，大观镇也因此成为周氏文脉的发源地和传承地。

"在民国时期的《南川县志》十四卷《人物祥异》中浓墨重彩地记录了周氏一族的故事，这样的情况在县志中并不多见。"张钦伟介绍。

据记载，周家的祖先原籍江西吉水，其中周万殊是周氏房族中第一代移居南川的周家人。从周万殊开始，周氏族人世代都功名在身。其中，周万殊为乾隆六年（1741年）拔贡，后任湖南郴州州判。

周万殊有8个儿子，其中周士孝、周士沅、周士岳、周士寿四人都是举人，周士禧是拔贡。孙子有10多人，周石兰、周立矩是举人，周立瑛是清嘉庆年间进士，周立模、周立椿是拔贡。此外，他的侄孙周伯寅是清乾隆五十九年（1794年）举人。

为何一部地方志会对一个家族如此重视？

张钦伟告诉记者，周氏举人、贡生之中，大都工于诗文，如周立矩著有《松风阁诗集》十卷，周立椿著有《思无邪斋诗赋文稿》，周石兰著有《海天阁诗钞》六卷。

虽然这些诗集均已失传，但他们吟咏南川的诗文却有不少留传至今，如周立椿的《望九递山》："烟蒙蒙，雨蒙蒙，何处飞来倚碧空……"周士岳的《望金佛山》："不用玲珑斗好峰，扶舆磅礴此为宗……"

其中不得不提的是周伯寅，他文采飞扬，一生写下不少脍炙人口的诗作传世。这些诗作中，大部分是歌颂家乡南川的，他在游历了莲花寺、老龙洞、四十八渡等地后都留下了佳句。

他在《莲花寺石笋》中感叹："椒叶椒花春复秋，莫将零落问来由。空门自古无文字，只有天龙一指头。"在《老龙洞》中吟诵："几番灵雨遍三田，收拾骊珠睡九渊。道是神龙君不信，半崖鳞甲起苍烟。"在《四十八渡》中抒怀："清流屈曲走惊蛇，夹岸阴崖错虎牙。一渡一溪三百步，误从溪口问桃花。"此外，他还两次亲历金佛山，写出了别开生面的《前游金佛山记》《后游金佛山记》。

"在现存的南川古代文学作品中，周氏一族为我们贡献了大量的诗歌，后来坊间称他们为'周氏文脉'，其地位在南川当地的文人雅士中可居首位。"张钦伟说。

遗憾的是，到了近现代，大部分周氏子孙逐渐漂泊各地，难寻其踪。曾经名噪一时的发源于大观镇龙川村的周氏文脉，逐渐从南川历史文化的长河中消失。

清代诗人还原南川先民抗击蒙军场景

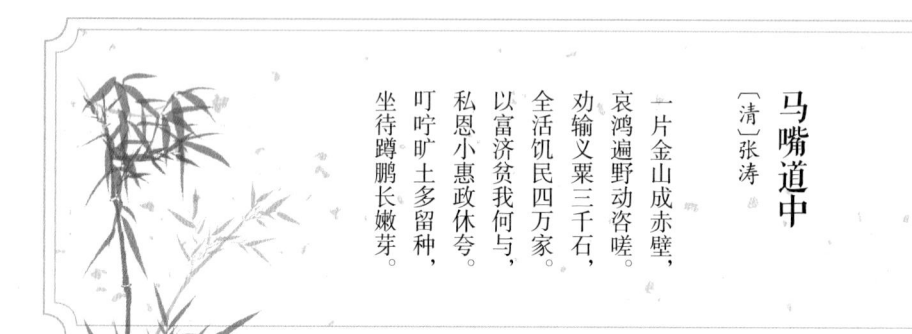

> 马嘴道中
> 〔清〕张涛
>
> 一片金山成赤壁,
> 哀鸿遍野动咨嗟。
> 劝输义粟三千石,
> 全活饥民四万家。
> 以富济贫我何与,
> 私恩小惠政休夸。
> 叮咛旷土多留种,
> 坐待蹲鸱长嫩芽。

"很多重庆人都听过合川钓鱼城抗蒙入侵的故事,殊不知南川曾有一座钓鱼城的'姊妹城'。"近日,南川区原旅游局副局长张钦伟向记者介绍,南宋宝祐六年(1258年),蒙古大举侵宋,蒙军同时北攻钓鱼城、南攻龙岩城。蒙军两次重兵攻龙岩城,却久攻不下。在他们准备灭宋的战事中,唯有南川龙岩城和合川钓鱼城没被攻破。钓鱼城"姊妹城"的名声,由此而来。

古代龙岩城是什么模样?

据《明史·地理志》记载,南川城东南38公里的金佛山深处有一座马嘴山,龙岩城就修筑在这山顶之上。此山海拔1781米,三面悬崖绝壁,唯有一独径通向城门,具有"一夫当关,万夫莫开"之势,被古人称作"南方第一屏障"。

清代诗人张涛在诗作《马嘴道中》还原了南川先民抗击蒙军的场景。张涛,字海槎,云南昆明人,同治庚午举人,曾任南川知县十载。

"一片金山成赤壁,哀鸿遍野动咨嗟。"张涛在诗中首句写道,因为战事,金佛山变成了三国时期的赤壁,到处都是流离失所、呻吟呼号的饥民。

"劝输义粟三千石,全活饥民四万家。以富济贫我何与,私恩小惠政休夸。"这两句的意思是:蒙军发来劝降书说,只要认输便送粮食三千石,这足

南川篇

以喂饱城中避难的四万饥民,但这些小恩小惠并不能让军民屈服。

在诗歌的结尾,张涛称,为了守住城池,将士们带领居民在城中自给自足,种植魔芋等农作物。

"从诗中可见,龙岩城先后18年将蒙军拒于城门之外的原因,不仅因其险要的地形,还有南川人威武不屈的精神。"张钦伟说。

如今,刀光剑影早暗淡,鼓角铮鸣已远去。寻着古诗中的踪迹,近日记者前往马嘴山探访龙岩古城遗迹。然而,昔日独挡千军万马的军事要塞,如今只剩断壁残垣,很难辨识出当年的城镇轮廓,通往城中的险要小径也已被荆棘覆盖。

唯一能够证明它存在过的,只有城门外右侧约30米处绝壁上,那块南宋时期留下的抗蒙记功碑。

▲南川区龙岩城遗址(南川区委宣传部供图)

凤嘴江边尹子祠
曾是南川诗歌文化发祥地

你知道吗？南川最早的诗歌文化源自于东汉学者尹子，清朝时期南川文人墨客还专门修建尹子祠以示纪念。

尹子何许人也，为什么要为他修建专祠供奉？东汉以前的南川又是什么模样？

晋代《华阳国志·南中志·牂牁郡》载，尹子原名尹珍，字道真，东汉牂牁郡毋敛人（位于今南川与贵州境内）。

"东汉时的南川，是被称为南蛮的西南夷，以狩猎为业，不知耕种，长幼无别，不知礼仪。"南川区文化委副主任周平易介绍，汉和帝永元十一年（99 年），当时 20 岁的尹珍，为改变家乡落后的面貌，跋涉千里，远赴京师洛阳，拜汉代名儒许慎为师，研习五经文字，接受中原文化的洗礼。

公元 107 年，尹珍学成回归故里，"教其耕稼，制其冠履，初设媒娉，始

▲尹子祠内的六角亭（苏思 摄）

知姻娶，建立学校，导之礼仪"。在今天南川的凤嘴江边设馆，开启了川黔一带文化教育的先河。在他的影响下，千百年来南川人世世代代继承着赋诗填词、写文章、习书画、崇尚科学、喜爱读书的优良传统，直到明清时期，出现了人才辈出的盛况。

清光绪五年（1879年），南川县令黄际飞和举人徐大昌为了纪念尹珍，就在他曾经办学的地方建了一座祠堂，叫尹子祠。

徐大昌还特意写下一首诗歌《尹子祠》来感念尹珍："汝南经学遍遐荒，惟有彭宣到后堂。千载瓣香巴子国，一溪配食水仙王……"这首诗歌的意思是，当年尹珍为了改变家乡面貌，游历南蛮各处讲学传道，千百年来他的人文思想传遍了渝南黔北，如今我们在凤嘴江边为其修祠堂，每日奉上美食贡果来怀念他。

"当年，尹子祠建成后，在南川再次掀起了一股追寻尹珍文化的热潮，文人、名儒常到此聚会畅谈，各级官员频频到此供奉上香。"周平易说。

据清光绪年间修订的《南川县志》记载，由于人气鼎盛，尹子祠当年规模庞大气势不凡，占地2000平方米，周边建有六角亭、望鱼亭、正殿、前殿、厢房等。因为临江而建，更是吸引了不少文人到此垂钓观景。

如今的尹子祠内，早已没有了当年的人声鼎沸，充满了与世隔绝的宁静。正殿、前殿、六角亭还隐约可见当年的建筑轮廓。从六角亭望出去，尹子祠遗世独立于凤嘴江右岸的一个急弯半岛上，沿岸翠柏、青枫、丹桂茂密参天，与脚下的江水、身旁的龙济古桥构成了一幅水墨丹青。

（刘蓟奕）

南川古诗选萃

游金佛山归途题壁
〔清〕周伯寅

一

一枝邛竹一诗囊,两腋清风送夕阳。
几度别僧还小立,天生两眼为山忙。

二

脱下芒鞋付小奚,桃花送入武陵溪。
眼光落处多诗债,留待重来细品题。

望九递山
〔清〕周澍章

竭来九递驻花骢,招得烟峦到眼中。
峭壁云封千仞碧,斜阳风冷半林红。
雁行历乱迷晴嶂,鸦点零星坠晚峰。
踏遍齐州烟九点,此行应不负双瞳。

赠南川韦紫航(之二)
〔清〕潘世恩

山光日影灿天葩,赤壁丹岩斗晚霞。
闻说黄昏无限好,肯教终被白云遮。

大足篇

大足宝顶山摩崖造像(魏中元 摄)

青袍白马翻然去　念取昌州旧海棠

始建于唐乾元元年（758年）的大足，取意"大丰大足"，包含着当时的人们对于丰饶、富足的向往。

古诗中的大足，是一处风景优美之地，且风物带有独特的文化印记。历代关于大足的古诗歌，共同勾勒出了隽永的大足印象。

根据现有史料统计，自宋以来，共有70多位诗人留下了300多首关于大足的古诗。他们咏山歌水，用文字记录了大足在岁月更替中的容貌。

据史料考证，最早的一首大足古诗，是宋朝宣和年间（1119—1125年）任昌州知州的张唐民写下的《题扪参阁诗》——

讼简民纯美小州，两衙才退似归休。
一怀山果三升酒，暮掩青峰即下楼。

在这首诗中，张唐民盛赞大足打官司的人少，民风淳朴。因此，即使要处理诸多事务，每天公务结束时，仍有轻松的心境。

不过，令人意想不到的是，在关于大足的古诗中被提及最多的风物，竟然不是如今世界闻名的大足石刻，而是现在已无处可寻的昌州香海棠。

《大足县志》原主编李传授介绍，早在唐朝中期丞相贾耽的《百花谱》中，便有海棠"西蜀昌州产者，有香有实"的记载。

▲"海棠香国"石刻拓片（魏中元　翻拍）

至宋代，进士刘望之写下《观海棠》，用"平山堂下花无数，看到海棠春好处"的诗句，为大足海棠拍了张"风景照"；昌州知州于倞夸赞海棠香气袭人，在《太守咏海棠》中写道："和风春满园，草木皆芳薰。"

到了明代，公安派文坛领袖袁宏道虽未来过大足，也已听闻海棠大名，在《送从军罗山人还大足》中，他动情地写下"青袍白马翻然去，念取昌州旧海棠"的诗句，意在叛乱已定，前来从军的大足罗山人终于可以返乡欣赏年年盛开的海棠花。这两句诗，堪称大足咏海棠的压卷之作。

到了清代，诗人们咏海棠的兴致依然很高。大足知县李德写下《海棠香国》，以"召公芳树千年馥，荀公奇香尽日留"的佳句形容大足海棠的香气持久不散，令人心旷神怡；大理寺少卿、中宪大夫刘天成写下《棠城古风》，用"奇花乱舞迎西湖，娇艳浓开香北阙"比拟自己曾经的壮志和作为。

"海棠在这些诗歌中，早已不仅是花朵。"李传授认为，在刘望之、于倞笔下，海棠代表着生机无限的春季；在李德笔下，海棠是大足特有的风景；而在刘天成笔下，盛开的海棠代表了他有所作为的壮年时光。最富于诗意的还是袁宏道，在他笔下，海棠代表着乡愁。

正因为如此，香海棠成为大足最具特色的文化要素之一。在今天的大足，仍保留着棠香街道、海棠小学等地名、校名。

当然，在大足历代古诗中，描写的远不止于香海棠。宋代著名地理学家、文学家杨甲在《安静观诗》中写大足山间的道观："青山转龙脊，矫首西南天。"明代大足文人夏守鎏在《报恩寺诗》中写大足县东的报恩寺："疏雨瞑浮江竹翠，淡烟晴映海榴红。"清代考据学家、大足代理县令张澍写大足南山："丹崖翠嶂笑颜开，风送闲云眼底来。"

作为世界石窟艺术珍宝，大足石刻在古诗中也有亮相。有诗人夸奖自然景色与石刻融合巧妙，明代忠州刺史战符在《灵湫泉诗》中说"照耀金光云影净，岩前又喜见诸天"，意即低头看到的是清澈的池水，抬头又见精美的石刻造像。

也有诗人将大足石刻中蕴含的向善、修德、勤恳等优良品德写进禅诗中，如宝鼎山大佛湾圆觉洞外的《无题诗》，用"浮世寄俗无凭准，日月如梭似电紧"来形象地说明岁月如梭,人生苦短,因此更应珍惜时光,多行善事的道理。

此外,大足的古诗词中,还不乏记录历史事件,反映当地兴衰的作品。例如,在唐末至宋末,大足和平安乐,人才辈出,宋代昌州知事陈伯疆诗云:"昌国古要区,人物屹相望。"而到了明末清初,战乱频发,明代崇祯举人潘绂在迁徙中写下"月窗星牖穴,亲知耳语愁子迹"的词句,描述亲朋好友为了避开战火,躲进山洞,靠月光照明,甚至不敢高声谈话的处境。至清朝乾嘉年间,大足得到复苏,重新恢复了张澍笔下"柳色青来莺舌滑,菜花黄处酒旗飘"的繁荣祥和。

可以说,古诗中的大足印象,不仅有花、有景、有史,更有情。此间有珍稀的香海棠,有明净的山水,富庶的土地,也有发人深省、劝人向善的大足石刻。这一切构成了景色优美、人文丰厚的大足印象,与1200多年前的"大丰大足",恰成呼应。

清代大足知县李德用八景诗推广大足

和许多地方一样,大足也有"大足八景"。

不过,值得一提的是,这"八景"是清代乾隆年间的大足知县李德选出来的。他给每个景点都写了一首七言律诗,即大足八景诗。

李德选择的八个景点,分别是"海棠香国""西池嘉莲""东郭虹桥""石坛夜月""白塔悬岩""南山翠屏""宝顶烟云""滴水清波"。八个景点的名字,也就是八首诗的标题。

八景诗中,李德深情地赞美了大足的风光。在《海棠香国》中,他口气很大地说"洛阳未许擅风流,独让佳名在此州",夸大足海棠比洛阳海棠更美。他在大足县署办公，看到署衙西池中莲花连年盛开，想到写下了《爱莲说》的周敦颐，深有同感，于是在《西池嘉莲》写道："怀兹芳洁有同心。"在《东郭虹桥》中，他看到绕城流淌的濑溪河清波荡漾，桥上行人来往不断，心生喜悦，赞叹其"溪流曲曲绕城东，百尺长桥落彩虹"。

白天的景色看够了，李德还要说说大足的夜晚。《石坛夜月》中的石坛，位于大足县城郊外，有先农坛、社稷坛等四坛，入夜则月下生辉。李德写下"万里关山待夕晖，清光偏向静坛依"的诗句，描述静谧的环境和皎洁的月光。

李德的八景诗有何寓意？

"李德主持了清乾隆《大足县志》的编纂和修订工作。"《大足县志》原主编李传授介绍，李德字敬斋，是湖南衡阳人，乾隆六年至十二年（1741—1747年）任大足知县。其间，他纂修《大足县志》，也首创了"八景"，记载在县志中。

李传授解释，各地的八景和八景诗其实是一种历史悠久的文化现象。最早可以追溯到北宋画家宋迪所作的《潇湘八景图》，其中包含"平沙落雁""江天暮雪""洞庭烟雨"等八处景色。这组图画一问世便名噪一时，后来，宋宁宗赵扩也对"潇湘八景"产生兴趣，并题写了八景诗。如此一来，赏八景，作八景诗，就成了文人雅士十分推崇的风雅之举。

总的来说，各地的八景基本上遵循了《潇湘八景图》的特点，既有地方特色，又富于人文情怀。从这一标准来看，李德对大足八景的选择还是颇费心思的。

"李德也想通过八景诗来推广大足。"李传授打了个比方，过去，诗歌作品就像诗人们的微信朋友圈。他们互相欣赏诗作，互相应和，诗歌就会通过一位位诗人传播到各地。大足八景诗，其实也是给大足打了一个广告。

不得不说，李德的眼光不错。至今，"白塔悬岩""南山翠屏""宝顶烟云""滴水清波"等景点还可以找到原址。大足诗词学会荣誉会长黄为峰告诉记者，如今，大足也将"大足八景"的文化元素引入了公园、街道等，营造出了具有特色的文化氛围。

相传大足宝顶山石刻创始人写下《明月图颂》

说到大足古诗,不能不说到大足石刻的禅诗。

禅诗数量虽不算多,但其中蕴含的哲理,却非常深刻。其中,宝顶山石刻圆觉洞外的《明月图颂》,就是一首极具代表性的作品。

这是一首七言律诗,言简意赅,读起来甚至让人摸不着头脑。不过,这首诗却凝聚了很深刻的哲学思想——

> 了了了无无所了,心心心更有何心!
> 了心心了无依止,圆照无私耀古今。
> 人牛不见杳无踪,明月光寒万象空。
> 若问其中端的意,野花芳草自丛丛。

该诗开头就说"了了了无无所了,心心心更有何心",看起来简直是一首绕口令。为了注释这首诗,《大足县志》原主编李传授查阅了大量资料。

李传授介绍,"了了"是明白、清楚的意思,"了无"是全无、毫无的意思。该句指似乎什么都明白了,但其实没有明白,是一种只了解了表相的思想状态。

"心心"则是佛教用语,意思是连绵不断的念头。第三个"心"指自己,这一句指所有念头都是自己的念头,所以应当保持专注,一心做好该做的事情。

第三、四句则是说,不管人的念头有多少,古往今来,天上的月亮始终只有一个。这是比喻胡思乱想并没有意义,和天上的月亮不同,人生是有限的。

第五、六句的"人牛",比喻人的自身和散漫的思想。意思是当短暂的人生逝去,如果一个人虚度光阴,就什么都不会留下。

第七、八句是答疑：那么人生有什么意义呢？看看大自然，大自然的一花一草都在努力地生长，人岂不是也应该这样吗？

　　纵览全诗，李传授认为，该诗非常深奥，结合现实意义来看，该诗主要是劝导世人珍惜时间，爱惜生命，一心向善，不要被外界的浮华所迷惑。

　　该诗作者不明，相传为宝顶山石刻创始人、宋朝名僧赵智凤所作。而赵智凤在营建宝顶山石刻时，始终注意劝人向善。所以，在《明月图颂》中，他也一如既往地劝告世人要及时努力，不要到了生命的尽头再来后悔。

　　在圆觉洞洞口，李传授告诉记者：该诗原本没有标题，因为在这首诗雕刻的岩壁上方，有一幅明月浮在云层上的浮雕，所以他在编著《大足历代诗词选注》时，将这首诗起名为《明月图颂》。

（申晓佳）

大足古诗选萃

灵泉池（其一）
〔宋〕杨甲

野色山围尽，风烟更可怜。
客情牛铎外，农事藕花前。
聚汲松根井，宽愁石底泉。
云安须斗水，诗兴亦超然。

送从军罗山人还大足
〔明〕袁宏道

老去渐思云水乡，苔斑蚀尽绿沉枪。
青袍白马翻然去，念取昌州旧海棠。

白塔悬岩
〔清〕李德

百尺重冈五凤材，十寻塔影九天开。
高标玉柱穿云出，独耸瑶班捧日来。
便欲倚天凌剑阁，还教涌地作金台。
漫登绝顶空诸界，一点弹丸在我怀。

长寿篇

鸟瞰黄草峡一隅(崔力 摄)

水曲流巴字　山长幻寿文

"水曲流巴字，山长幻寿文。"150多年前，清代杰出的政治家陶澍为长寿留下了这样的精彩诗句，这是对长寿自然山水与人文底蕴的形象描述。

早在7000多年前，水势回环、山脉绵延的长寿境内就有土著民族居住。至周代（公元前11世纪），巴人在重庆全境、四川东部、贵州北部、湖北西部等地建立巴国，定都今重庆渝中，长寿时属巴国枳邑。唐武德二年（619年），因其地常温，禾稼早熟，民乐之，设置乐温县。明代洪武六年（1373年），改名长寿县。

随着"重走古诗路"的脚步，长寿古诗的神秘面纱正在被层层揭开……

相传长寿地名源于大夏国宰相的一首诗

据搜集到的有关史料记载，从唐代至民国时期，不少文人墨客为长寿的历史、人物、事件等题词赋诗，留下古诗250余首，另有诗词专集6部。

长寿的古诗名人代表主要有唐代诗人杜甫，宋代诗人苏东坡、陆游、范成大，明代建文皇帝朱允炆、嘉靖皇帝朱厚熜、监察御史叶希贤（法名"雪庵"）、文化名人杨升庵，清代诗人张问陶等。

他们中的不少人都留下了关于长寿的千古名篇。如诗圣杜甫因战乱漂泊至长寿途中所写的《黄草峡》，揭露了兵戈战乱、官匪勾结给黎民百姓带来的离乱景象，表达了爱国忧民的情怀。

"如果要说长寿现存最早的古诗，应该就是《黄草峡》。"长寿区诗词学会主席周家修说，暂时还未找到关于唐代以前古诗的记载，而目前发现的唐代诗歌也仅此一首。

还有不少古诗鲜为人知，例如陶澍写的《长寿县》就是其中一首，它从未被长寿的县志收录，一直远离大众的视野。周家修解读道，该诗的开始两句"水曲流巴字，山长幻寿文"，就是对长寿山水的绝佳描写：水势回环，流动出鲜活的巴字；山脉绵延，变幻出如"寿"字的图案。

类似《长寿县》这种掩藏在民间的古诗还有很多。有一首《花眼偶文》，则直接写了"长寿"这一地名的由来之一——"文星拜寿星"的传说。

"花甲两轮半，眼观七代孙。偶遇风雨阻，文星拜寿星。"全诗五言四句，相传该诗作者是明玉珍建立的大夏国宰相戴渠亨。

"文星拜寿星"的传说是这样的：戴渠亨奉旨微服私访，来到乐温县，在拜访一位白发老翁时得知，此地有座长寿山，居住在这里的人大多健康长寿，百岁以上的老人甚多，这位老翁就已是150岁高龄，八世同堂，七代子孙。戴渠亨不由感慨，欣然题写了"花眼偶文"四个大字，并写下本诗。戴渠亨回朝后奏明天子，遂改乐温县为长寿县。

虽然这只是传说，历史上是否真有戴渠亨其人，也尚待进一步考证。但流传下来的《花眼偶文》一诗，却带给今人许多美好的想象。

明代"长寿八景"出自同一位诗人笔下

长寿境内的文物古迹和风景名胜中，最具代表性的是"长寿八景"。明代的"长寿八景"，由明代诗人李开先作《长寿八景诗》而定。这八首古诗对应的地方如下：

《桃源仙洞》——桃花溪三洞沟；《菩提圣灯》——菩提山，又名晶山；《西岩瀑布》——西岩观；《北观烟霞》——又名北真观，位于今长寿区人民医院，已拆毁；《龙寨秋容》——江南街道龙寨山，巴寡妇清墓和秦皇怀清台遗址，已毁；《凤山春色》——凤山，古名"白虎山"，又名"铜鼓山"；《龙溪夜月》——龙溪河；《定慧晓钟》——定慧寺。

李开先将位于长寿城东的桃花溪三洞沟予以"桃源仙洞"之名，列为"长寿八景"之首，并以一知府太守泛舟游览为由头，对三洞沟的优美景色作了描绘："太守旧风流，探奇泛小舟。桃花飞片片，潭水去悠悠……"

"书幌晴岚近，柴门曙色开。"另一首《凤山春色》的诗文首联，诗人选择一户居住在凤山的读书人家进行描述，而整首诗着墨"春色"二字，层层递进，从不同的方位、视野勾勒出春日凤山的美丽画卷。

这位包揽了"长寿八景"所有诗篇的李开先,究竟是何许人物?

记者查阅了《四川历代文化名人辞典》《重庆府志》《长寿县志》,发现均有李开先传。李开先学识渊博,涉猎广泛,著文颇丰,著有《自祭文》《训诫文》《居丧礼仪》《天台山房集》等,被四川制抚李国英称为"东川文献"。

"明末清初,李开先辞去南京官职,重返长寿隐居,他游览家乡山水景物,抒发热爱情怀,由此诞生了《长寿八景诗》。"长寿区党史研究室原主任、文史专家高振声说,这些诗歌被历代修编的《长寿县志》所载,世代流传。

苏东坡、陆游不约而同为安乐山作诗

在为长寿赋诗的众多文豪中,宋代的苏东坡和陆游都描写过同一个地方——安乐山。

安乐山,即云台山,位于长寿区云台场东南附近。山上建有云峰寨,寨内建有云台观。苏东坡先后作过《过安乐山》《重过安乐山》,陆游则有《梦游山水奇丽处有古宫观云云台观也》一诗传世。

安乐山何以令他们流连忘返?

记者一行沿着山路,盘旋而上,到达安乐山巅的云台观。观中塑有张道陵的人像。从诗文中看,苏东坡是为张道陵这位天师慕名而来。据《长寿县志》记载,"云台观,治北八十里,天师张道陵飞升处"。

那么张道陵究竟何许人也?相传,他乃中国道教之一"五斗米道"创建者。张道陵曾任巴郡江州(今重庆)令。其间,他先在江州,后去四川大邑创立了道教之一的"五斗米道"。其在江州时,常来长寿安乐山修道,并在此得道升天;而就在此山上,长有"文如道士篆符"的神奇怪异的木叶符。这两件事,令安乐山声名远播。

蜚声文坛的苏东坡对安乐山的历史文化早已知晓,并渴望一游,当他终于有机会路过安乐山时,诗兴顿起,挥毫写下:"天师化去知何在,玉印相传世共珍。故国子孙今尚死,满山秋叶岂能神。"

"全诗紧紧围绕张道陵在安乐山修道成仙和神奇的木叶符两件事来写,表现了诗人对张道陵的赞美之情。"高振声说,至于苏东坡何时、何故路过此地,尚无考证。

安乐山上的云台观、神奇的木叶符同样引起了南宋大诗人陆游的浓厚兴趣,他写下诗句:"神游忽到云台宫,太华彩翠明秋空。曲廊下阚白莲沼,小阁正对青萝峰。"

从诗文可见,陆游并没有亲游安乐山,"虽然没有亲历,但诗人以神游的巧妙手法,将云台山的文化历史、神奇壮观,展现在精心构思的梦幻之中,借以表达诗人对云台观的向往和赞许。"高振声说。

神奇的木叶符如今还存于世吗?"相传这种植物只有巴掌大小,但自我来此山后,就未见过木叶符的真容。"云台观的道长佘兴光说。

除了古代文人留下的古诗墨宝外,长寿的诗词文化传承至今。上世纪50年代,一大批诗人、作家云集长寿龙溪河狮子滩水电建设工地等,采访写生,创作出了大量诗篇。2002年,长寿区凤鸣诗词学会(现更名长寿区诗词学会)成立,如今会员人数达460余人。迄今为止,会员创作、刊出各类诗词达15000余首。

黄草峡中忧世情　长寿风云入诗文

黄草峡
〔唐〕杜甫

黄草峡西船不归,
赤甲山下行人稀。
秦中驿使无消息,
蜀道兵戈有是非。
万里秋风吹锦水,
谁家别泪湿罗衣。
莫愁剑阁终堪据,
闻道松州已被围。

　　黄草峡位于长寿与涪陵交界处,是长江长寿段的东大门。
　　两晋南北朝时期,黄草峡与铜锣峡、明月峡一起被誉为"巴东三峡"。此峡地势险要,自古就是兵家必争之地,东汉名将张飞曾扼此要塞奋力抗敌。
　　然而,黄草峡的名头响亮天下,却与诗圣杜甫的一首诗《黄草峡》有关。
　　距杜甫旅经长寿,写下《黄草峡》1252年后,记者于近日前往黄草峡,乘一叶扁舟,重走诗圣杜甫顺流黄草峡之路。
　　诗中写道"万里秋风吹锦水,谁家别泪湿罗衣……"杜甫当年乘坐木船经过黄草峡,究竟是怎样的境况?
　　"据光绪元年(1875年)的《长寿县志》记载,黄草峡是《水经注》提到的巴郡枳地长江三峡之一。"长寿区诗词学会主席周家修告诉记者,三峡工程蓄水前,黄草峡长不到3公里,但两岸悬崖峭壁,江水比现在更加湍急汹涌,地势相当险要。
　　《黄草峡》作于公元765年,正值安史之乱,落魄的杜甫流徙蜀中,驾舟顺长江而下,经过宜宾、泸州、渝州,抵达乐温县的黄草峡。
　　"黄草峡西船不归,赤甲山下行人稀。秦中驿使无消息,蜀道兵戈有是非……"从诗中可以看出,流落至此的杜甫看到黄草峡人烟稀疏的场景,触

▲ 站在桓侯宫窗前,可以眺望黄草峡。(崔力 摄)

景生情,联想到兵戈四起的巴蜀大地,忧国忧民的他顿时悲从中来,进而吟唱出这首悲怆的诗歌。

杜甫的《黄草峡》,对于长寿地区来讲意义重大,因为它是长寿文学发展史上的第一件重要作品,杜甫也是来到长寿的第一位重量级诗人。所以,长寿人民对其非常看重,以此为荣,广泛传诵。

"从黄草峡沿江而上,依次是下芭蕉沱、母猪坝、狮子崖、上芭蕉崖、穿道子、大石梁、古纤道、不语滩、桓侯宫和白塔风景区,每个景点都有看头,是一条待开发的古代军事旅游线路。"长寿区旅游局相关负责人表示,这一区域历史军事文化厚重,若在黄草峡等地复建东汉古战场,可打造出三峡库区一道独特的景观。

据悉,长寿区文管所2016年已向国家文物局提交了将桓侯宫纳入三峡后续工程文物保护项目的申请,目前正在审批阶段。如果能申报成功,桓侯宫的修复势必将带动与之相邻的黄草峡的旅游开发。

《怀清台》遗留的"丹砂女王"之谜

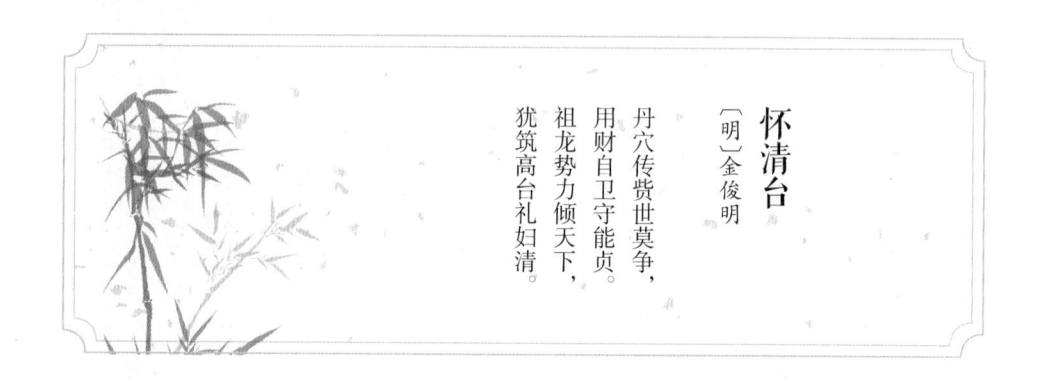

怀清台
〔明〕金俊明

丹穴传赀世莫争,
用财自卫守能贞。
祖龙势力倾天下,
犹筑高台礼妇清。

    有人说巴寡妇清18岁出嫁,22岁守寡,开始主持家业;有人说巴寡妇清夫家高祖因避暴雨偶然发现丹砂,于是得以擅利数世;有人说巴寡妇清"捐资长城,以赞军兴",因而得到秦始皇赏识……

    关于这位"丹砂女王",民间传说众多。其籍贯之地,在全国也有不少争议。

    我们或许能从明代诗人金俊明所写的这首《怀清台》中,找到关于巴寡妇清身世之谜的些许线索。

    金俊明是明末清初的文学家,对经、史、子、集、天文、水利,均有研究。明亡入清后为遗民,杜门不出,写诗画梅。

    怀清台究竟在哪里?"它的遗址曾筑于长寿区江南镇龙山寨,今为重钢集团公司所在地。"周家修说,那里原有一山,名龙寨山(又名贞女山),山上的龙山寨就是巴清墓,即怀清台的所在地。

    对于巴寡妇清的身世之谜,是千百年来史学家们津津乐道的话题。

    金俊明在《怀清台》中写道:"丹穴传赀世莫争,用财自卫守能贞。"这句诗叙写了巴寡妇清的身世:其夫得朱砂矿而富甲天下,夫死,妇守其业,以财自卫,人不敢犯,以贞洁闻名天下。

▲怀清台墓石上的浮雕（崔力 摄）

怀清台今昔如何呢？重钢整体搬迁至长寿后，怀清台所在的长寿龙山寨被夷为平地，在此之前，有关部门对怀清台里的巴清墓进行了抢救性考古和整体搬迁。

那么，这个墓究竟是不是巴清墓呢？

为解答这个疑问，专家们又进行了多方查证。长寿区党史研究室原主任、文史专家高振声说，根据史料记载，巴清在咸阳病故后，"祖龙"秦始皇遵照其生前遗愿，命人将她的遗体护送回家乡，葬于巴郡枳邑青台山（即长寿江南龙寨山），并下令为她修筑怀清台。

而《怀清台》诗中提到的"祖龙势力倾天下，犹筑高台礼妇清"，与史料中的"祖龙"，恰好吻合，均指代秦始皇。

长寿区文管所所长张银轩说，长寿区已经决定复建巴清墓，复建地址确定在离其原址约2公里处的长寿长江大桥桥头狮子山，并将其打造成一个占地约为150亩的文化公园，公园名字暂定为"怀清台"。

（杨晨　匡丽娜）

长寿古诗选萃

寄谯先生诗序
〔宋〕陆游

寄谢谯夫子，今年一出无？
万缘随梦断，百念形与枯。
云护巢松岩，神呵煅药炉。
凭高应念我，百首学征租。

巾子山又雨
〔宋〕范成大

百日篮舆因局踆，三晨泥阪兀跻攀。
晚晴幸自垫江县，今雨奈何巾子山。
树色于人殊漠漠，云容怜我稍班班。
如今只忆雪溪句，乘兴而来兴尽还。

桃源仙洞
〔明〕李开先

太守旧风流，探奇泛小舟。
桃花飞片片，潭水去悠悠。
古洞蛟龙卧，深山麋鹿游。
武陵人去后，烟雨暗西畴。

铜梁篇

位于巴岳山的慧光寺（卢波 摄）

铜梁指斜谷　　剑道望中区

建县于唐长安四年（704年）的铜梁，因境内有"小铜梁山"而得名。唐开元二十三年（735年），割石镜之南、铜梁之东置巴川县，隶属于合州。元至元十七年（1280年），巴川县并入铜梁，县治始为巴川镇。清康熙六十年（1721年），以安居、铜梁二县地复置铜梁县，属重庆府。

据不完全统计，历代吟咏铜梁的诗词共计8000余首。2016年由铜梁区诗词学会主编的《铜梁古诗词选》一书中，收录的吟咏铜梁的第一首诗歌就是南北朝时期，由梁简文帝萧纲所作的《蜀国弦歌篇十韵》，起句"铜梁指斜谷，剑道望中区"表明了铜梁地势的险要。

此后，又有隋代文人孔德绍借诗句"金陵已去国，铜梁忽背飞。失路远相送，他乡何日归"抒发浓浓乡愁。

唐宋及明清时期，吟咏铜梁的诗歌数量更加丰富。唐代诗人王维曾写下"少年何处去，负米上铜梁"，纯真而灵动；诗圣杜甫的《赠蜀僧闾丘师兄》沉郁顿挫："大师铜梁秀，籍籍名家孙。"字里行间流动着对铜梁大师的敬仰之情；北宋理学家周敦颐在游览铜梁岚峰中峰寺时，写下"清和天气年能几，短葛轻纱近水涯"的悠闲诗句；明代兵部尚书张佳胤寄兴于家乡山水，动情地写道："曲折琼瑶江上色，纵横星斗匣中文……"

在不惜笔墨歌咏铜梁的诗人中，除了有大名鼎鼎的杜甫、王维、周敦颐外，还有宋代礼部侍郎度正，明代工部尚书李养德，清代翰林王恕、刑部侍郎王汝璧、翰林吴鸿恩等。

他们的脚步遍布铜梁境内的山川河谷，其中铜梁西北部的安居古城，铜梁、大足、永川交界处的巴岳山，以及"铜梁八景"都是诗歌传世最多的地方。

位于涪江与琼江交界处的安居古城历史悠久，作为水上交通枢纽的它，是历朝历代文人墨客吟诗作对、缀章联句的胜地。

"巴岳三十有五峰，面面削出金芙蓉。"巍峨壮阔的巴岳山，吸引了周敦

▲航拍巴岳寺。(卿得胜 摄)

颐、李养德等名流,其中为巴岳山用笔最多的人,要属明代兵部尚书、诗人张佳胤。

姿态万千的"铜梁八景",在清代铜梁本土文人王我师的笔端得到呈现:"千山万壑尽朝晖,一点晶莹耸翠微"的"炉峰残雪"空灵飘逸;"月湖十里绕长堤,浪涌桃花万派齐"的"龙堤春跃"生机盎然;还有"翩翩叶绕芰荷影,朵朵花含菡萏胎"的"木莲呈瑞"仙姿绰约……美轮美奂,让人回味良久。

明代兵部尚书为巴岳山写下60多首诗

铜梁城区旁,两座陡然隆起的小山丘相峙相连,右为龙山,左为凤山,龙山上有座"太保坟",这里安葬着的就是明代兵部尚书张佳胤。

张佳胤,字肖甫,号崌崃山人,重庆府铜梁县(今铜梁区)人,明嘉靖二十九年(1550年)进士,官至兵部尚书,授太子太保衔,擅长诗文的他也是明文坛"嘉靖后五子"之一。

张佳胤一生宦海沉浮,奔走于滇南塞北之间,足迹几遍天下,在大江南

北众多名胜之地都留下了诗篇，但他用情最深的地方，还是家乡铜梁的巴岳山。他一共写下了《巴岳寺》《自玄天宫入巴岳寺》《春过琼江宿玄天宫》等60多首涉及巴岳山的诗作。

明万历十四年（1586年），早已厌倦官场黑暗的张佳胤上书请辞归里。返乡后他在巴岳山修建了九龙山房，隐居于此的他每日吟诗作文，寻幽揽胜，呼朋唤友，好不惬意，真是"鹫岭开巴岳，春深足胜游。黄金元世界，白马到林丘"。

其中，巴岳山的香炉峰（今巴岳山天灯石）、木莲花、龙泉、玉版泉等都成为诗人青睐的对象，在张佳胤的眼中，木莲花"袅袅寒香远，娟娟碧涧出"，玉版泉"戛击横秋水，铿锵引谷风"。

最受诗人偏爱的则要属巴岳山的众多庙宇。"塔影青天出，钟声碧涧流。"巴岳山上庙宇众多，暮鼓晨钟，十里相闻，香火鼎盛，长烟袅袅。到民国时期，巴岳山上还有20多座庙宇，除了有川东名刹巴岳寺外，还有慧光寺、永兴寺、玄天宫等遍布山林间。

在《铜梁古诗词选》一书中，收录的张佳胤所作涉及巴岳山庙宇的诗作就有20多首，巴岳寺、玄天宫、永兴寺、圣泉寺等都被诗人反复吟咏。辞官归里后的张佳胤不顾自己年事已高，乐此不疲地穿梭于青山塔影之间，在他眼中，永兴寺恢宏壮丽："芙蓉塔界诸峰外，翡翠楼将一气横"；在《游巴岳题玄天宫》一诗中，他抒发了自己对巴岳山的深情："此生不敢负青山，十载相逢一再攀。"

如今，在铜梁南城街道翠英村里，已有数百年历史的张佳胤故居沉默地矗立着，明代的窗棂下居住着四五户人家。69岁的王天豪在这里住了一辈子："听人说过这是个古代大官的房子，但不晓得是谁。"

"在巴渝地区的文学史上，张佳胤占有重要地位，我们不能让他在家乡的记忆中只留下模糊的形象。"铜梁区诗词学会会长曾凡久说。

据悉，未来铜梁区将致力于对九龙山房、张佳胤故居以及巴岳山的众多庙宇进行修缮恢复，让更多人了解巴岳山与张佳胤的历史故事。

铜梁篇

"相见时难别亦难"诞生于安居?

"相见时难别亦难,东风无力百花残。春蚕到死丝方尽,蜡炬成灰泪始干……"

唐代大诗人李商隐在千古名作《无题·相见时难别亦难》中抒发的真挚的相思离别之情,千百年来打动过无数读者。

你知道这首凄婉动人的情诗,有可能就是诞生于安居古城吗?

唐大中五年(851年),李商隐应时任西川节度使柳仲郢之邀,前往梓州(今四川省绵阳市三台县)任职。

"位于涪江沿岸的梓州蚕桑业十分发达,联想到《无题》中的'春蚕到死丝方尽'一句,因此有不少人认为这首诗写于梓州。"铜梁区诗词学会会长曾凡久说,在考证了众多资料后,他却认为这首流传千古的名作很有可能诞生于安居古城。

| 为何说《无题》诞生于安居? |

"说《无题》诞生于安居,我认为主要有两个原因,首先是涪江中下游地区几乎都是历史上有名的蚕桑养殖区,安居也不例外。"曾凡久说。

"蓬山此去无多路,青鸟殷勤为探看。"李商隐在此诗中提到的"青鸟",是神话中为西王母传递音讯的信使。"在涪江沿岸的蚕桑养殖区内,拥有王母娘娘传说的就只有安居古城。"曾凡久说。

安居的王母娘娘传说又是从何而来呢?

"来自这里。"站在涪江与琼江的交汇处,曾凡久指向了琼江沿岸山壁上三个被绿荫掩盖的山洞。

"安居自古以来就有王母娘娘的传说,相传母系氏族时期,西王母就带领部落居住在这几个山洞里。"曾凡久说,这里也被称作"冠山古洞"。

王母娘娘居住过的山洞也吸引了众多文人慕名而来,北宋理学家周敦颐

在合州（今合川区）做通判时，曾慕名而来并留下《书仙台观壁》一诗，"赤水有山仙甚古，跻攀聊足到官心"，说的就是在安居的"冠山古洞"前，诗人跷着脚努力往里看的情景。

"结合蚕桑养殖区的位置和王母娘娘的传说，因此我认为这首诗很有可能是李商隐在梓州幕府任职期间，到安居游玩时写下的。"曾凡久说，目前安居古城文化研究会正在继续查找资料，对此进行考证。

| "安居八景"诗意浓 |

隋开皇八年（588年），原名赤水县的安居古城正式建县。依山俯瞰，安居古城下，历千里而入境的涪江，与箕溪、琼江、乌木溪水交汇于此，上溯川西、川中，下通重庆。

除了李商隐外，千百年来，风光旖旎的安居古城引得无数文人墨客诗兴大发。其中，诗意最浓厚的地方要属"安居八景"。

站在琼江边眺望，远处的波仑山上孤零零地矗立着波仑寺。"过去寺庙旁有一棵罗汉松，夜间月亮从山后升上来，飞挂在老树虬枝间，就像人的手将月亮捧出，这就是'安居八景'之一的'波仑捧月'得名的原因。"曾凡久说。

"安居八景"中的其他地方也不乏诗篇。"溪上杨花飞似雪，扁舟一叶趁斜曛"，清代文人张鹏翮曾吟咏过"关溅流杯"之美；"势挟岷峨腾浪起，雄盘巴蜀待云还"，清代文人周际同在遍访"安居八景"后，写下了《安居八景诗》，流传至今。

不过今天，"安居八景"中的一部分已经杳无踪迹，如清咸丰《铜梁县志》中记载的"隔江渔火二三，星犹随艇子摇漾渡江而来"的"圣水晚眺"，我们只能通过当地人的口述去感受。

"小时候我还见过诞生'圣水晚眺'美景的圣水寺，寺庙前滚滚而过的涪江，在夕阳映照下闪着金光，通体明亮，但是现在这样的景象再也见不到了。"安居古城居民何文田十分惋惜地说。"疏钟声逐晚云飞，江上浮岚暗湿衣"的画面，人们只能到周际同所写的《圣水晚眺》中去追寻了。

好在安居古城的地形千百年来未发生重大改变，城内的古建筑也有部分存留至今，在此基础上，古城的恢复工作一直在有条不紊地进行。

"以后我们还希望能够将'安居八景'完整恢复，并融入古诗进行开发，让诗意在安居重生。"曾凡久说。

（卢波）

铜梁古诗选萃

蜀国弦歌篇十韵（节选）
〔南北朝〕萧纲

铜梁指斜谷，剑道望中区。
通星上分野，作固下为都。
雅歌因良导，妙舞自巴渝。
阳城嬉乐所，剑骑郁相趋。

书仙台观壁
〔宋〕周敦颐

到官处处须寻胜，惟此合阳无处寻。
赤水有山仙甚古，跻攀聊足到官心。

巴岳寺
〔明〕张佳胤

鹫岭开巴岳，春深足胜游。
黄金元世界，白马到林丘。
野树溪边合，孤峰云外浮。
风尘归浩劫，栋宇阅春秋。
塔影青天出，钟声碧涧流。
晚山愁对眼，落日故衔楼。
骚首行霄汉，褰衣拂斗牛。
东山追谢傅，大地觅汤休。
欲解三乘话，还应二梵求。
慈航如何度，一钵付沧洲。

武隆篇

武隆区江口镇的长孙无忌墓（郑宇　摄）

新丰谷里曾为瑞　分得黔南一派川

位于乌江下游，武陵山与大娄山接合部，有着"渝黔门屏"之称的武隆，自古以来就是渝东南地区的重要交通枢纽。

回溯时光，有多少古代文人曾经来此吟诗作赋？这些诗歌的背后又隐藏着怎样的故事？近日，记者来到武隆，在当地专家的带领下，试图还原一幅武隆古诗地图。

元代武将是诗咏武隆第一人

谁是诗咏武隆的第一人？

记者在翻阅2013年出版的《武隆诗韵》一书时发现，描写武隆的第一首诗歌创作于元代。

"作为巴国的重要组成部分，早在唐宋时期，就有诗人在武隆吟诗作赋，不过由于武隆独立成县的历史并不是太长，再加上长期的战乱，导致大量诗歌失传。据不完全统计，现在流传下来，以描写武隆为主要内容的诗歌只有20多首。"武隆区文联联络部主任江华介绍，创作于元代的《圣水三潮》则是现有文献所记载的，描写武隆最早的一首诗歌。

"三潮圣水是位于武隆火炉镇徐家村的一口间歇泉，每日上午8时、中午12时、下午6时定时涌水三次，曾是武隆著名景点，清代《四川通志》记载的'信水在武隆，其泉如沸，日有三潮，每至高尺余'说的就是这里。"江华说。

这首《圣水三潮》究竟是何人所写呢？

"元成宗年间，曾担任绍庆路总管（元代官名）的向午凤是这首诗歌的作者。"江华说，由于资料缺失，写作该诗的具体时间已不可考，但据现有史料可以推断，该诗为武将向午凤在回老家恩施的途中，路过位于火炉镇的三潮圣水，触景生情，创作而成，用一句"挽来堪洗王朝甲，流去当澄海天外"，表达了自己厌倦战争，希望早日解甲归田的心情。

三潮圣水现状如何？记者在江华的带领下，从武隆城区出发，驱车约一小时，并步行半小时后，来到了位于火炉镇徐家村附近的三潮圣水。

"这就是三潮圣水。"当走到一处绝壁时，江华指着绝壁下的一股泉眼对记者说。但当记者走到泉眼附近，却并未看到泉水涌出的情景。

难道圣水已经干涸？

"现在三潮圣水依然会在每日上午8时、中午12时、下午6时定时涌水三次，现在是下午3时，泉水自然还未涌出。"江华介绍。

衣冠冢前，文人凭吊长孙无忌

唐高宗显庆四年（659年）的一场诬告，让长安朝野发生巨变，一位六旬老者成为这场诬告的最大输家，被逐出长安，流放黔州（今彭水、黔江一带）。

这位老者就是当时皇帝李治的舅舅，被封为赵国公的长孙无忌。还没走到黔州，他就接到了朝廷让其自缢的旨意。

"千古冤沉谁与雪，一朝功大尚凌烟。"站在武隆江口镇长孙无忌的墓前，江口镇文化委员张杰不无感慨地吟诵起清朝诗人舒同珍所写的《题长孙无忌墓》。

据史料记载，长孙无忌最后陪葬于昭陵，那为何在武隆会有他的坟墓呢？

"其实，武隆的长孙无忌墓只是一个衣冠冢。"张杰说，当年长孙无忌路过武隆时，诬告他的许敬宗为防他复出，派出袁公瑜用武则天的密旨逼杀了长孙无忌，让这位三朝老臣冤死异乡。

忌惮于长孙无忌的声望，黔州府令经过多方挑选，选中了江口镇江边的这块土地，并把长孙无忌的尸身暂时安葬于此。15年后，长孙无忌沉冤昭雪，尸首归葬于昭陵，这里则成为一处衣冠冢。

"虽然只是一座衣冠冢，但长孙无忌的名声依然让来此拜谒的文人志士络绎不绝。"张杰说，除了上文提到的《题长孙无忌墓》外，曾担任黔江知县的翁若梅在《过彭阳怀长孙丞相》中用一句"三潮水涌孤臣泪，九曲溪回迁客肠"，对长孙无忌的冤死唏嘘不已。

记者发现，在长孙无忌墓碑旁，还树有一块清咸丰十年（1860年）所立的诗碑，碑上用"叹旧怀贤此地过，风徽邈矣望山河。已悲埋骨同心少，空怨孤忠血泪多"，对长孙无忌的一生进行了高度评价。值得一提的是，这首32句共224字的诗文，也是现有文献中，最长的描写武隆的诗歌。

据史料记载，长孙无忌墓主基古朴庄重、工艺精湛，石碑、石狮、石兔、石马排列有序，而如今的坟墓却只是一个圆形黄土冢，其余器物都难觅踪影。

"因修建年代久远，再加上自然因素影响，虽后世多次对长孙无忌衣冠冢进行修缮，但它仍遭到一定程度损坏。"武隆区文管所工作人员陈建军告诉记者。

"我们已经启动了对长孙无忌墓的保护工作。"陈建军说，目前，《长孙无忌墓修缮及保护性设施建设工程设计方案》已经编制完成，将对长孙无忌墓进行保护性维修，让大家能在此缅怀一代名臣。

让王阳明为其写诗的刘秋佩

"近年来，我们在《同治重修涪州志》中发现了《赠刘秋佩》和《又赠刘秋佩》两首描写武隆的诗歌，和其他描写武隆风景的诗歌不同，这两首诗歌的内容是描述一段友谊的。"江华说，该诗作者便是我国著名思想家、文学家、哲学家王阳明，而他所提到的刘秋佩，就出生在今武隆区凤来乡。

江华说，刘秋佩自幼聪颖，15岁外出游学，28岁考取进士，被明孝宗皇帝亲点为留朝进士，担任翰林院庶吉士，又被提为户部给事中。

刘秋佩性格坚毅，为人正直清明，眼见户部官员荒废政务，懈怠民生，感到十分痛心。经过深思熟虑后，他上书弹劾了自己的顶头上司，被当时的孝宗皇帝所称赞，获得忠直之名。

江华推测，正因有着忠直之名，刘秋佩也结识了一大群志同道合、怀揣济世救民理想的同道中人，其中最为知名的便是大儒王阳明。

王阳明用《赠刘秋佩》和《又赠刘秋佩》两首诗记录下这段友谊，并在《又赠刘秋佩》中称赞刘秋佩："检点同年三百辈，大都碌碌在风尘。西川若也无秋佩，谁做乾坤不朽人。"

　　这段友谊也同样让刘秋佩受益匪浅。江华说，在王阳明的影响下，刘秋佩逐渐成为心学的积极传播者，并于1514年在凤来乡创办了白云书院，把自己一介儒生"修身、齐家、治国、平天下"的理念，全部融入幼童启蒙教育之中，也让"知行合一"的阳明心学广为传播。

　　白云书院和刘秋佩故居现状如何？

　　记者在凤来乡看到，历经数百年的刘秋佩故居已十分破败，保存相对完好的只剩一间厢房。而白云书院则早已消失在历史的洪流中，只剩下一堆石头和石台。

　　武隆区文管所工作人员表示："我们已经启动了对刘秋佩故居的保护工程，将于近日对其进行修复，让它早日焕发光彩。"

（黄琪奥）

武隆古诗选萃

圣水三潮
〔元〕向午凤

新丰谷里曾为瑞,分得黔南一派川。
按候潺湲称圣水,因时高洁本灵泉。
挽来堪洗王朝甲,流去当澄海天外。
自是神龙长卧此,甘霖滂沛任推迁。

渡木棕溪
〔清〕张九镒

径入荒村外,溪流碧岸中。
双凫轻贴水,一叶晚生风。
树老穿云碧,峰高落照红。
息心缘底事,吾道正西东。

过彭阳怀长孙丞相
〔清〕翁若梅

大行遗诏尚煌煌,威服先移武媚娘。
佳妇佳儿空属意,难兄难弟已投荒。
三潮水涌孤臣泪,九曲溪回迁客肠。
反复周唐千载事,灵风斜日恨偏长。

潼南篇

潼南大佛寺（熊明　摄）

寺下空江滚滚流　天边河雁影悠悠

曾是蜀中水陆要冲的潼南，有涪江和琼江穿城而过。在历史上，先后有18个朝代在潼南境内设立过县治，1914年，因其地处潼川府之南更名为潼南。

位于交通要道上的潼南，自古以来吸引了一大批文豪雅士，在此唱和赋诗，激情丹崖。

为何唐代没有潼南古诗流传至今

"从史料记载来看，截至辛亥革命以前，大约有100多名留下名字的文人墨客曾为潼南写诗。"中国诗歌学会会员、重庆市作家协会会员黄化斌介绍，其中，涉及潼南名山名寺的诗词大约有300多首。

哪个朝代的潼南古诗最多呢？"宋朝和明清时期的诗作都比较丰富。"黄化斌说，宋代写潼南的诗作流传至今的大约有60多首，明清时期则约有200多首。

宋代文人冯楫曾用"岩旁石佛高百尺，巍然光耀如金山"的诗句，赞美潼南大佛寺内的大佛雄伟高大。明朝宰相吕大器在《凉水庄山居》一诗中，描写了自己居住在潼南田家镇凉水井附近时的闲适洒脱，"故水潺缓流，故山依然记，鲜鲙与醇醪，频向溪头醉……"

记者在由潼南区委宣传部主编的《文化潼南》系列丛书诗歌卷中看到，从宋代至辛亥革命以前，每个朝代都有文人墨客为潼南留下吟咏之作，但在古诗发展鼎盛时期的唐代却没有诗作被收入书中。

这是为何？

"我多方查找过史料，都没有找到唐代所写潼南的古诗。"黄化斌认为，"诗作多产生于名山胜迹之间，潼南最受诗人青睐的是大佛寺，寺内那座依山而凿的大佛，直到南宋绍兴二十一年（1151年）才凿成，在此之前来到潼南的文人相对较少。"

糖霜被苏轼黄庭坚写入诗中

在宋代两位大家苏轼与黄庭坚的诗作中，也有潼南的身影。

潼南曾经所属的遂宁，以糖霜而闻名于世，糖霜即俗称的"白糖"或"冰糖"，据《中国通史》第三卷记载，"唐代盛产糖霜，遂宁产最有名"。

苏轼曾写过《送金山乡僧归蜀开堂》一诗，赠送给遂宁的僧人，诗中就提到了遂宁所产的糖霜："涪江与中泠，共此一味水。冰盘荐琥珀，何似糖霜美。"

黄庭坚也曾赋诗给为自己寄送糖霜的朋友："远寄蔗霜知有味，胜于崔浩水晶盐。正宗扫地从谁说，我舌犹能及鼻尖。"

黄化斌告诉记者，这两首诗被宋翰林学士洪迈写进《糖霜谱略》，并收入《潼南县志》中。

大佛寺是诗人用笔最多的地方

在潼南境内，诗人们用笔最多的地方，要属涪江沿岸的大佛寺。在潼南流传至今的300多首古诗词中，涉及大佛寺的就有近200首。

"这主要是因为潼南大佛寺具有丰富的文化积淀。"潼南区作家协会副主席杨昌庆告诉记者，清人吴锡庶在《大佛桥记》中描写潼南大佛寺是"舟车往来之冲，邑人游观之地"，所以"名公硕彦，留题琴声石磴之中；词客骚人，寄咏大佛黄罗之下"。

"据统计，历史上在大佛寺留下踪迹和题刻的就有2位皇帝，5位宰相，30余位尚书、巡抚、州府、郡县官员，20余位进士以及10余位诗人墨客。"黄化斌告诉记者。

在赞颂大佛寺的众多诗作中，用情最深的是明朝宰相席书、吏部侍郎席春、户部给事中席豪兄弟三人，在大佛寺相送时留下的三首离别诗，"野寺潇潇枫叶丹，长沙迁客过江干""寺下空江滚滚流，天边河雁影悠悠""江声不尽东流意，目断南鸿送落霞"句句情真意切，为后人所传颂。

在今天大佛寺内的山壁上，一座檐角飞翘的亭子引起了记者的注意。"这就是有名的'鉴亭'，又称为'了翁亭'，是南宋著名理学家魏了翁修建的。"杨昌庆介绍。

魏了翁于南宋嘉定六年（1213年）任潼川运转判官兼管遂宁，闲暇之余，他就到鉴亭讲学，开创了寺庙授课之先例。

元代遂宁州牧陈夔仁游览大佛寺时，在乔林胜景处见到隶书"鉴亭"两个大字，用水洗去苔藓泥土，乃见落款是鹤山，这不正是魏了翁（号鹤山）的真迹么？眼见鉴亭年久失修，人去亭毁，陈夔仁遗憾地立碑赋诗："鹤山真迹走蛟虬，荒废而来几十秋，神物护持光射斗，何人为我把亭修？"

元至正四年（1344年），陈夔仁的弟弟陈夔寿迁任遂宁巡检司后，在原址上重修鉴亭，耗时一年，鉴亭终于落成。

元至正七年（1347年），陈夔仁偶抵遂宁，为鉴亭撰文作记曰："涪江东来，亭当岩下，汇为渊泉，有若鉴焉，万里江天，洞见于此，名亭之意，盖取于斯。"尽情描述了一派如诗如画的涪江风光。

"大佛寺拥有如此丰厚的古诗文化，我们希望在以后的景区打造中，能够将这一特点表现出来，例如通过建造古诗碑林等形式，让更多人了解大佛寺的文化脉络。"杨昌庆说。

（卢波）

潼南古诗选萃

大佛寺送弟豢谪判夷陵
〔明〕席春

寺下空江滚滚流，天边河雁影悠悠。
一杯酒尽云山暮，风雨猿声到客舟。

凉水庄山居
〔明〕吕大器

我本山中人，谬得彤庭赐，
一去十五年，神疲形亦卒。
忽得赋归来，始获初衣遂，
结尾垄墓旁，旦夕领苍翠。
故水潺缓流，故山依然记，
鲜鲙与醇醪，频向溪头醉。
芳倩沐雨新，野花甚妩媚，
春草绿芊绵，鸣禽供鼓吹。
邻宅老农过，箕踞谈世事，
在昔田殷腴，不力获自利。
只今译易竭，农务徒劳绩，
时艰且棘手，有如君作吏。
闻君炳多方，更闻君性直，
浅深厉揭间，恐君未能智。
盍若长此居，聊安肥遁义。

江津篇

江津区龙华镇龙门滩（龙华镇政府供图）

江津篇

几江形势甲川东　山势崔巍类鼎钟

　　江津，夏商属梁州，周属巴国，秦属巴郡。南北朝时期，南齐武帝永明五年（487年）建县，称为江州县。西魏时改为江阳县，隋开皇二年（582年），改江阳为江津。

　　江津地处长江要道，古时的江津已是川东重镇，千帆汇集，商肆林立，文人骚客、商贾走卒往来于此。陈子昂、司马光、黄庭坚、范成大……他们写景、咏物、怀古，留下千古绝唱。

谁人写下江津第一诗

　　7月，记者在江津龙华镇的老街上穿行，炽热的阳光穿透旁边破旧的老屋，洒在凹凸不平的石板路上，沿石梯而下，就到了龙门滩。

　　龙门滩被称为"上川江第一峡水险滩"，由龙门滩、朱家滩、小滩子三道险滩构成，以龙门滩最为凶险，江水湍急。如今，放眼望去，浩荡长江水依旧奔流不息，回旋而下。

　　虽然这里已繁华不再，但诗人留下的诗句却千古流传。

　　江津最早的古诗与龙门滩有关。

　　据明朝万历《重庆府志》记载，唐代诗人陈子昂应该是诗咏江津的第一人。唐圣历元年（698年），陈子昂在乘船回乡（四川射洪）途中，路过巴蜀名邑江津，被这里的风光和险胜之景感染，在船上挥毫写下《过巴龙门》："龙门非禹凿，诡怪乃天功。西南出巴峡，不与众山同。长窦亘五里，宛转复嵌空……"

　　江津区文联主席庞国翔介绍，诗歌标题中的"巴龙门"及诗中提到的"龙门"，就是现在龙华镇的龙门滩，龙门滩的壮景也因此得以进入《全唐诗》，这是江津唯一进入唐诗视野的风物。

　　"蜀江春涨涌波澜，泛溢龙门两岸宽。羊角风生滩正险，峨眉雪化水偏寒。鱼龙泼剌飞腾远，舟楫沿流济渡难。谁解扬鳍三汲去，早乘雷雨拜金銮。"曾评定"江津八景"（前、后八景）的江津人、明代工部尚书、诗人江渊，就把"龙门春浪"评定为"江津八景"（前八景）之第三景。

▲记者正在采访专家林发礼。（万难 摄）

"千百年来，这里就是一个码头，原先一直兴旺繁华得很，前些年从这里赶过河船到对面坐火车的，赶'揽栈'上白沙下重庆的，每天不下两三百人，有时候等船的人把这码头都站满了，还有运煤、运盐、运木材的货船也多得很。从上世纪90年代前后开始，兴修公路后，这码头就渐渐变得萧条了。"龙华镇书记李仁华介绍，该镇计划借厚重的历史文化资源，打造滨江小镇风景带，重现"龙门春浪"的美景，以带动当地旅游的发展。

人文荟萃地，留诗千余首

从古至今，有多少诗人踏足这片土地，留下传世名篇？

记者翻开2017年出版的《江津古今诗词选集》一书时发现，先后有100多名诗人题写了1000余首有关江津的古诗词，这让我们的寻诗之旅少了很多周折。

"江津历来重视兴学教育，注重文化传承。明清时期的栖清书院、梅溪书院、双峰书院，办学严谨，培养了不少文人学士。"《江津古今诗词选集》一书主编、江津区诗词学会顾问林发礼介绍，以清代江津人杨昙为例，其著有《卧云诗草》八卷，里面有800多首诗与江津有关。

"几江形势甲川东，山势崔巍类鼎钟。岚净天空青嶂耸，雨余烟敛翠华重。"江渊以一首《江津八景诗》之《鼎山叠翠》，生动地描绘出江津美轮美奂的自然景观，勾画了诗人情牵故园、梦耽天下的心路历程。

"天下第一长联"的作者——清代诗人钟云舫，也在游历江津后，写下了《登观音岩挹翠楼》，抒发了"眼界好从宽处放，人生得意几登楼"的豪迈情怀。

细细追寻，在江津的东南西北，诗人们都留下了一串串深深浅浅的脚印。

在东面的珞璜镇，清代诗人赵熙以《猫儿峡》为题，描写了长江小三峡第一峡——猫儿峡"高逾江面知几里，刀截悬崖无寸土"的壮观。珞璜镇如今已经成为全国产业转移最具吸引力乡镇、最具投资价值小城镇、重庆市文明镇，全镇经济社会各项事业蓬勃发展。

南面的四面山上，清代诗人龚懋熙在游览四面山洪洞后，以《洪洞》为题，描写出"幽洞纳天地，木杪送日月"的别样景致。如今的四面山，已经是国家级风景名胜区，获"新巴渝十二景""中国最美十大瀑布""中国最美十大森林公园"等美称，是市民旅游休闲的好去处，成为重庆乃至全国重要的旅游地。

西面的石蟆镇，清代诗人杨昙在其所作的《田家五月》一诗中，用一句"漠漠平田万绿笼，山村深住翠微中"，生动地展现了闲适的田园风光。

北面的石门镇，清代诗人程春台在一个清风习习的傍晚，写下《石门晚眺》一诗，展现了"落日半山吞，江声下石门"的旷达景象。

江津也有一个"白鹤梁"？

"涪陵有白鹤梁，我们江津也有莲花石水文诗碑题刻，上面还题刻有30多首古诗呢！"林发礼说。

据了解，30多首古诗中，就有江渊的《江心砥石》。

据了解，江渊的诗词中，《江津八景诗》为世人称道。《江津八景诗》共有组诗16首，生动地描绘了"鼎山叠翠""华盖晴岚""龙门春浪"等江津前、后八景，其中《江心砥石》（共有两首）最为有趣。

"江心砥石即江津几江城东门外江中的莲花石，又称'跳蹬石'。"江津区

诗词学会会长王锡权介绍,"跳蹬"是巴蜀人对原始的墩步桥的俗称,江渊书写的江心砥石由36块礁石组成,其隐现于江中如莲花一般,为川江著名的七大枯水题刻之一。

江渊在《江津八景诗》的《江心砥石》中这样写道:"江心砥石激奔湍,砥柱中流障百川……屹立中流作砥柱,百川倒障皆朝宗。"

尽管江渊吟咏莲花石的两首诗并未题刻于莲花石上,但是,他题咏的两首《江心砥石》被世人所称道。江渊之后,明成化年间江津籍进士、宁州刺史曹邦化刻诗于莲花石江岸石壁。

"原是华山十丈花,何年移植几江涯。浮沉世态知多少,引得游人日泛槎。"曹邦化的这首《题几江莲花石》与江渊的两首《江心砥石》相映成趣。

自此,水落石出之季,文人雅士纷纷登临莲花石题咏诗句。"根据《江津文史资料》记载,莲花石上的题刻共计28处。民间传言,莲花石上的古诗题刻露出水面时,当年必是丰收之年。"庞国翔称,史料记载,最近800多年来,该莲花石出共计14次,第一次是在南宋乾道年间,距今最近的一次是1981年3月。

如今,由于水文变化,江津的莲花石水文诗碑题刻已沉入水底,难再一现。

黄庭坚做客江津乘兴留诗
杨贵妃吃的荔枝出自江津？

"一骑红尘妃子笑，无人知是荔枝来。"唐代著名诗人杜牧的一首《过华清宫》，写尽了当时朝廷骄奢淫逸的生活，道出了诗人体恤民间疾苦的忧国忧民之心。

可是你知道吗？当年黄庭坚做客江津，也写下了脍炙人口的荔枝诗句，当地还流传着杨贵妃吃的荔枝来自江津的传说。

黄庭坚是北宋著名文学家，江西诗派开山之祖。因修《神州实录》获罪，黄庭坚被贬为涪州别驾，安置在今黔江地区。又因他表兄在夔州路作官，为避亲嫌，怕有包庇行为，朝廷便把他推置到宜宾。

宋哲宗元祐三年（1088年），正值荔枝成熟之际，寓居江津的梓州文人李任道知道黄庭坚要由涪州乘船过江津去宜宾，就邀他下船做客吃荔枝。

黄庭坚到江津后，李任道请知县冉木出面作陪。他们摘来味道鲜美的荔枝，在县衙后心舟亭（今江津区盐业公司后临江处）一边叙旧，一边品尝荔枝。李任道乘兴赋诗，黄庭坚当场步韵作《心舟亭次韵李任道食荔枝有感三绝》。

（一）

一钱不值陈卫尉，万事称好司马公。
白发永无怀橘日，六年惆怅荔枝红。

（二）

今年荔枝熟南风，莫愁留滞太史公。
五月临江鸭头绿，六月连山柘枝红。

(三)

舞女荔枝熟虽晚，临江照影自恼公。

天与麰罗装宝髻，更按猩血染衣红。

江津区诗词学会会长王锡权说："早在隋唐之前，我国已经形成塘河荔枝、涪陵荔枝、岭南荔枝三大种植基地。在汉晋隋唐时，江津塘河荔枝就已是进贡皇家的贡品了。"

正因如此，江津民间一直有杨贵妃吃的荔枝来自江津的说法。

杨贵妃吃的荔枝究竟是否来自江津，已无确切史料记载。眼下正是荔枝挂果即将成熟的季节，记者沿着荔枝古道来到塘河古镇，这里的大小荔枝园一个接一个，家家有荔枝，户户卖荔枝。

据了解，目前，塘河全镇的荔枝林多达8000亩，上果的荔枝林面积达4000余亩，两三百年的荔枝树多达几十棵，荔枝品种多达七八种。种荔枝，已成为当地人脱贫致富的一条重要途径。

▲江津区塘河古镇。（万难 摄）

江津篇

"要吃烧酒中白沙"

"江津豆腐,油溪的粑,要吃烧酒中白沙。"一句民间谚语,道出了江津白沙镇烧酒的江湖地位。

江津白沙于北宋前期建场。长江沿镇而过,溪流环绕,借水驿之利,白沙逐渐形成区域性物质集散枢纽。又因其扼黔北、川东咽喉要道,成为川黔滇驿道上繁荣的商贸集镇,素有"天府名镇""川东文化重镇"等美誉。

"白沙有两样最出名,一是聚奎书院,二是白沙烧酒。"江津区诗词学会会长王锡权称,白沙烧酒距今有数百年历史。

据《江津县志》记载,白沙烧酒酿于明嘉靖年间,兴盛时期,当地有酿酒槽房(酿酒人家)300余家,并形成以卖酒为产业的槽坊街。那时的人们就把这条酿酒的街,叫作"槽坊街"(现存江津区白沙镇槽坊街社区)。

据当地史料记载,清光绪年间,白沙烧酒的年产量已达七八千缸,每缸重约四五十斤。当年白沙"槽坊街"上商铺林立,酒幌飘展,槽坊相连,四

▲江津区白沙镇上的酿酒厂(江津白沙镇政府供图)

季酒香缭绕，故又有"江津产酒甲于省，白沙烧酒甲于津"的说法。乡民过客无不贪杯豪饮，江湖人又将白沙烧酒称为"江津茅台"。

好酒自然酝酿出好诗。相传，清代诗人、著名书法家赵熙沿江而下，距江津白沙镇十里就闻到酒香，因而提笔，以《白沙烧酒》为题，写下了一首脍炙人口的诗歌："十里烟笼五百家，远方人艳酒堆花。略阳路远茅台俭，酒国春城让白沙。"

如今，白沙镇上的重庆市江津区驴溪酒厂、重庆市黑石山酒厂、重庆江小白酒业有限公司和重庆江津红花村甘酒有限公司，还保留着当年白沙烧酒酿制技艺。它们分别生产的"槽坊街""黑石山""江小白""甘大哥"等烧酒，酒清香馥郁、醇厚爽洌，深得广大消费者喜爱。

漫步白沙，清静之中，能感受到她的几分超然和淡定。特别值得一提的是，白沙古镇上那一排排旧时的吊脚楼，沿江而建，最早的可以追溯到明代。那些吊脚楼多以条石砌墙基，以木柱为支撑，穿斗结构，高踞危岩，最高达20米，国内罕见，被誉为"最高吊脚楼"。

（姜春勇　匡丽娜）

江津古诗选萃

过巴龙门
〔唐〕陈子昂

龙门非禹凿，诡怪乃天功。
西南出巴峡，不与众山同。
长窦亘五里，宛转复嵌空。
伏湍煦潜石，瀑水生轮风。
流水无昼夜，喷薄龙门中。
潭河势不测，藻葩垂彩虹。
我行当季月，烟景共春融。
江关勤亦甚，巇嶕意难穷。
誓将息机事，炼药此山东。

江津八景诗
《鼎山叠翠》之二
〔明〕江渊

几江形势甲川东，山势崔巍类鼎钟。
岚净天空青嶂耸，雨余烟敛翠华重。
钩帘对酒情偏逸，挂笏吟诗兴颇浓。
安得辞荣归故里，巢云直卧最高峰。

田家五月
〔清〕杨昺

漠漠平田万绿笼，山村深住翠微中。
柳荫闲卧陇头犊，蒲酒醉归江上翁。
绕屋鸠呼梅子雨，隔溪人坐豆花风。
太平方觉农家乐，鸡黍留宾话岁丰。

酉阳篇

酉阳桃花源风景区美不胜收（李星婷　摄）

酉山貌横心多空　如奇士不矜修容

巍巍武陵山中，有一处神秘而美丽的地方——酉阳。

酉阳，自古为荆楚要道，土家族、苗族聚居地。千百年来，酉阳文脉渊源流长。在清道光年间，举人冯世瀛曾收集明代至清同治年间酉阳、秀山、黔江、彭水等地的乡贤及流寓文人59位、诗作2972首，编成《二酉英华》二十四卷。其中，涉及今酉阳境内的古诗大约有2000余首。

土家族最早的律诗诞生于酉阳

"古往今来，有不少本土或客寓此地的文人墨客，在酉阳这片美丽的土地上吟诵，留下动人诗篇。"近日，记者一行来到这里采访时，酉阳土家族苗族自治县委党史研究室主任、当地文史专家黎洪介绍道。

最早和酉阳一带有关的诗歌是东汉时期反映古代巴人生产生活的。

如摘自《华阳国志·巴志》的《川崖惟平》："川崖惟平，其稼多黍。旨酒嘉谷，可以养父。野惟阜丘，彼稷多有。嘉谷旨酒，可以养母。"作品生动地反映了包括酉阳在内的巴国地区的自然环境和种植习俗。

"惟月孟春，獭祭彼崖。永言孝思，享祀孔嘉。"这首《祭祀诗》则表明巴人在孟春月（即农历正月）祭祀时的情形。

至于这两首诗歌哪首在前，哪首在后，作者是否是酉阳人，都已无从考证。

史料显示，酉阳本土诗人以汉文字创作的诗歌，则出现在明永乐六年（1408年）朝廷批准土司冉兴邦在酉阳兴汉学以后。

据《土家族文学史》记载，现有文字记载的、本土诗人创作的最早的酉阳律诗，是明代土司冉元所写的《题仙人洞》："洞里神仙渺莫猜，海风幸不引船回。四围苍藓雕虫篆，一脉灵泉撒蚌胎。花自无拘开又落，云如有约去还来。谁能静习长生术，向此烧丹扫绿苔？"

诗歌写的是酉阳铜鼓潭南保安坝仙人洞的景物。"这是迄今所见的、土家族最早有文字记载的律诗。"黎洪介绍,"在《土家族文学史》的记载里,这首诗是酉阳本土律诗之源、土家族律诗之始。"

诗词唱和是清代酉阳文人的娱乐活动

黎洪表示,从总体上看,酉阳在"改土归流"(改土司制为流官制)前虽有不少诗人,但流传下来的作品较少,不能全面地研究其人文思想。

雍正十三年(1735年),实施了400多年土司制的酉阳"改土归流",从那时起直至辛亥革命前,是酉阳诗歌发展的鼎盛时期,诗人的数量较此前大为增多。

出于对教育的重视,当时清政府相继创办了"二酉书院""龙翔书院"等书院和设立酉州考棚,这些文化教育机构的兴办,对酉阳诗歌的发展产生了积极影响。

彼时,文人间的诗词唱和成为一种高雅的娱乐活动。比较有名的当属乾隆年间,酉阳知州丁映奎曾多次招州中文士陈盛佩、田洪儒、冉正维等分韵

▲记者一行在酉阳阳光小学探访栖鹤庵诗碣及诗碣文化墙。(苏思 摄)

▲栖鹤庵诗碣部分字迹已模糊。(苏思 摄)

题诗。文人们聚在一起，文思泉涌，你方唱罢我登场，成为当时的盛事。《酉阳直隶州总志》载："一时诸公相继酬唱，州人称为盛事。"

丁映奎还著有《题清舫八景》："古舫清如许，官贫不解愁。狂歌诗满卷，醉舞月当头。花鸟偕人乐，阴晴任我游。可能添别趣，归载米家舟。"描绘出一幅充满诗情的文人雅士娱乐图。

文人间的诗词唱和，更有诗碣为证。

从酉阳县城往南行3公里，是如今的阳光小学。学校附近的一个平台上，立有一块高2.7米、宽0.8米的古诗碑，诗碑上的诗歌韵脚皆为"赊、霞、花"三字。

原来，明朝万历年间这里曾建有一座栖鹤庵。明朝末年，东阁大学士文安之来酉阳后，时任土司冉玉岑陪他到此游赏。文安之在此作了《题栖鹤庵》和《留别》两首诗。

"武陵旧路已非赊，秦晋光阴一缕霞……细栽桑柘胜桃花。"两首诗的韵脚为"赊、霞、花"三字，冉玉岑也步其韵作诗一首，刻在庵堂前的石头和竹子上。

到了清代，诗词唱和之风盛行，曾抟仙、林剑雄、张价人等文人，都到此步文安之的韵脚作诗。截至1922年，栖鹤庵前后共留下28首步韵诗。时任主持僧光溥将这些诗精心整理出来，刻录于石碑上。

如今，栖鹤庵诗碣上的部分字迹已模糊，但仍静静地诉说着那段文人佳话。"学校已把诗碣上的诗文抄录下来，翻刻在学校外墙上，成为诗碣文化墙。"阳光小学相关负责人介绍。

来酉阳的主考官沿途作诗描写道路艰险

无论是外来文人还是本土籍诗人,位于今酉阳县城中心的大酉洞(今桃花源景区),都是他们笔下的最爱,歌咏此地的诗作甚多。

清光绪十九年(1893年)授酉阳州知州的赵藩,曾写下《清明节偕幕僚游大酉洞》一诗:"酉山貌横心多空,如奇士不矜修容。闻距官舍五里近,大酉一洞标其雄……碧塍绿岸错方罫,清溪曲注鸣笙镛……"这首七言诗,以走蛇之笔,为世人描绘了一幅精美绝伦的大酉洞画卷。

本土籍诗人陈鑫,则在《大酉洞》中写道:"大酉嶙峋山之祖,石门无路锁烟雨。五丁力士来何年?谽谺劈出洞中天。"感叹大自然的鬼斧神工。

从酉阳县城往东北方向行79公里,位于乌江边的古码头龚滩镇,也是诗人偏爱的地方。

晚明重臣吕大器曾写下《蛮王洞》:"野外裁云雪半留,兵归已上此山头。同人莫慢三冬复,载酒吟诗古洞幽。"蛮王洞位于龚滩镇对面的乌江岸岩壁,此诗为南明永历三年(1649年),吕大器赴诏南行,溯江至龚滩而作。

酉阳土司冉天育也留有《龚滩》一诗,用"裂石轰雷水势雄,浪花千丈蹴晴空"的诗句描写了龚滩之险。

酉阳道路的艰险也在诗人笔下呈现。"道光元年(1821年),礼部奉旨在酉阳设考棚,举行院试(此前考生需到成都、重庆参加院试)。"《酉阳报》工作人员吴大全介绍,从那时起,便有不少主考官和考生来到酉阳,路途的艰险遥

▲酉阳大酉洞。(苏思 摄)

酉阳篇

远,也成为他们诗中描写的对象。

首任赴酉阳主考的四川学政吴梅梁,从涪州至酉州,沿途著有《白蜡园》《晚宿黔江》《楠木箐尖站》等律诗,其中不乏描述道路之艰险的,如"雾重悬崖失,桥低宿涨干。此邦风俗厚,禾黍遍层峦""树窄乌巢陡,坡高蚁垤干。晴烟兼湿雨,作意写重峦"等诗句。

"桃源之遗韵,酉阳之秀美,道路之艰险……在诗人笔下尽显。"酉阳宣传部相关负责人认为,古诗中描绘的古代酉阳美景,对今天打造酉阳旅游具有极其重要的意义,全县将旅游资源划分了"亘古桃源 时尚酉州""梦里画廊 传奇龚滩"等12个组团,以进行重点打造。

桃花源诗的原型地在酉阳?

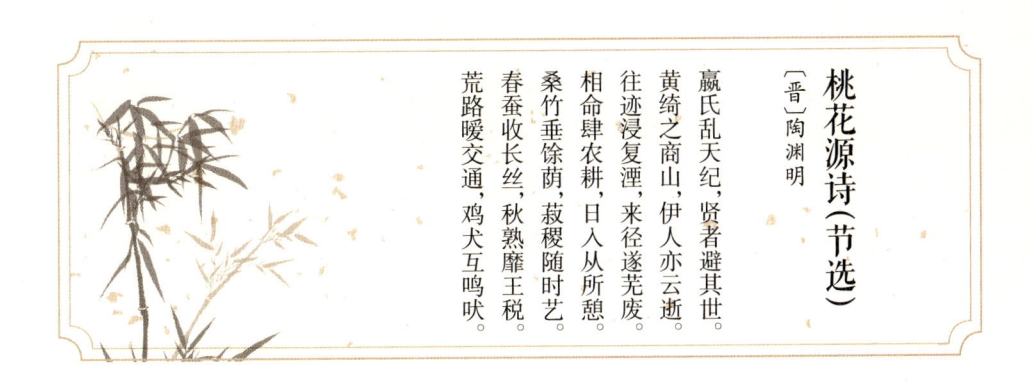

桃花源诗(节选)
〔晋〕陶渊明

嬴氏乱天纪,贤者避其世。
黄绮之商山,伊人亦云逝。
往迹浸复湮,来径遂芜废。
相命肆农耕,日入从所憩。
桑竹垂馀荫,菽稷随时艺。
春蚕收长丝,秋熟靡王税。
荒路暧交通,鸡犬互鸣吠。

1600多年前,陶渊明在《桃花源诗》及序《桃花源记》里,描述出一个安宁和乐的世界。

然而,陶渊明并没有留下这个地方具体地点的描述。那么,他写的就是酉阳现在的桃花源景区吗?

| "太古藏书"是最有力的证据 |

日前,记者来到桃花源景区。进入大门,只见绿树掩映中,有一个直径约二三十米的洞口(太古洞),洞内幽深,有狭长小溪穿流,洞顶不时有飞泉洒下。

"这是著名的桃花源八景之一,'飞泉撒玉'。"沿着长约百余米的隧洞前行,酉阳电视台工作人员曾常告诉记者,桃花源包括"太古藏书""桃洞流红"等八大景点,其中最著名,也是证明酉阳桃花源即陶渊明笔下原型地最有力的证据,就是"太古藏书"。

沿太古洞前行,只见在洞尾左侧高处崖石上,刻有清代酉阳知州罗升梧手书的"太古藏书"四个斗大的楷体字。"据说这里就是当年秦始皇'焚书坑儒'时古人的藏书之地。"曾常介绍。

《酉阳直隶州总志》记载:"有秦人,负书笈,辗转来酉。"而陶渊明《桃花源诗》中首句则写道:"嬴氏乱天纪,贤者避其世。"曾常认为:"'太古藏书'之地恰好印证了诗句的描写。"

出得洞口,大家眼前一下豁然开朗。阡陌纵横,田舍相间,还有数百株桃树和柳树……这派怡然自得的田园风光,恰如陶渊明笔下所描绘的"桑竹垂馀荫,菽稷随时艺""荒路暧交通,鸡犬互鸣吠"。

| 100多年前,争议就开始了 |

"桃花源景区以前叫大酉洞。"酉阳土家族苗族自治县委党史研究室主任、当地文史专家黎洪告诉记者,最早提出"桃花源原型在酉阳"的,是酉阳本土籍诗人陈汝燮及才高八斗的土司后代冉崇文,时间为清咸丰八年(1858年)。

那是159年前一个深秋的夜晚,陈汝燮与冉崇文同宿成都石牛寺。在夜晚谈古论道之时,二人不约而同地认为大酉洞酷似陶渊明所记桃花源。

陈汝燮还写下《题桃源行并序》:"酉阳才是真桃源,桃花源记非寓言……陡辟一重天与地,田园屋宇无尘气。想见树中长子孙,先芬能诵秦皇避。吾酉在汉属武陵，路忘远近问津明。永嘉以后没蛮獠，直到元明失洞名……"论证了大酉洞为何是桃花源的地理环境、历史背景，以及丢失洞名的原因等等。

后来，冉崇文在编修《酉阳直隶州总志》时，便将这一考据记录进去。这也是酉阳最早提出陶渊明笔下的桃花源就在此的历史记载。

尽管如此，桃花源的原型地归属一直争议不断。

光绪年间的赵藩在《清明节偕幕僚游大酉洞》中，用"迁陵地归武陵属，图经辩难森词锋。必求实之信凿矣，争言附会嗤君蒙"的诗句，表明当时各地对桃花源原型之地的争议。

"所以，关于陶渊明笔下的桃花源原型地到底在哪？早在100多年前，争议就开始了。"黎洪笑着说。

"事实上，在武陵山区一带，类似'豁然开朗、别有洞天'像桃花源的地方不少。"重庆师范大学教授鲜于煌认为，阡陌纵横、鸡犬相闻……这些都是我国传统农耕文明的经典要素，它们也代表着人们心目中的桃花源。

"《桃花源诗》的原型地也许无法考证，重要的是，这首诗对中国传统农耕文化的体现。"鲜于煌表示。

2016年底，桃花源景区进行了为期4个月的闭园升级改造。如今，景区包含世外桃源、伏羲洞、酉州古城等六大部分，面积从最初的2平方公里扩展到50平方公里，游客在欣赏山水田园的同时，还可以体验2000多年前秦人的农耕、酿酒、编织等生活，身临其境地感受世外桃源的逍遥美好。

（李星婷　王韦）

酉阳古诗选萃

题仙人洞
〔明〕冉元

洞里神仙渺莫猜,海风幸不引船回。
四围苍藓雕虫篆,一脉灵泉撒蚌胎。
花自无拘开又落,云如有约去还来。
谁能静习长生术,向此烧丹扫绿苔?

龚 滩
〔清〕冉天育

裂石轰雷水势雄,浪花千丈蹴晴空。
轻舠未敢沿流去,人鬼鱼龙一瞥中。

永川篇

市民在永川桂山公园参观"古八景"雕塑墙(谢智强 摄)

流成永字三江秀　汇入碧川万顷涛

永川的历史，可追溯到唐大历十一年（776年）。这一年，永川置县。

古人在起地名时，往往会选择吉祥如意的字词。但永川得名，是因为特殊的地形。清光绪《永川县志》记载："附城三水合流，形如篆文'永'字，曰永川者，因水得名也。"

秀美的山水，是古人最喜爱吟咏的对象。据不完全统计，自唐以来，共有14位诗人为永川写下35首古诗。

虽然永川的古诗存世数量不多，但作者中，却有明代"三才子"之首的杨慎，清初诗人、文学家王士祯，清代书画家、诗人张问陶等杰出人士。

唐代道士写下第一首诗

永川最早的一首诗，诞生于其置县之前。唐贞观年间（627—649年），一位姓李的道士写下了名为《烂柯洞》的五言绝句："幽楼人事少，琐碎竹阴多。疑是桃源洞，馆棋且烂柯。"

烂柯洞的位置，就在永川真武山老县衙的背后，这首诗刻在一块石碑上，在清朝同治年间被人们从烂柯洞发掘出来。从诗中可见，置县前，永川是个桃花源一般安静的小城，适宜道家清修。

置县后，永川在唐宋两朝日渐发达。宋《太平寰宇记》描述永川"山川阔远"，到了明代，永川城池已具规模，人丁兴旺。明正统年间，永川县教谕（即学官）诸华写下《三河汇碧》，第一次在古诗中阐明了永川得名的原因：

北注西倾南控濠，纵横缭绕胜挥毫。
流成永字三江秀，汇入碧川万顷涛。
风雨不将图籍浸，谿山应共锦云高。
仓王去后留遗迹，鸟篆千年起凤髦。

这首诗的"主角",是永川的三条河:玉屏河、永川河、东门河。在89岁高龄的中国诗词学会会员、永川诗词学会顾问周明扬看来,这首诗遣词机巧、用典精妙,充分体现了诗人对永川的感情。

"北、西、南,是三条河汇合前的流向;三条河形成一个篆书的'永'字。"周明扬说,这首诗的后四句更妙,"仓王,就是上古神话中造字的仓颉,'凤毳'即凤毛麟角。比喻永川的'永'由自然造就,人杰地灵,将会人才辈出。"

这地势真有这么巧妙?永川区政协副秘书长张义骞把我们带到了老城区的永沪桥上。

从桥上俯瞰,只见玉屏河从北、永川河从西、东门河从南奔涌而来,汇聚在桥下,形成一片开阔的水域。放眼望去,的确形似篆书"永"字,令人不得不叹服于大自然的鬼斧神工和古人的诗情画意。

古八景勾勒出永川风貌

诸华笔下的三河汇碧,也是永川"古八景"("三河汇碧""八角攒青""石松百尺""铁岭夏莲""桂山秋月""竹溪夜雨""龙洞朝霞""圣水双清")之一。

除诸华外,风光秀丽的永川"古八景"还吸引了明代永川知县张时照、诗人罗勋,清代诗人李天英、凌冲霄等留下不少优美的诗作:"积水依灵物,烟云吐纳中"形容"龙洞朝霞","胭脂着雨鲜如洗,翡翠飘风软欲携"形容"铁岭夏莲"……

据介绍,永川"古八景"记载于民国时期的《永川县志》。但根据历代诗人的作品来看,早在宋代,永川"古八景"就已大体形成。

这一推测的证据,是宋绍兴八年(1138年)任永川知县的陈说写下的一首古体诗《干龙洞》。诗中记载,当时永川天旱,陈说到龙洞中求雨,登山途中,只见"天造地设神物护,岩壁伏怪多层楼"。还好,"入洞酹请一壶水,出洞已见阴云浮"。当天晚上,大雨倾盆,缓解了旱情。

"干龙洞与'龙洞朝霞'中的龙洞,是相通的两个洞穴。这首诗说明,在宋代,龙洞就已存在。"周明扬说,龙洞位于现在的永川区红炉镇会龙桥村,相传洞中有龙，干龙洞就在龙洞附近。

在永川人民广场，我们还看到了"古八景"之一——"石松百尺"的石松：三块比人还高大、粗壮的松树化石，屹立在广场的花园中。周明扬介绍，"石松百尺"的原址位于今天的永沪乡石松坪，石松就是松树的化石。如今，永川区文化馆、人民广场等多个地点都摆放着从石松坪运来的松树化石。这些独特的松树化石，已成为永川一道独特的风景。

陆路要冲引诗人乡愁

八景之外，松溉古镇的山水也令人称道。王士禛有《吟松溉诗》，"峭壁临江势欲倾，丹砂蘸叶一江明"，形容松溉山势陡峭而江水清澈，风景如画。张问陶写《泊舟见月》，"他年说松溉，举酒空徘徊"，惋惜在船上"推篷月乍来"的机会难再有。

除了天然风景外，作为成渝两地间的陆路要冲，永川的地理位置也激发了历代诗人的创作热情。

五言绝句《石盘铺》就是杨慎途经永川时写下的。石盘铺原为永川飞地，现属于荣昌。杨慎用短短20个字，道出了旅途中的况味，读来令人回味不已——

向夕凉风起，人马俱欢声。
不用燃双炬，天高秋月明。

从诗作中可以看出，这是一个早秋的夜晚，黄昏时分，凉爽的风让旅人和马队精神大振。夜空中，月色皎洁，照亮了前进的道路，甚至可以不用点火炬照明。

隔着数百年时光，今人已很难考证杨慎为什么要写这首诗。但这条路的另一头——成都，就是他的故乡。也许，这是他在旅途将要结束时的欣喜；也许，这是他在离开故乡远行时的怅然。无论如何，永川和石盘铺因为杨慎的乡愁而留在了古诗中，也留在了明代和整个古代的中国文学史中。

如今，诗词文化仍然在永川占有一席之地。张义骞介绍，永川诗词学会的成员们仍然定期聚会，进行诗词创作，对"古八景"进行新咏。近年来，永川区还通过开办诗词楹联培训班、举办诗歌朗诵会等方式，将诗词文化带入校园和社会各界，营造更为浓厚的文化氛围。

永川诗人李天英诗才深得袁枚赞

永川人杰地灵，在出生于永川的文人中，清代诗人李天英的名字就相当响亮。

李天英诗风清丽，遣词造句独具匠心。永川"古八景"之一的"竹溪夜雨"，在其他人笔下是山水风景，在他笔下则多了田园生活的美好和生气：

> 春风吹碧波，夜雨半篙足。
> 桑柘已满林，不见桥南竹。
> 红襟双燕子，剪破一溪绿。
> 溪上老农家，呼儿驾黄犊。
> 先耕陇上田，次播门前谷。
> 针水闻好雨，不用豚蹄祝。
> 丰年击壤声，依依在茅屋。

"李天英诗的字里行间，都流露着对永川家乡风土人情的热爱。"中国文学语言研究会会员、永川诗词学会顾问夏业昌说，无论是农人、田野、山水、寺庙，在李天英的笔下，都富有勃勃生气。

李天英的诗，连清代大才子、"乾隆三大家"之一的袁枚都说好。

何以见得？夏业昌告诉我们，李天英的《雪后寄施南田》一诗，曾被袁枚收录在《随园诗话》中，且袁枚对李天英的诗才颇为赞赏。

经过几番查阅，我们终于在《随园诗话》卷六中找到了李天英的踪迹。袁枚写道："己亥三月，小住西湖。有李明府名天英者，号蓉塘，四川诗人，时来见访。录其《雪后寄施南田》云：雪汁初融瓦，寒光已在天。大江回望处，清影两萧然。忽发山阴兴，思乘访戴船。风涛夜未息，目断小姑前。"

作为永川人的李天英，怎么会在西湖遇到袁枚？

据永川地方志资料记载，清乾隆二十一年（1756年）李天英参加乡试中举。中举后再参加礼部考试落榜，后来到贵州省补开泰知县。晚年，因受冤屈，被贬官回原籍。

袁枚提到的"己亥"年，实际上是清乾隆四十四年（1779年）春。当时，李天英路过西湖，与袁枚相识，常有诗词酬唱。袁枚还特别摘录了李天英的"远梦摇孤榜，残星落酒旗""野鸥时避桨，旅雁自为群"等佳句，并赞曰"诗有奇气"。

《随园诗话》是一部倾注了袁枚心血的诗歌美学和理论著作。有研究者认为，《随园诗话》是清代最有影响力的诗话（评论诗人和诗篇的作品）。能够"入选"其中，足见李天英的诗歌水平之高。

更有趣的是，李天英和袁枚的这段友谊，还被清代的另一位著名诗人、学者王培荀记录了下来。

王培荀是山东人，曾在四川为官。他的文集《听雨楼随笔》记载了大量的蜀地人文历史、地方风情。

在《听雨楼随笔》卷一中，他专门用了一小节来写李天英："李天英……罢官后益以诗自豪，短章零句，人争传诵。同时名宿袁简斋、蒋心馀……均推服有加。"

这段记载中的袁简斋，正是袁枚。而蒋心馀，则是清代的戏曲家、文学家蒋士铨，他也是位赫赫有名的才子，与袁枚并称为"南袁北蒋"。从他们对李天英的肯定中，足见李天英的诗才在当时堪称"国家级"。

南宋"帝师"陈鹏飞：
仰慕者在他墓前挥泪写长诗

在永川的古诗中，有一首与众不同的长诗——

这首诗没有题目，写作的具体时间也不清楚，只能根据《永川县志》判断出其大约创作于清光绪年间；这首诗也没有遵循格律，诗人一口气就洋洋洒洒写了几百字；这首诗是一位清人在一位南宋经学家的墓前写下的，他们之间，隔着500多年的时间长河。

这位经学家是谁？他怎么会有这么大的感染力？

永川区政协办公室调研员刘政介绍，据清嘉庆年间的《四川通史》记载，这位经学家就是宋代与苏轼、张子昭同时被誉为"注经三杰"的陈鹏飞，他在南宋之初历任太学博士、崇政殿说书、礼部员外郎等职务，地位堪称南宋"帝师"。

为他写诗的，是清代的綦江文人陈为言。原来，陈鹏飞因为仗义执言，得罪了秦桧而被贬官，后来曾携家人来到永川松溉，开馆收徒。陈为言敬佩陈鹏飞的忠良，专程来到永川拜谒陈鹏飞墓，并写下了长诗："先生当日贡举耳，上书请讨慨以慷……高风亮节赍志去，九原毅魂何轩昂！"赞叹陈鹏飞勇敢地上书宋高宗，要求讨伐金人，救回宋徽宗、宋钦宗的胆气，和触怒秦桧后果断离去，不留恋名利的气节。

细读这首诗，我们仿佛还能感受到当年陈为言在陈鹏飞墓前的慷慨激昂。

据史料记载，陈鹏飞墓在今天的永川松溉镇旗山村。遗憾的是，由于岁月侵蚀，现已难寻墓的踪迹。

"陈鹏飞墓也有一段不为人知的故事。"刘政说，据记载，墓碑上的铭文显示，这座墓是清光绪八年（1882年）由20多个永川人共同重修的。铭文中提到陈鹏飞是永川人，但根据史料，陈鹏飞应该是永嘉（今浙江温州）人，只是葬在了松溉。

刘政认为，这实际上反映了永川当地人数百年来对陈鹏飞的敬佩和仰慕。由于时间太久，也许重修陈鹏飞墓的人出现了错误，但他们对陈鹏飞的感情，和陈为言一样，非常真挚。

刘政解释，陈鹏飞来到永川后，开馆讲学，广为收徒，直到去世前都没有间断。他的影响极为深远，对树立当地民风起到了积极作用。

这一观点的佐证，就是早在陈为言之前，就有其他诗人为陈鹏飞墓作诗。

据《永川县志》记载，明万历年间，一位名叫罗茹的贡生敬拜陈鹏飞墓后，曾留下一首七言律诗："荒冢累累江上阿，谁怜风韵等东坡……我来一拜增惆怅，遥想瓣香意若何。"

"对古人来说，陈鹏飞不仅是大学者，更是忠臣和义士。"刘政表示，虽然陈鹏飞在当下的知名度并没有苏轼高，但一首首古诗仍然记录着他的故事。今天读来，这些古诗就像不会褪色的胶片，定格了陈鹏飞气节高尚的历史面貌。

（申晓佳）

永川古诗选萃

吟松溉诗

〔清〕王士祯

峭壁临江势欲倾,丹砂蘸叶一江明。
囊中正有鹅溪绢,只少黄荃为写生。

塔院寺

〔清〕李天英

深山迷小径,一塔远相招。
绿竹藏孤寺,丹枫落野桥。
獭骄鱼石静,云去鹤俱遥。
生事年来薄,停舆话暮樵。

开州篇

俯瞰开州举子园(苏思 摄)

开州盛山十二景　盛名之下已沧桑

　　开州地处重庆东北部，西邻四川开江，北依城口和四川宣汉，东毗云阳和巫溪，南接万州，早在春秋时期就属巴国。从东汉建安二十一年（216年），刘备设汉丰县至今，开州已有1800多年历史。

　　然而，在很长一段时间里，世人眼中的开州，只是一个蛮荒之地。直到唐元和十三年（818年），从考功员外郎被贬谪至开州任刺史的韦处厚（韦处厚后来官至丞相），在此写下12首诗，世人对开州的印象才有所改观，而诗中所提及的开州盛山，更是声名远播。

　　这是怎样的12首诗，为何能改变一个地方在世人眼中的固有印象？盛山又是怎样的一个地方，为何让人以诗咏之？

　　带着这些疑问，记者一行从主城驱车400余公里赶赴开州，探寻古诗中的开州。

"千秋鸟迹山形在，一代诗人纸价高"
——开州因诗而声名远播

　　"故事要从韦处厚被贬说起。"7月炎夏，开州城区，87岁的开州诗词楹联协会会长张昌畴拄一根手杖，一边翻阅着线装的清乾隆年间《开县志》，一边向记者介绍，公元818年，韦处厚被贬谪至开州任刺史，时任侍御史的温造也被贬至开州作司马。

　　韦、温两人到开州后，发现开州虽然地处偏僻，却如《隋书·经籍志》所记载，是"水陆所辏，货殖所萃"之地。

　　原来，开州地处川东北腹地，在古代是城口、宣汉、巫溪，陕东南一带到蜀中或到长江出夔门的必经之地。开州城区更得澎溪河之利，成了这些地区的物资中转地和往来客商的聚集之所。再加上开州城北30里，是川东四大盐场之一的温汤井盐场。这些原因和条件，让这里成了商贸繁华之所、交通

▲ 开州举子园文峰塔遗址（苏思　摄）

枢纽之地。

　　闲暇时，韦处厚、温造二人常结伴同游坐落于开州城北侧的盛山。盛山因草木葱茏，又能登高望远，让两人时常流连忘返，韦处厚也因此写下了总计12首的《盛山十二景诗》。

　　三年后，韦、温奉诏返京时，元稹、白居易、张籍、严武等诗坛名流，纷纷写诗唱和《盛山十二景诗》，应和者达数十人之多，遂联成大卷，并由唐宋散文八大家之首——韩愈作序。一时间，整个京城"家有之焉"。开州之名遂著于世，开州盛山，也随之声名远播。

　　"开州有据可循的第一句古诗，也与盛山有关，记载在明正德年间《夔州府志》卷三《开县》中。"张昌畴说，书中记载："盛山，在县北三里。突出高耸，为县主山。古诗云：'挂笏看山寻盛字。'盖山如盛字。上有盛山堂。"

　　"挂笏看山寻盛字。"此句古诗为何时何人所作，已无从考证，却为后世的人们描绘了一座形如"盛"字的山峰。

　　真正让开州和盛山声名鹊起的，无疑是韦处厚的《盛山十二景诗》，以至于到清朝，奉节举人曹贵珍都还对此感叹："千秋鸟迹山形在，一代诗人纸价高。"

"霁平联郭柳，带绕抱城江"
——盛山十二景时过境迁

时光荏苒，今天的盛山十二景是否依旧是韦处厚诗中所描述的景致呢？

"少时住在开州老城，盛山就是老城的后花园，男女老少都时常去游玩。"阳光透过窗棂，斜照在老人的肩头，张昌畴拄着手杖立在那儿，远眺着窗外耸立的盛山，满眼都是自己孩提时在山上奔跑的身影。

时间让人们年华老去；时间，也改变了许多景物最初的风貌。

告别张昌畴老人，记者一行来到盛山脚下，已是午后，登山的石阶上空无一人。

韦处厚登临盛山时，该是秋高气爽之际吧，否则他怎会有雅兴，将攀爬艰难的石阶，在《盛山十二景诗》的《琵琶台》中形容为"褊地堆层土，因崖遂削成。浅深岚嶂色，尽向此中呈"？

当记者一行循着诗人的脚步登上宿云亭时，早已是气喘吁吁、汗流浃背，虽说是登高望远，景色宜人，又怎会有兴致如诗人般举杯畅饮，诗情迸发，写下"雨合飞危砌，天开卷晓窗。霁平联郭柳，带绕抱城江"的诗句？

"盛山十二景中的宿云亭、隐月岫、流杯渠、琵琶台、盘石磴、葫芦泽、绣衣石、瓶泉井、桃坞、茶岭、竹崖等十一景都在盛山之上，只有梅溪蜿蜒流淌于山脚。时至今日，只有宿云亭、琵琶台和竹崖三景可见了。"宿云亭小憩，同行的开州区文联主席王兴明说。

张昌畴记得，少时游盛山，许多景致依旧在，不过几十年的变迁，如今隐月岫、流杯渠、盘石磴、葫芦泽、瓶泉井、桃坞、茶岭已无迹可寻，绣衣石已被一座现代的绣衣女塑像所取代，梅溪则隐没于滔滔江水之下。

下山途中，竹崖小坐，阳光在竹林深处投下斑驳的光影，韦处厚诗中所写"不资冬日透，为作暑天寒"的翠竹依旧茂盛，却已无"先集诚非凤，来翔定是鸾"的意境，只有千百年来层层叠叠的坟茔，诉说着经年的往事。

"依然潋滟中，宛似瞿塘影"
——《盛山十二景诗》影响深远

一路畅聊，不知不觉间已是斜阳微醺，记者一行也步行至汉丰湖畔。湖畔消落带的荷塘里，荷叶稀疏处，盛山的倒影如一尊睡佛。

"这幅画面很像汉丰八景中的莲池睡佛。"同行的开州诗词楹联协会会长助理张绪文说。

原来，开州除人尽皆知的盛山十二景外，还有汉丰八景。清乾隆年间开县知县胡邦盛就曾为此写下八首诗，而开州名士林元凤也曾作五律诗八首唱和胡邦盛，他还单独为汉丰八景分别赋五绝诗各一首。

王兴明介绍，汉丰八景中，除"绿水漾清荷，山光摇玉井。依然潋滟中，宛似瞿塘影。波动锡疑飞，月明禅自静。一泓水鉴空，天外香风永"的"莲池睡佛"已淹没于滔滔江水之下外，"盛山积翠"现新建有佛教圣地大觉寺、藏经楼、东岳庙道观和仿古艺术长廊；"州面屏列"正在建设国家级南岭森林公园；"清江渔唱"随着三峡工程的成库蓄水后，因江面更加开阔而更为壮观，其景亦将更臻胜境；其他四景虽有变迁，但景致的总体格局未变，风韵犹存。

"其实，无论是胡邦盛还是林元凤的诗作，都深受韦处厚《盛山十二景诗》的影响。"张绪文认为，"《盛山十二景诗》于开州，不仅让开州和盛山声名远播，更重要的是，自此之后，开州文风盛行，人才辈出，至清代遂成为远近闻名的举子之乡。"

"清代开州本土诗人的兴起，代表性事件当属开州诞生了'九龙山文化圈'。"张绪文告诉记者，九龙山的范围大致在今开州区九龙山镇，清初至民国初年，九龙山这块土地上出了陈坤、陈昆两位进士，雷子惠、雷古尊、韦天恩三位举人，特别是陈坤、陈昆兄弟，被时人誉为"堂前植双柏，一门两进士"，以这些文化人为核心的"九龙山文化圈"逐渐形成。

陈坤曾任翰林院编修，国史馆协修兼任御学，还曾是同治皇帝的老师。陈昆虽然官阶最高仅为候补直隶知州，却留下了有860首诗的《小桃溪馆诗抄》十卷、《畸园诗文化》等诗集。

"陈昆的诗,大量描写底层社会现状,关注民生。"张绪文介绍,如《桃溪》中的"两岸人家唤得应,以渔为业屋层层。宵来斗长三篙水,午饭香时处处罾",描写的就是桃溪上渔家人的生活场景。

杜甫仅差"一步"到开州

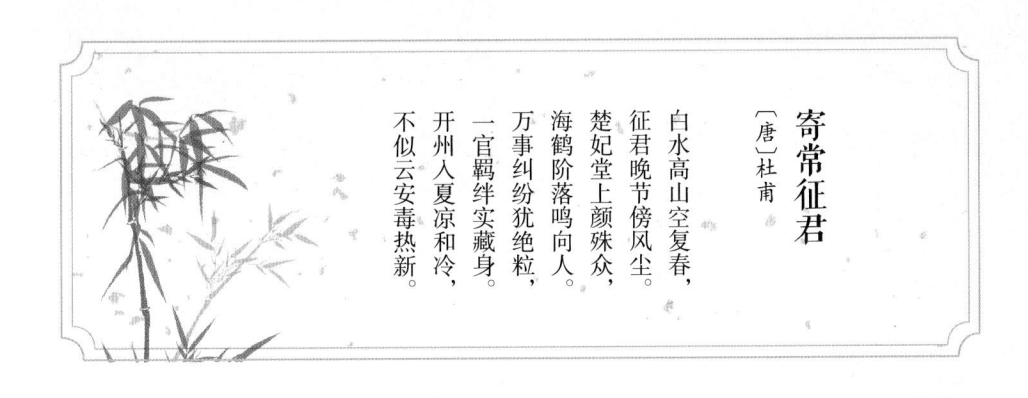

寄常征君
〔唐〕杜甫

白水高山空复春,征君晚节傍风尘。
楚妃堂上颜殊众,海鹤阶前鸣向人。
万事纠纷犹绝粒,一官羁绊实藏身。
开州入夏凉和冷,不似云安毒热新。

韦处厚、元稹、白居易等都曾诗咏开州,就连从未到过开州的"诗圣"杜甫,亦在自己的诗作中多次提及开州。

为何从未到过开州的杜甫,会历次诗书开州呢?

"这还要从安史之乱说起。"汉丰湖畔举子园文峰塔下,开州区作协主席陈宇光为记者娓娓道来。

为避安史之乱,杜甫寄居蜀中达5年之久。公元765年5月,杜甫携家小离开成都浣花溪,乘船自岷江南下,经乐山、宜宾入长江东行,在渝州小憩十多日后,赴忠州(忠县),再过万州抵云安(云阳),几个月的舟楫颠簸,诗人终于病倒了。他"伏枕云安县",寄居张飞庙,自配药方,将息调养,滞留云阳达5个月。

"名岂文章著,官应老病休。飘飘何所似,天地一沙鸥。"穷困潦倒的杜甫以诗自喻。陈宇光感叹,杜甫一生忧国忧民,处荒年乱世,飘泊流落之际,特别是携家带小来到忠州,本打算在此多住一段时日,将息一下病体,偏遭族侄杜刺史冷遇,于是愤而离去。人情冷暖,世态炎凉,老病孤舟,带给他的是致命的打击。

此时,在开州府为官的常征君,惊悉杜甫卧病云安,不顾往返四百余里的舟车劳顿,短期内曾两度探视。

常征君的到来,使杜甫的愁怀得以宽解,病情也逐渐好转。杜甫于欣慰中写诗《寄常征君》:"白水高山空复春,征君晚节傍风尘……"

▲复建的开州举子园文峰塔。(苏思 摄)

诗中,杜甫对常征君被屈才的境遇抒发了自己的感叹,同时对秀山丽水、春色无限的开州流露出向往之情。而常征君去云阳探望杜甫时,亦盛情邀请杜甫前往开州疗养。

"研究发现,杜诗中也已表明了应邀来开州的意愿。"陈宇光介绍,可遗憾的是,就在杜甫开州之行即将成行时,夔州都督柏茂林、别驾元持等分别来信相邀,并派人接杜甫前往,加之杜甫经夔州返乡更为顺路,因此杜甫最终选择前往夔州。

"仅差一步,杜甫就来到开州。如果历史能够重新演绎,那么,开州的历史文化无疑会更加灿烂辉煌,举子之乡将会更加声名远播。"陈宇光感叹道。

落魄举人为开州留下传世典籍

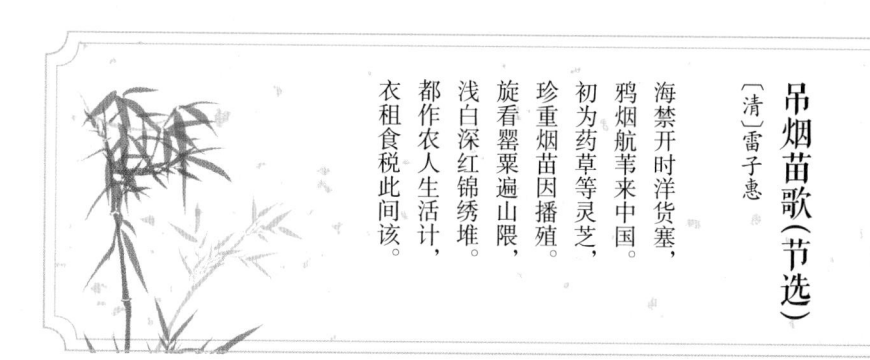

吊烟苗歌（节选）
〔清〕雷子惠

海禁开时洋货塞，
鸦烟航苇来中国。
初为药草等灵芝，
珍重烟苗因播殖。
旋看罂粟遍山隈，
浅白深红锦绣堆。
都作农人生活计，
衣租食税此间该。

"开州有四大传世典籍，分别是陈昆的《小桃溪馆诗抄》、李宗羲的《李尚书政书》、彭祚祯的《古今同姓名大辞典》和雷子惠的《牛山诗草》。"开州诗词楹联协会会长张昌畴介绍，这四大典籍中，尤以雷子惠的《牛山诗草》成书和留存最为不易。

雷子惠虽然在1894年中科举，但却从未出任过正式职务，即使被选拔到成都锦江书院教学，也因清朝推行新政，实施"中学为体，西学为用"被解职回家。回到开州后，雷子惠创办"龙山诗社"，与友人以诗词唱和自娱自乐。

就是这样一位落魄举人，却在死后留下了全书五卷、载诗1220首的《牛山诗草》。

当时，有一部分青年，特别是富家的纨绔子弟醉生梦死，蛰伏斗宝，玩物丧志。作为一个大半生从事教育工作的知识分子，雷子惠深感有责任去唤醒他们的良知。因此，《牛山诗草》开卷第一首诗就是《警少年歌》："翩翩少年身，立身若不早，转眼苍颜白发老。亭亭少年志，立志若不早，暮岁昏慵恨漆倒。炎炎少年家，立家若不早，前人创垂后难保……"

雷子惠尤其痛恨鸦片祸国殃民，对此，他写道："罂粟再兴遍地春，青年又误后来人。苦茶谁谓甘如荠，酰酒偏教嗜若醇。铁索都难开觉路，金枪且愿毙迷津，滋生盗贼皆亡命，总是鸦烟送此身。"

其叙事长诗《吊烟苗歌》从海禁开篇、"英夷"运鸦片来中国写到沉迷于吸鸦片的人；从政府采取严格的禁毒法令，写到"痴民为图利"违法而广种鸦片；最后规劝农民"从今妄念愿全消，不种洋烟种黍稷"。全诗极具感染力和说服力。

张昌畴介绍，雷子惠出身于小业主家庭，祖辈没有留下多少遗产，自己终身从事教书育人，坐守青毡，更谈不上有多少积蓄，再加上《牛山诗草》中的诗作多针砭时弊，严斥官府，抨击弊政，因此《牛山诗草》的成书出版极为不易。"该书出版已80余年，原著早已是孤本，但其诗作通俗易懂，于人多有裨益，在开州人文历史上占有十分重要的地位，为人之道、为文之品都能从中汲取诸多营养。"

（牛瑞祥　陈维灯）

开州古诗选萃

盛山十二景诗之流杯渠

〔唐〕韦处厚

激曲萦飞箭，浮沟泛满卮。
将来山太守，莫向习家池。

汉丰八景之盛山积翠

〔清〕胡邦盛

淑气蔼晴光，翠微凝玳瑁。
岭分巫峡云，泉拟匡庐瀑。
江浪映朝暾，村烟逗曲澳。
象形寻盛字，疑是钟王造。

归　家

〔清〕陈昆

几载离家得暂归，小桃溪上路依稀。
何须更化辽东鹤，故旧田园半是非。

忠县篇

皇华城如今是三峡库区最大江中岛（崔力 摄）

巫峡中心郡　巴城四面春

忠县依山傍水，长江穿城而过，唐贞观八年（634年）唐太宗赐名忠州，民国二年（1913年）设忠县。地处巴楚交界的忠县是古时进出巴蜀的必经水上通道，众多文人往来唱和，吟咏出一幅绚烂的诗歌地图。

"巫峡中心郡，巴城四面春。"一千多年前，诗人白居易情不自禁地道出忠县的美景。

7月，炎炎夏日里，我们重走忠县古诗路，追寻他们的足迹，以及他们留下的精神财富。这几年一直致力于收集整理忠县古诗的忠县文联秘书长向金龙介绍，李白、杜甫、白居易、苏轼、陆游等文人为忠州留下300多首古诗。

石宝寨曾名连云山

忠县有一个地方天下皆知，它便是"江上明珠"石宝寨。这里也是诗人们最喜欢吟诵的对象。

忠县长江北岸，临江一块巨石孤峰陡然拔起，相传为女娲补天所遗的一尊五彩石，故称"石宝"。此石形如玉印，又名"玉印山"。明末谭宏起义，据此为寨，"石宝寨"由此得名。

石宝寨始建于明万历年间（1573—1620年），经康熙、乾隆年间修缮。塔楼依山耸势，共12层，全系木质结构，飞檐展翼，造型奇特，被誉为世界八大奇异建筑之一。

古代诗人往来长江水道，途经此地，惊叹之余，留下众多吟诵之作。

相传李白途经忠州游览玉印山，诗兴大发，题诗赞道："霞映孤峰峙江滨，孑孓蓬莱在凡尘。古木绕壁壁俊伟，彩霓连峰峰连云。上矗峨岷难攀顶，下屹此峰不能登。何日乘龙跃山脊，普洒霞光济苍生。"

传说中，这首名为《连云山》的古诗写的就是石宝寨所在的孤峰。

向金龙解释，李白登峰远眺，群峰江水连成一片，如蓬莱仙境，遂题

"连云"于其壁，这座山因此也叫"连云山"。

诗仙是否真正在此题诗暂且不提，古往今来，明杜一经、清侯若源和王尔鉴等诗人倒是都曾写下《玉印山》《登石宝寨》《石宝寨》等众多诗篇。

如今的石宝寨已是国家级重点文物保护单位。2009年4月，历时3年多的石宝寨抢救性保护工程完工。重新亮相的石宝寨，在巨型围堤环绕下，成为长江上一处大型江中"盆景"，每年吸引游客数十万人次。

白居易与忠州的怨与爱

在古代大诗人中，与忠县渊源最深的当属白居易。

818年，白居易由江州司马擢升忠州刺史，在此为官一年多，留下诗歌百余首。这一年多是其诗歌创作的一个高峰时期。

"其实，白居易刚来的时候，对忠州的印象很差。"忠县本土文化研究者林亚才介绍。

那时的忠州人口不足五万，偏僻荒凉，生活贫瘠。"……吏人生梗都如鹿，市井疏芜只抵村……更无平地堪行处，虚受朱轮五马恩。"白居易写的《初到忠州赠李六》，就道出了诗人的失望之情：市井疏芜，山地不平，车马都不能通行，这哪里像个州府，简直就是个荒蛮之地！

但当诗人安顿下来后，却渐渐喜欢上了忠州的风土人情。这里人口稀少，民风淳朴。白居易在忠州留下的百余首诗中，有不少反映其政事治绩的内容，从中可以看出，白居易对工作全身心投入，轻徭薄赋，劝农勤作。他在《代州民问》中写道："官职家乡都忘却，谁人会得使君心？"在《东坡种花》中感慨："养树既如此，养民也何殊？将欲茂枝叶，必先救根株……劝农均赋租……省事宽刑书。移此为郡政，庶几氓俗苏。"

出生于忠县的著名作家马识途曾指出，白居易在忠州创作的诗词，"更能体现他'补察时政''泄导人情'，为人民而歌唱的特点"。

公务之余，白居易赏花弄树，饮酒悠游，写下不少反映民俗、咏景咏物之作。此时的白诗风格发生变化，以"含蓄"为主要意境，达到他诗歌创作的另一个高峰。

忠县篇

白居易还在忠州干了一件中国文学史上的大事——最早把竹枝词从民歌变成一种新的文人诗体。

"瞿唐峡口水烟低,白帝城头月向西。""江畔谁人唱竹枝,前声断咽后声迟。"白居易在忠州留下的《竹枝词四首》主要描写了三峡风光和对民众的同情。

"竹枝词由古代巴蜀间的民歌演变而来,唐代顾况、刘禹锡、白居易、元稹等诗人都有作品,遂成一体,盛于一时。"重庆师范大学教授鲜于煌介绍,白居易写竹枝词是在819年,3年后,唐代的另一位著名诗人刘禹锡到夔州(今奉节县)任刺史期间,才写下两组竹枝词共11首。

"可以说,竹枝词这一有着浓郁地方特色的民歌奇葩,经白居易肇其端,刘禹锡扬其波,才风行大江南北。"鲜于煌说,后世不少人认为竹枝词最早由刘禹锡所写,是一种历史的误会。

已故忠县学者程福耀曾在《白居易与忠州》一书中指出,白居易开创了写作竹枝词的先河,"凡研究竹枝词之起源者,不可不知白氏之竹枝

▲重庆日报记者(左一)在忠县采访(崔力 摄)

创作"。

820年，白居易奉调回长安（今陕西西安）。当真要离开时，诗人却有了许多不舍："数来犹未怨，长别岂无情。恋水多临坐，辞花剩绕行。"（《留题开元寺上方》）

白居易走了，但他留下的诗作成为忠州的一笔宝贵的财富，也让这座江边小城成了历代诗人的膜拜之地。

明朝崇祯年间，在忠州知州马易从的倡议下，白公祠建成，成为历代文人凭吊白居易的胜地。

2016年，改造后的白公祠开放，醉吟阁、怀远亭、四贤亭等重新修缮，新增忠县书法家撰写的白公诗林和一片白居易最爱的木莲林，3个展厅以声光电的形式再现了白居易在忠州的历史情景，成为忠县又一处文化景观。

古诗颂扬"忠文化"

忠县是中国历史上唯一以"忠"字命名的城市。

唐贞观八年（634年），因巴蔓子"刎首留城"的壮举和三国时期严颜"宁当断头将军，不当投降将军"的气节，唐太宗将此地赐名忠州。

为了纪念这二位将军，历代诗人留下不少缅怀诗篇。白居易在《登城东古台》写道："巴歌久无声，巴宫没黄埃。靡靡春草合，牛羊缘四隈。"宋时，苏轼苏辙兄弟游历忠州时亦留下两首同名诗《严颜碑》，"严颜平生吾不记，独忆城破节最高"等名句，千古传诵。

不仅是巴蔓子和严颜，在中国历史上因忠义流芳千古的人物，不少都与忠县有难以割舍的关系：东吴名将甘宁、中唐名士陆贽、明末女将秦良玉……因为他们，一代又一代的诗人，为这片土地留下了诸多忠义之歌。

"在我们收集到的300多首忠州古诗中，关于'忠义'的至少有100多首，其中，写陆贽的最多。"向金龙告诉我们，明代诗人姚夔就曾写诗盛赞陆贽："仁义百篇唐孟子，排奸劲节凛秋霜。人生一死终难免，落在忠州骨也香。"

陆贽何许人也？为何"落"在忠州？

陆贽是唐代名相，精于吏治，秉性贞刚，最终他遭受诬陷被贬为忠州别驾，在忠州度过了他人生的最后10年。其间，他每日在翠屏山麓的山洞独自读书，其读书洞至今犹存。陆贽虽谪居僻地，仍心念黎民，因当地气候恶劣，疾疫流行，遂编录《陆氏集验方》50卷，供人们治病使用。陆贽临终遗命简葬忠州翠屏山，历代官吏文人到此祭拜不断。1998年其墓修复竣工，墓碑为马识途所书。

明代倪伯鲧在《吊陆宣公二首》中感叹："劲节不随陵谷变，忠魂应与日星悬。古来多少岩廊者，谁是先生大义全。"清代熊学埙在《谒陆宣公墓》中写道："墓草连天暗，忠魂揭日光。阳城休悒悒，内相葬桐乡。"

时代变迁，忠县人的忠义精神依然未变。近年来，忠县以弘扬"忠文化"为切入点，赋予其"忠勇、诚信、求实、创新"的新内涵，升级改造了一批体现"忠文化"内涵的标志性历史街区；拍摄了展示"忠文化"起源和发展的专题纪录片《忠·城》等；打造出以"忠文化"为主题的实景剧《烽烟三国》。

随着时代的发展，"忠文化"的内涵得到不断拓展，中华传统优秀文化的精髓滋养着当今忠县儿女的精神世界。

苏轼号"东坡居士"竟与忠县有关

> **《东坡种花》（节选）**
> [唐]白居易
>
> 持钱买花树，
> 城东坡上栽。
> 但购有花者，
> 不限桃杏梅。

提到白居易，几乎所有人都知道他在忠州东坡种树的故事。

"所谓东坡即是忠州东边的一个小山坡。"忠县本土文化研究者林亚才说，在东坡，白居易亲自种下桃树、木莲、荔枝等，他在诗中用"红者霞艳艳，白者雪皑皑""花枝荫我头，花蕊落我怀"来形容自己对东坡的喜爱。

可你知道吗？"东坡"还承载了一段跨越时空的仰慕之情，这位仰慕者就是宋代大诗人苏轼，而他仰慕的对象正是白居易。

1059年，苏洵、苏轼、苏辙父子三人赴京做官时，船过忠州，苏轼久闻白居易在忠州做过刺史，执意停船登岸一游。20年后，他被贬黄州（今湖北黄冈），在一片荒野上，他像白居易一样辛勤躬耕，并自号"东坡居士"。

重庆师范大学鲜于煌教授介绍，1079年，苏轼被降职为黄州团练副使。这个职位相当低微，为此，苏轼相当苦闷。

其间，苏轼在诗文中多次提到白居易，他在文章中写道："乐天自江州司马除忠州刺史……某虽不敢自比，然谪居黄州……出处老少，大略相似。"

"苏轼可以说是白居易的'铁粉'。"林亚才认为，学界不少专家推测，他既然来到忠州，一定去过东坡缅怀偶像。

我们在采访中也了解到，从古至今，学界对"东坡居士"来自于白居易的东坡都持肯定态度。如宋代文学家周必大在《二老堂诗话》中说，"本朝苏文忠公不轻许可，独敬爱乐天……谪居黄州，始号东坡，其源必起于乐天忠州之作也"。现代研究苏东坡的著名学者陈迩东也在《苏东坡诗词选》中表示，东坡是"作者对于前代大诗人白居易在忠州东坡垦地种花的一种仰慕和趋步"。

如今，忠县还保留着一条名为"东坡路"的老街。黄昏时分，暑热渐退，我们穿过老街中段一座高3米多的老城门，再往前走了不到5分钟，便见一坡长而陡的石梯，当地人称之为"东坡梯"。

看着石梯上来来往往的路人，林亚才说："这坡石梯的名字是老百姓为了纪念白居易的东坡而起，每踩一步好像都能踏出诗的韵律来。"

皇华城——宋朝皇帝曾经的驻所

从县城乘坐快艇到长江干流下游10公里处，忽见江心耸立一岛，浩浩江流被分为两支，绕岛而去，这就是三峡库区最大的江中岛——皇华城（又名皇华洲）。登上岛来，只见小岛地势独特，临水悬崖陡峭、岛上田畴交错、山清水秀、风景秀丽。

"闻说迁州处，皇华尚有城；当年资战守，此日见樵耕；四面江滩合，一洲烟树横；颓垣犹断续，斜日映波明。"清乾隆二十七年（1762年），时任忠州知州的王尔鉴登上这座江中岛，写下了《皇华城》。

这里曾经是南宋皇帝赵禥的府邸与宋末抗元战场。

南宋理宗宝祐元年（1253年），赵禥受封忠王来到忠州，在岛上始筑城墙，兴建府邸。景定五年（1264年），赵禥登基，是为宋度宗。升忠州为府，名咸淳府。蒙兵大举攻川时，咸淳府知府马堃下令在岛固山为垒，依江为池，据险筑城。后元兵攻城，马堃领兵与元军激战数月，最终失败。皇华城现存有府衙门、古城墙、古遗址等许多古迹。

▲ 皇华城上留下的石马。(崔力 摄)

  明代诗人王铎、清代诗人魏凤仪曾先后登上皇华城，作诗吟诵。王铎在《登皇华洲》一诗中，触景感慨："剑气阴阳凌百日，悲笳莫莫起青原。武侯唯尽平生分，成败当时岂更论。"魏凤仪则着迷于这里的自然景物，写下诗篇《桃花鱼》："临江有异物，不识何自昉。年年桃花时，应候生不爽……"
  三峡蓄水后，面积为一平方多公里的皇华城成为三峡库区最大的江中岛。目前皇华岛湿地森林公园正在修建中，这座被誉为三峡库区的"江中仙岛"将会有另一番迷人风景。

（姜春勇 吴国红 夏婧）

忠县古诗选萃

旅夜书怀

〔唐〕杜甫

细草微风岸，危樯独夜舟。
星垂平野阔，月涌大江流。
名岂文章著，官应老病休。
飘飘何所似，天地一沙鸥。

竹枝词四首

〔唐〕白居易

（一）

瞿唐峡口水烟低，白帝城头月向西。
唱到竹枝声咽处，寒猿暗鸟一时啼。

（二）

竹枝苦怨怨何人？夜静山空歇又闻。
蛮儿巴女齐声唱，愁杀江楼病使君。

（三）

巴东船舫上巴西，波面风生雨脚齐。
水蓼冷花红簇簇，江篱湿叶碧凄凄。

（四）

江畔谁人唱竹枝，前声断咽后声迟。
怪来调苦缘词苦，多是通州司马诗。

彭水篇

摩围山日出（刘陵波　摄）

彭水篇

摩围山下路横斜　二水争流带碧沙

彭水苗族土家族自治县位于重庆市东南部，奔腾的乌江与郁江在这里交汇，早在商周时期就有巴濮等民族活动于此。

据史料记载，公元前140年，汉武帝在今彭水郁山镇设置涪陵县，这是彭水建县的开始，迄今已有2000多年历史。千百年来，苗、汉、土家等各族文化在此融合，在岁月的年轮下沉淀了厚重的人文历史，吸引历代文人雅士在此写下丰富的诗作。

近日，追随古代文人墨客的足迹，记者踏寻古诗中的彭水。

第一首诗歌书写乡愁

如今，和彭水人聊天，他们十有八九会说："我们这里当年的繁华程度可不输如今的重庆城哦。"

"彭水因古代盛产食盐和丹砂，所以开发得比较早。"县文联副主席宋鸿浩介绍，彭水关于盐巴的最早记录可追溯至远古时期，人们从那时起便开井煮盐，盐销区一度覆盖渝东南、鄂西南、黔东北和湘西北等地。

当时，由于乌江盐道的开通，彭水码头每日舟楫往来、商贾辐辏，成为黔东北地区进入重庆、四川的必经之地。行政中心的优势、独特的地理位置，让彭水成为历代文人墨客创作诗词歌赋的乐土。

那么，描写彭水的古诗究竟有多少呢？

《历代诗人咏黔中》一书作者，原彭水苗族土家族自治县文化馆馆长、年过八旬的彭水文化学者蔡盛炽告诉记者，辛亥革命以前，共有100余位诗人留下关于彭水的诗作420余首，其中不乏李白、杜甫、白居易、刘禹锡、黄庭坚等大家。

李白在《送赵判官赴黔府中丞叔幕》中写道："水宿五溪月，霜啼三峡猿。"杜甫在《送王十五判官扶侍还黔中》中吟诵："黔阳信使应稀少，莫怪

频频劝酒杯。"

"李白和杜甫是否真的到过彭水,如今已不可考,但诗作中对彭水确有提及。"蔡盛炽说。

唐代诗人卢僎是有史料记载的,到过彭水的诗人中最早为彭水写诗的人。

他在彭水写下的这首《十月梅花书赠》:"上苑今应雪作花,宁知此地花为雪。自从迁播落黔巴,三见江上开新花……"其意境为:老家上苑此时应该是雪花满天,自从诗人迁到黔州后,发现这里的梅花像家乡的雪一样,勾起他浓浓的乡愁。

"古代文人墨客多沿乌江来到彭水,诗歌内容多寄情山水或风土人情。"蔡盛炽介绍。

记者跟随县文联工作人员沿乌江江畔而行,百里画廊风光旖旎,这或许可以解释古代诗人们何以对彭水情有独钟。

唐代诗人孟郊曾在《赠黔府王中丞楚》中用"旧说天下山,半在黔中青。又闻天下泉,半在黔中鸣"的诗句,赞美这里山青、水鸣,景色秀甲天下。

清代诗人董国绅的《邑城晚眺》这样写道:"摩围山下路横斜,二水争流带碧沙。城郭隔江峰上寺,钟声敲落一林花。"诗中有画,画中有声,把彭水风景刻画得入木三分。

白居易为摩围山写诗

"提到摩围山,可能很多人并不熟悉,但它可是古代文人的'心头好'。"蔡盛炽说。

摩围山地处"百里乌江画廊"的中下段,山中峰峦叠嶂,峡谷纵横,美不胜收。

唐代著名诗人白居易游黔州时,曾登此山。时值深秋,白居易见摩围峻秀、江水浅唱,葱郁山野与长天形成一片碧绿。他有感而发,写下《酬严中丞晚眺见寄》:"摩围山下色,明月峡中声。晚后连天碧,秋来澈底清……"

"白居易被摩围山的景色所吸引,以至于此后不断地向朋友推介。"蔡盛炽说道，相传白居易在忠州时，与客居忠州的文人萧处士相识。有一年，萧处士意携家眷出游，白居易得闻后强烈推荐了摩围山。

他也因此写有《送萧处士游黔南》一诗，留下了"江从巴峡初成字，猿过巫阳始断肠。不醉黔中争去得，摩围山色正苍苍"的诗句。

除了秀美风光外，摩围山还拥有1000多年悠久的佛教历史文化。在唐代，它曾与峨眉山、梵净山、普陀山齐名，并称为"四大佛教圣地"。

据《彭水县志》记载，摩围山中有一云顶寺，始建于唐朝宝应元年（762年），康熙四十五年（1706年）完成重建。寺中楼台亭廊，飞檐翘角，蔚为壮观。

唐代诗人刘禹锡就曾在此写下"常说摩围似灵鹫，却将山屐上丹梯"之句，把摩围山与如来佛的灵鹫山相比拟。

北宋诗人黄庭坚谪居黔州期间，浸润在摩围山的山色中，更是自号"摩围老人"，写下"今宵无睡酒醒时，摩围影在秋江上"的诗句。

如今，随着彭水县政府多年的精心打造与推广，摩围山已成为重庆知名的旅游风景区。

女诗人丰富彭水诗脉内涵

在彭水历史文化发展的长河中，唐宋时期的诗词歌赋无疑是其中最灿烂的一笔。记者在翻阅《历代诗人咏黔中》一书时发现，在彭水现存的420余首诗歌中，有超过150首集中在唐宋时期，而这些诗歌几乎都出自"外来"诗人。

唐大中五年（851年），汉文化开始传入黔州，诗词歌赋也随之流入，与本地的盐丹文化相互融合，彭水诗词文化逐渐兴起。到了明清，诗词文化走向了鼎盛，本土诗人大量涌现。

史料记载，在现存的彭水古诗中，就有明清时期的24位彭水诗人创作的200余首诗歌。

这些诗歌，或缅怀先辈诗人大家，如明代诗人栾为栋曾在《三贤祠》中，用"山谷富文艺，追随轼与辙。彭邑合祀之，俎豆光前哲"，表达对苏轼、苏辙、黄庭坚等先辈诗人的敬仰；或讴歌山水，如清代彭水诗人龚子杰在《壁风古洞》中描绘彭水的秀丽风光："丹壑停云处，天开一洞幽。风从苔壁出，水看郁江流。"

值得一提的是，在大量涌现的本地诗人中，不乏李贞女、李香圃等清代女诗人。她们的诗歌多吟咏山水美景，寄托人生感慨，赞颂美好品性，在一定程度上丰富了彭水诗歌文脉的内涵。

例如，李贞女通过一首《咏梅》，用"侬自爱花花爱我，暗香清入竹帘来"的诗句，表达对梅花高洁品性的赞赏。李香圃也曾写下《蝉》："鸣蝉吸风露，高洁无与比……立身非不高，趋炎亦如此。"她在诗中以蝉性喻人性，表达一种立身高洁、超凡脱俗的人生追求。

文脉传延，余韵流风。如今，为传承一方文脉，在县城内文化广场四周，有关部门将这些彭水文人的诗作镌刻于石壁之上，供后人品读观赏。

黄庭坚"四海一家皆弟兄"的名句诞生于彭水

竹枝词
〔宋〕黄庭坚

浮云一百八盘萦，
落日四十八渡明。
鬼门关外莫言远，
四海一家皆弟兄。

纵观中国文学史，那些被贬谪流放的文人骚客，常常在无意间成为传播当地文化的使者。彭水的文化使者，便是黄庭坚。

黄庭坚，北宋著名书法家、诗人，号山谷道人。其诗与苏轼齐名，并称"苏黄"，曾担任过校书郎、国史馆编修等职。宋绍圣初年，黄庭坚遭政敌弹劾，被贬为涪州别驾，遣置于黔州（今彭水）。

谪居三年，视彭水人如弟兄

"黄庭坚一生官路跌宕起伏，但谪居黔州期间，在给友人的书信中，他曾写下'余久居此桃源胜景，释然偏安世外'的怡然诗句。"彭水文化学者蔡盛炽说。

世人眼中惆怅困苦的谪居生活，黄庭坚为何甘之如饴？

据《彭水县志》记载，当年黄庭坚初到彭水，寓居在开元寺怡思堂，被贬之后俸禄极少，生活一度陷入困苦。见此，开元寺主持圣与和尚给了他两块空地，还帮助他向农户募得两个园圃，开园种菜，让他得以自给自足。

对于此，黄庭坚感怀在心。于是，他在《竹枝词》中写下了"鬼门关外莫言远，四海一家皆弟兄"的千古名句，表现自己与彭水人民之间的深厚感情。

据介绍，谪居三年，黄庭坚写下了《木兰花令》《定风波·次高左藏使君韵》等40余首诗词名篇，涉及当时黔州的政治经济、文化教育、风土人情、文学艺术、生态环境、宗教文化等内容。

他在《谪居黔南十首》中描写当地居民用育秧栽插法种水稻，展现出当时黔州的农业生产场景："苦雨初入梅，瘴云稍含毒。泥秧水畦稻，灰种畲田粟。"

他对当时彭水的物产颇为熟知，对茶叶尤为喜爱，曾写下《阮郎归》："黔中桃李可寻芳，摘茶人自忙。月团犀胯斗圆方，研膏入焙香……"诗中不仅写了茶叶的采摘、制法，还写了茶叶的包装和销售情况。

"黄庭坚把他对彭水的深厚感情全写进诗作中，不仅为我们留下珍贵的史料，也让当时偏安一隅的黔州逐步走向外界、走入世人的视野。"蔡盛炽说，在他之后，黔州声名鹊起，吸引了宋代阳枋、元代向舞凤、清代陶文彬等众多文人墨客到此，并留下不朽诗歌。

| 开堂讲学，彭水教育的启蒙者 |

"黄庭坚可以说是彭水地方文化、教育的启蒙者和播种人。他曾在此开堂讲学，影响了一代又一代彭水人。"彭水苗族土家族自治县文联副主席宋鸿浩说，唐宋时期，由于地处偏远山区，彭水的文化教育相对滞后。

但黄庭坚深爱这一方土地，决心改变彭水落后的文化教育状况。

《彭水县志》中记载，黄庭坚到彭水的第一年，他居住在位于如今彭水县城的开元寺内，为了方便讲学，他在当地设立了万卷堂并开始授课，将当时北宋首府绍庆府的主流文化带到了这里，还引进了大量诗书经文。

"黄庭坚是个耐心之人，对于文化教育从来都是一丝不苟。"宋鸿浩告诉记者，黄庭坚在书信《答李林书》中曾记叙，有门生拿着书本到他家门口来求教，虽然当时语言尚且不通，交流有些困难，但他仍然不厌其烦地为门生讲解。

时至明清，万卷堂改名丹泉书院，师生们一直秉承着黄庭坚的遗风，治

▲ 绿阴轩。(宋鸿浩 摄)

学严谨,人才辈出,丹泉书院成为当时彭水的三大书院之一。

"黄庭坚离开60年后,黔州出了第一个进士,南宋时期又先后有4人中进士。"宋鸿浩说,从清同治八年(1869年)起的32年间,从黔州走出的学子中,京考恩科第一名1人,二甲进士2人,省考中举4人,州考秀才23人,补为廪生16人。

"遗憾的是,与黄庭坚有关的开元寺、万卷堂等遗迹,如今大都不复存在了。"蔡盛炽说,这些建筑大都于晚清时期被毁,仅存其址。不过,目前县委县政府正在对其中一部分进行原址重建。

| 绝壁之上开小轩,轩内写下《竹枝词》|

在彭水县城,如果寻人问起"绿阴轩"在何处,恐怕无人不知。

绿阴轩位于今乌江南渡沱东岸,彭水县城鼓楼街中段乌江桥一侧的峭壁之上,几株干枝遒劲的古榕树掩映其上。

记者近日在绿阴轩看到,此轩亭阁玲珑、雕花门棂,门楣上悬挂着一方"绿阴轩"匾额。

绿阴轩缘何而来?据《彭水县志》载,黄庭坚谪居时,彭水人已经在此建造了一座小轩,但尚未命名,当地官员请他赐名。

碰巧在那个炎炎夏季,悬崖边的榕树子满枝头,黄庭坚的夫人又携带儿子前往黔州,一家团聚,他心情甚佳,当即取用杜牧《叹花》诗篇里"狂风吹尽深红色,绿叶成阴子满

▲ 黄庭坚雕像(宋鸿浩 摄)

枝"的"绿阴"二字，为此轩题名为"绿阴轩"，同时泼墨挥洒于轩楣，并在岩壁之上刻下"绿阴轩·山谷书"六字。从此，一个以文会友的亭阁诞生了，并保存至今。

据考证，此六字刻写时间在1095至1098年期间。也就是说，绿阴轩建成距今已有900多年的历史。

"相传，黄庭坚常与文人雅士游憩于此，凭栏而坐，或谈诗论文，或缀章联句。"宋鸿浩介绍，正是在这样依山傍水、绿树成荫、人来人往的融融情景中，黄庭坚作出那首名扬天下的《竹枝词》："浮云一百八盘萦，落日四十八渡明……"他将绿阴轩里吟诗作赋、把酒言欢的场景生动地展示在了世人的眼前。

900多年间，绿阴轩历经多次拆毁并重建，成为后人凭吊黄庭坚之地。

如今，绿阴轩仍在，一旁被当地居民称为绿阴轩"镇宝树"的古榕树也仍在。风起时分，树叶窸窣作响，似在对世人倾诉黄庭坚的衷肠。

（刘蓟奕）

彭水古诗选萃

十月梅花书赠（节选）
〔唐〕卢僎

君不见巴乡气候与华别，年年十月梅花发。
上苑今应雪作花，宁知此地花为雪。
自从迁播落黔巴，三见江上开新花。
故园风花虚洛汭，穷峡凝云度岁华。

木兰花令
〔宋〕黄庭坚

风开水面鱼纹皱，暖入草心犀点透。
乍看晴日弄柔条，忆得章台人姓柳。
心情老大痴成就，不复淋漓沾翠袖。
早梅献笑尚窥邻，小蜜窃香如遗寿。

蝉
〔清〕李香圃

鸣蝉吸风露，高洁无与比。
瞳瞳日将中，戛然一声起。
熏风送清香，长在火云里。
立身非不高，趋炎亦如此。

涪陵篇

涪陵，乌江画廊（崔力 摄）

涪陵篇

千古人物抒情怀　涪州胜迹入诗来

"枳县当三峡，巴梁对两渠……"这是明代诗人曹学佺在万历二年（1574年）游历涪陵时有感而作的诗歌《涪州》。

"枳县，即涪州；巴梁，即巴子梁，今天的白鹤梁；两渠，指长江和乌江。"站在白鹤梁水下博物馆前，涪陵区古诗研究者王小波指着一旁的长江说，这两句诗的大意是：涪州城地处长江三峡的交通要道上，而白鹤梁位于长江、乌江的交汇之处，这里地理位置十分重要，不同寻常。

扼长江、乌江交汇要冲的涪陵，因乌江古称涪水，以及巴国先王陵墓多葬于此而得名。2000多年前，巴国便在此设郡，秦、汉、晋时设枳县，自隋唐以来一直为涪陵州（县）所在地。

千百年来，涪陵的山水风物与历史文化，不仅滋养了一代又一代涪陵人，还成为杜甫、苏轼、陆游等大家歌颂的对象，留下了传世诗咏之作。

谁为涪陵写下第一首诗？

中国戏剧出版社2014年出版的《涪陵历代诗文选校注》一书，收集整理了涪陵历代流传广、影响大的200余首古诗。

那么，是谁为涪陵写下的第一首诗呢？

据王小波考证，最早涉有"涪"字，并以其指代"涪州"的古诗，是唐代杜甫所写的《杜鹃》："西川有杜鹃，东川无杜鹃。涪万无杜鹃，云安有杜鹃……"

从诗文可知，唐朝以前在今涪陵与万州一带没有"杜鹃"这一飞禽。

诗题中最早有"涪州"二字的，是唐代张祜的《送李长史归涪州》："涪江江上客，岁晚却还乡。暮过高唐雨，晨经巫峡霜……"

王小波介绍，该诗收录在《全唐诗》第510卷中，是一首送别诗。"诗人以简洁明快的笔调，让我们得以了解古涪州的风貌，同时写出了送别友人时深厚真挚的感情。"

此外，诗文中最早有"涪陵"两字的是唐贯休《晚春寄张侍郎》中的"遐想涪陵岸"之句；诗题中最早出现"涪陵"两字的则是北宋宋翰的《题涪陵郡》；最早直接以"涪州"为名的诗是南宋陆游的《涪州》，之后直接以"涪州"为名写诗的历史文化名人还有曹学佺、刘光第等。

黄庭坚、陆游等文豪为何在北岩题字咏诗？

在涪陵城对岸北山坪的南麓，有一片天然大石岩，涪陵人称北岩。宋代以来，官宦名流、文人学者路过涪陵，大多要去北岩游览并题咏古诗。

记者从北岩山脚蜿蜒而上，一路岩腹虚敞，藤萝如帷，沥泉霏坠，幽邃而雄峻。由于崖壁砂岩易风化，沿途题刻字迹多湮灭。"崖壁现存题刻70余幅，但据文献记载，北岩题刻应有百幅以上，绝大部分均有重要的史料价值和书法、文学艺术价值。"同行的王小波说。

南宋时期，著名诗人陆游慕名来到北岩游览，留下《北岩》一诗："舣船涪州岸，携儿北岩游。摇楫横大江，褰裳蹑高楼……"

王小波介绍，这也是最早以涪陵"北岩"为题的古诗，诗歌前半部分描述了江岸北岩在山雨中尽显雄浑的气势；后半部分诗人怀古抒情，表达对不畏权势品格的赞赏之情，同时痛惜南宋犹如风雨中的浮萍，抒发诗人满腔的爱国热忱。

为何会有众多文人墨客来此题刻咏诗呢？这与北宋哲学家、教育家程颐有关。

据地方史料记载，北宋绍圣四年（1097年），程颐（人称伊川先生）被贬官至涪陵，他在涪陵北岩普净禅院讲学期间凿成点易洞。

这处人工开凿的石洞高约4米、深约2米。洞西北壁有清代涪陵诗人石彦恬所题"伊洛渊源"四个楷书字，两边有对联一副：洛水溯源诚意正心一代师宗推北宋，涪江流薮泽承先启后千秋俎豆焕西川。

相传，点易洞因程颐曾在此点注《易经》而得名，千百年来有无数文人墨客慕名来此凭吊他。王小波说："如此简单而狭小的石洞，程颐当年未必真

涪陵篇

的在此点注《易经》，可能是后人托此纪念，表达对他矢心治学、乐兴教育精神的敬仰。"

在涪陵时，程颐在弟子、涪陵人谯定的帮助下，居北岩潜心研习《周易》，完成《伊川易传》，并带领谯定在普净禅院讲学授徒。

当时被贬谪为涪州别驾的黄庭坚也曾在北岩与程颐多次探讨学问，并为其讲学堂题名"钩深堂"。

程颐的另一个弟子尹焞在他离开涪陵20多年后，居北岩继续专注学问、设堂讲学。

名人大家的北岩之行，丰厚了北岩的文化积淀，使北岩乃至涪陵成为程朱理学的发祥地之一，后人将程颐、黄庭坚、谯定、尹焞列为宋代"涪州四贤"。

有着厚重文化积淀的北岩吸引了众多文人墨客为之吟诵。南宋时期隐居乡间的理学家李吕，游涪陵北岩时作诗《次涪陵游北岩寺》："隔江定佳处，放艇得幽寻，直上云根径，尽行霜叶林。昔人非避世，此地可钩深，何物能

▲ 涪陵周易园（崔力 摄）

熏染，幽禽亦好音。"

李吕在诗中感叹程颐、黄庭坚等先贤，当年居涪陵北岩并不是为了躲避尘世、远离纷繁的社会，而是为了精心研习、探索深奥事理，达到钩深致远的境界。

近年来，点易洞与周边数百米范围内的题刻及古迹遗址，被开辟为以理学文化为主题的周易园。有关部门对点易洞修缮维护，修建了浓彩粉饰的重檐攒尖式洞门。

乌江画廊令文人墨客流连忘返

"蜀中山水奇，应推此第一。安得王右丞，再试辋川笔。"这是清代诗人翁若梅旅泊涪陵后，留下的赞美乌江风光的《涪江舟行抵武隆》。

千里乌江，自古以来以奇险闻名于世，故有"乌江天险"之称。由于乌江在涪陵中心城区汇入长江，在涪陵也形成了两江交汇的美景。记者一行驱车行驶在乌江沿途，乌江的水，碧若琉璃，清幽秀丽；乌江的山，远看神秘，近看雄奇，难怪自古成为诗人流连忘返之地。

翁若梅在《涪江舟行抵武隆》一诗中，描写其乘船从涪陵到武隆途中的见闻和感受。

"阅读这首诗，让人仿佛亲临千里乌江画廊中。"王小波说，诗人在最后两句感叹道，盛唐时期著名的山水田园诗人、画家王维，如果来到乌江，定会写出一首优美的乌江山水诗，画出一幅精美的乌江山水画。

清代涪陵诗人、书法家石彦恬，也写过《三门归舟》《山居遣兴》两首关于乌江的诗歌，寄托自己的思绪。从诗歌中，可以看出诗人描绘出的是不同时节乌江之畔的景观风物。

《三门归舟》诗题中的"三门"指石彦恬老家附近的乌江三门子，今仍然有"三门子村"这一地名。诗句"一去浑流春水生，归来双桨击澄清"，展现出春日乘舟归来时诗人所见的乌江胜景。

在《山居遣兴》一诗中，诗人不仅用"江出黔中碧浪环"的诗句，展现源自贵州的乌江流经老家时碧浪连环，还以"烊舸百里峰千叠"之句，表现乌江两岸的山石高耸险峻，同时，"刀耕火种秋农事，落木时看野烧殷"让我们对江岸上秋日的人文风光有所了解。

如今，乌江画廊是涪陵正着力打造的城市名片。记者采访时了解到，乌江沿途分布有峡谷、喀斯特间歇泉、暗河等多种自然资源。涪陵区旅游局有关负责人介绍，现在乌江画廊不仅打造了1000余平方米的景观平台，还将巴文化融入其中，走文旅融合之路，"明年，我们在进一步完善相关设施后，还将开启两艘以巴文化为主题的游船，让来往旅客可在江上饱览风光"。

白鹤梁"双鲤"引历代诗人题唱和诗

留题涪州石鱼
〔宋〕刘忠顺

七十二鳞波底镌，
一衔萱草一衔莲。
出来非共贪芳饵，
奏去因同报稔年。
方客远书徒自得，
牧人嘉梦合相先。
前知上瑞宜频见，
帝念民饥刺史贤。
自古全川财富地，
津亭红烛醉春风。

说起涪陵，不得不提到现存古代水文遗产中的瑰宝——白鹤梁题刻。历代文人追寻千里，在白鹤梁上留下题刻，使白鹤梁与中国古代水文、文学及书法等产生了不可分割的历史渊源。

白鹤梁题刻，从唐至今逾1200余年，发现有题刻174段，现存165段，共约3万余字。

涪陵区古诗研究者王小波介绍，白鹤梁上最早的题刻是围绕两条石鱼水

标而排列,"虽然人们多称其为'唐鱼'或'双鲤',但是最早石鱼水标的年代应该比唐代更久远,只是随着岁月推移,石鱼的纹路已日渐模糊,令今人难以判断"。

关于石鱼的历史,世人更多的是通过刘忠顺的一首《留题涪州石鱼》得以了解。刘忠顺是最早用七律诗歌方式,对白鹤梁"双鲤"题刻进行解读的人。

从他题诗的内容来看,"双鲤"各有三十六鳞,一尾衔有祥瑞其意的蘘草,一尾衔有代表神圣高雅与美丽纯洁的莲花。

该诗首先描写了双鱼在江中悠闲自在的姿态,三、四两句描写双鱼"报丰年"的意义,五、六两句抒写诗人梦到家书抵达的欣喜之情,最后两句赞美太平盛世下君明臣贤的境况。

至今保留下来的白鹤梁题刻作者,大多为历代涪陵地方官吏、途经和寓居涪陵的官宦与文人,有名可查询者超过300人,其中不乏一些历史文化名人。

"自刘忠顺之后,不少文人及地方官吏在游览白鹤梁后作了唱和诗(古代

▲ 涪陵白鹤梁水下博物馆大厅。(苏思 摄)

诗人相互间应答酬谢所作的诗），这对形成白鹤梁今天的题刻文化，产生了巨大影响。"王小波说，这些诗歌或镌刻于石梁之上，或保留在历史文集之中。

其中，和刘忠顺同时代的尚书屯田员外郎丘无逸，写下的一首唱和诗《题涪州双鱼次刘郎中韵》，刻于刘忠顺诗刻左侧，其诗曰："谁将江石作鱼镌，奋鬣扬鬐似戏莲。今报丰登当此日，昔模形状自何年。雪因呈瑞争高下，星以分宫较后先。八使经财念康阜，寄诗褒激守臣贤。"

南宋宝祐二年（1254年），时任涪陵郡守的刘叔子，也作有题为《观石鱼嗣刘忠顺韵》的唱和诗："衔尾洋洋石上镌，或依于藻或依莲。梦占周室中兴日，刻自唐人多历年。隐见有时非强致，丰凶当岁必开先。太平谁谓真无象，罩罩还歌乐与贤。"

1988年，白鹤梁题刻被列为全国重点文物保护单位，2007年被正式列入中国世界文化遗产预备名单，2016年5月白鹤梁水下博物馆被水利部公布为首批国家水情教育基地。白鹤梁水下博物馆原馆长胡黎明说，白鹤梁题刻像一颗镶嵌在三峡库区的明珠，随着三峡工程建设的发展和旅游事业的开拓，必将显得更加璀璨夺目。

（杨晨　匡丽娜）

涪陵古诗选萃

渐至涪州先寄王员外使君纵

〔唐〕戴叔伦

文教通夷俗，均输问火田。
江分巴字水，树入夜郎烟。
毒瘴含秋气，荫崖蔽曙天。
路难空计日，身老不由年。
将命守知远，归心讵可传。
星郎复何意，出守五溪边。

涪　州

〔明〕曹学佺

枳县当三峡，巴梁对两渠。
丹台秦妇筑，刁斗汉军书。
李渡牵诗思，涪江咏谪居。
溯舟如可入，便问武陵渔。

石柱篇

大森坑（黄琪奥　摄）

水宿五溪月　霜啼三峡猿

一首民歌《太阳出来喜洋洋》，让地处渝东南的石柱土家族自治县广为人知。

追根溯源，我们不难发现，自唐武德二年（619年）置南宾县以来，石柱已有近1400年的历史。明末清初，带兵北上勤王的女英雄秦良玉更是让这里名震华夏。

那么，到底有多少文人骚客曾在石柱吟诗作赋？这些诗歌的背后又有着怎样的故事？近日，记者来到了石柱，在当地专家的带领下，试图描绘出一幅属于这里的古诗地图。

李白是诗咏石柱第一人？

757年的一场动乱，不仅让唐玄宗的幼子永王李璘命丧黄泉，也断送了一位中年人封侯拜相的美梦。他虽逃过死罪，却被流放夜郎（今贵州）。

"这位中年人就是李白，在流放夜郎的过程中，他经过石柱，挥笔写下一首《送赵判官赴黔府中丞叔幕》，这是现有文献中，最早描写石柱的诗歌。其中的'水宿五溪月，霜啼三峡猿'，成为最早描写石柱及其周边地区的诗句。"1200多年后的今天，站在石柱万安山上，石柱文物专家蒋屏不无感慨地说。

难道在李白之前，就没有人留下关于石柱的只言片语？

蒋屏表示："事实上，早在秦汉时期，这里的古人就开始进行诗歌创作了，民歌啰儿调更是成为唐代《竹枝词》的母本之一，意义重大。不过，因为长时间的战乱，这些诗歌大多已失传。"

"现存于文献的描写石柱的古诗有200多首，但这些诗歌大多创作于明末清初，究其原因，主要是因为当时的政局日益稳定，石柱一带的经济也得到长足发展，自然吸引了大批文人来此吟诗作赋，石柱的诗歌创作也由此迎来了一个小高潮。"蒋屏说。

"纵观这些诗歌，我们不难发现，咏人的诗歌比较多，咏物的诗歌比较少。"蒋屏说，这些诗歌为我们研究古时石柱的风土人情提供了丰富资料。

"可怪南宾第，同时气不齐。秋阳愁晦暝，大雨散云霓。北鄙摇轻扇，南方拥败绨。一江殊景象，物理却难稽。"清代诗人史钦义在《咏石柱天时》中为我们生动地描绘了古时石柱的天气；另一位清代诗人张凤翥在《和王荣绪赏二所亭梅花诗》中，用一句"劲处漫留脂粉色，妆余犹带雪霜容"，描写出石柱玉顶山桃花盛开时的美丽景象。

与李白有关的太白岩

记者翻阅2006年出版的《诗咏石柱》一书时发现，其中描写石柱风景名胜的诗歌，大多都提到了同一个名字——太白岩。

太白岩究竟是何处？难道它真与李白有关？

"太白岩就是现在的万安山，它的得名还真与李白有关。"同行的重庆市文艺评论家协会会员陈鱼乐说，据史料记载，李太白在流放夜郎途中，曾在石柱小住过一段时间。一天，诗仙信步登上了万安山，只见山径幽幽，林葱木郁，于是触景生情，在山崖上挥毫泼墨，题诗一首于石壁，万安山也因此闻名遐迩。

"由于时间久远，李白所题诗歌的具体内容已不可查。清乾隆五年（1740年），石柱土司马宗大书刻'太白岩'三字于万安山石岩上，这里也正式改名为'太白岩'。"陈鱼乐说。

太白岩是古代石柱八景之一，吸引了众多文人骚客来此游玩。清代石柱土司舍人（地方官职）马斗斛在组诗《石柱八景》的《仙崖古迹》中，用"名贤文字神常在，尚论赓歌合宋唐"表达了对李太白的仰慕之情。清乾隆年间的石柱同知王綮绪在《丙申建祠作亭落成重阳游太白岩题》中，用"山环水绕市城铺，楼阁田园入画图"描绘了太白岩的美丽景色。

那么，现在的太白岩是怎样的景象呢？记者从石柱县城出发，驱车约10分钟后，来到太白岩下，举目四望，除了郁郁葱葱的树木外，却并未发现题

诗的崖壁。

"由于风雨的侵蚀,李太白当年题诗的崖壁早已不见踪迹。"陈鱼乐说,"不过在太白岩上,却出土了石柱年代最久远的碑记,上面详细记录了南宋宝祐五年(1257年),时任南宾县令的刘济川游历太白岩的情景。"

良玉芳踪何处寻

在描写石柱的古诗中,提到最多的莫过于从石柱走出去的巾帼英雄秦良玉。

可以毫不夸张地说,1630年的那场清兵入关,不仅成就了"白杆军"的赫赫威名,更让秦良玉的名字名震华夏,她因此获得了崇祯皇帝的亲自召见。在召见的过程中,崇祯皇帝还作诗称赞她——由来巾帼甘心受,何必将军是丈夫。

秦良玉的事迹自然引来众多文人骚客来此凭吊。当记者随蒋屏来到位于回龙山上的秦良玉陵园时,却意外地发现这里有两座秦良玉墓。一座墓的碑

▲ 秦良玉陵园里的秦良玉墓。(石柱土家族自治县文管所供图)

石柱篇

上写着"马母秦氏贞素之墓"的字样，另一座墓的碑上却写着"秦良玉之墓"。

到底哪座墓才是秦良玉的葬身地？

"这两座都是秦良玉的墓穴，但秦良玉尸首是否在此，就很难说了。"蒋屏说，原来，秦良玉去世之时，当地盗贼横行，社会动荡不安，为防盗墓贼，在其发丧之时，共有48口棺材同时上山分赴48座墓穴，除了一支小队赴秦良玉老家忠县之外，其余47座墓穴都分布于石柱境内。因此，秦良玉的真墓在哪里，就成为一个不解之谜。

▲ 石柱县城内的秦良玉雕像（石柱土家族自治县文管所供图）

"由于回龙山为秦良玉家族墓地所在，按照我国古代生死合一的传统来看，这里很有可能是她的真墓，故其死后，来回龙山凭吊她的文人络绎不绝。"蒋屏说，与袁枚、赵翼并称为"乾隆江右三大家"的清代著名诗人蒋士铨在《明史杂咏良玉》中，用一句"可惜官家相见晚，中原谁及女将军"，表达了对秦良玉的缅怀之情。

清道光年间进士、曾任直隶按察使的金应麟拜谒秦良玉墓后，在《明石柱营抚使秦将军良玉赞》一诗中用"鬓影云争，眉痕月欠。八阵精图，六韬郎鉴"的诗句，还原秦良玉带兵作战场景的同时，也对其一生进行了高度评价。值得一提的是，这首48句共384字的诗文，是现存文献中，最长的描写

石柱的诗歌。

不过,当记者跟随蒋屏走进陵园时,却发现本应树立在神道四周的石翁仲倒在路边,显得有几分落寞。

这样的情况有望在近年内得到改善。据蒋屏介绍,《秦良玉陵园保护规划》已经出炉,并已纳入重庆市三峡后续工作规划实施项目库。按照规划,当地相关部门将对陵园的山门、藏经楼等进行修复,"还将围绕秦良玉陵园,打造一座石柱土司城,让更多的人了解石柱土司文化"。

险峻大寨坎令石达开写下《咏咂酒》

1862年,一支队伍经过长途跋涉,终于来到今石柱土家族自治县附近。

前有强敌,后有追兵。战士们脸上写满了疲惫,但他们却不能休息,因为前面还有一座大山需要跨越。

披荆斩棘,战士们在年轻主帅的带领下终于越过了这座大山,进入石柱境内,并受到了当地群众的热烈欢迎。

酒足饭饱之后,年轻的主帅再次登上山顶,望着周围的悬崖峭壁,回味着刚刚喝下的石柱咂酒,不禁诗兴大发,挥笔写下诗歌一首:"万颗明珠共一瓯,王侯到此也低头。五龙捧起擎天柱,吸尽长江水倒流。"

"当时进入石柱的军队就是太平军,那位年轻主帅就是著名的翼王石达开,大寨坎就位于太平军跨越的那座大山之上。"150余年后,再度吟诵起石达开所写的《咏咂酒》,重庆市文艺评论家协会会员陈鱼乐无不感慨地说。

"在渝东南,民间流传着'看得见屋,走得你哭'的谚语,这句话用来形容大寨坎是再贴切不过了。"石柱文物专家蒋屏说。顺着他手指的方向,记者发现山顶的东寨门似乎不远,但中间却横亘着一条依山崖而建的栈道,栈道两边飞崖峭壁,让人望而却步。

蒋屏介绍，修建于南宋年间的大寨坎，不仅是历代石柱土司节制九溪十八峒的重要关卡，也是由川入鄂的重要通道。因其地势险要，大寨坎古道自修建以来就被称为"蜀中第二剑阁"。

"它还是西沱古盐道的重要组成部分。"蒋屏说，当年背盐的挑夫们，背着沉重的担子，一步一步走过这条栈道，把盐送到各地。

"险峻的地形吸引了不少文人骚客在此吟诗作赋。"蒋屏说，清乾隆四十三年（1778年），曾担任丰都知县的张伟游历到此时，挥笔写下一首《大寨坎》，形容此处"万丈危梯九曲盘，惊魂飞魄碧云端"；道光年间的诗人张大令也用"此身飘忽来高顶，蜀道平平不算难"之句，写出了大寨坎之险。

时光荏苒，当初的雄关早已消失在历史的尘埃中。当记者跟随专家登上大寨坎时，除了寨门外，昔日古道上的鼓角铮鸣、悲欢离合已然远去，只有呼呼风声从耳边掠过。

破山和尚寓居三教寺留下感怀之作

你知道吗，在石柱，有这样一座寺庙，它不仅吸引了大量文人墨客吟诗作赋，还让著名的破山和尚在此长期寓居。

这座寺庙就是位于石柱秦良玉陵园附近的三教寺。

从秦良玉陵园出来，步行约600米，一座砖木结构的房屋出现在记者眼前。

"这就是闻名遐迩的三教寺。"石柱文物专家蒋屏介绍，该寺最初修建于明弘治八年（1495年），为时任石柱宣抚使马澄之妻陈氏所建，距今已有500多年的历史。

有寺庙的地方大多有诗歌。三教寺建成之后，吸引了不少诗人来此吟诗作赋。清代石柱土司舍人马斗煃就在《游三教寺》中，用"鸟语笙簧奏，滩

▲ 三教寺。(黄琪奥 摄)

声日夜浮。刹高云懒去，山好客应留"的诗句，写出了三教寺外优美的风景。

"不过在三教寺留下墨宝的众多文人骚客之中，最有名的莫过于破山和尚了。"蒋屏说。

众所周知，破山和尚是梁平双桂堂的创始人，他又是怎样和三教寺结缘的呢？

原来，这还是和秦良玉有关。

蒋屏介绍，明朝末年，巴蜀战乱峰起，"天府之国"变成了"白骨露于野，千里无鸡鸣"的荒凉之地。无奈之下，破山和尚写信给秦良玉，请求到石柱避难。秦良玉派三教寺住持永贞和尚及徒弟常然到忠州接他。

破山和尚没有想到，自己这一住就是十年。

"纵观破山和尚在石柱留下的诗歌，我们不难发现，诗歌内容虽大多以记录日常生活为主，但却为我们研究他的思想和当时石柱的情况提供了丰富资料。"蒋屏说，特别是破山和尚在三教寺所写的《寓石柱闻贼退有感》中，用"业将听两耳，分听凯歌声"的诗句，表达了自己听闻官军获得胜利的喜悦之情。

史载三教寺依山傍水，自下而上建有山门、藏经楼、玉皇殿、三清殿和大雄宝殿，寺庙高大雄壮，但现在的三教寺，却只有三清殿和部分厢房，让人唏嘘不已。

"这样的状况只是暂时的，石柱已经启动了三教寺的修复和重建，让这里再现昔日辉煌。"蒋屏说。

(黄琪奥)

石柱古诗选萃

寓石柱闻贼退有感

〔明〕破山

抱病妖氛苦，人心尚未宁。
拟图身口计，窜落水云贫。
瓢笠难支日，亲朋易到门。
业将听两耳，分听凯歌声。

太白留迹

〔清〕马斗熿

代有风流寄此乡，谪仙复见醉翁狂。
深山露滴青莲座，空谷花笼绛雪堂。
楼阁地幽三岛近，鼓钟声和九皋长。
名贤文字神常在，尚论赓歌合宋唐。

丰都篇

名山景区（崔力　摄）

丰都篇

平都天下古名山　自信山中岁月闲

丰都历史悠久，曾为"巴子别都"，自古就有"壮涪关之左卫，控临江之上游"的美誉。名山景区蜚声中外，"丰都鬼城"誉满天下，苏洵、苏轼、苏辙、王元翰、郎承诜……历代骚人名士、羽流迁客纷至沓来，他们或来此览胜抒怀，或吟诗作赋，留下了层层足迹和厚重的历史文化。

可是你知道吗？丰都"幽冥鬼都"原本是道家洞天福地，名山另有其名。那么，千年丰都经历了怎样的历史变迁？历代诗人笔下的丰都有着怎样风采？8月，记者前往当地，追寻历代名流雅士的足迹，试图从他们写下的传世佳句中，揭开丰都这座千年古城隐藏的文化密码。

名山得名于东坡诗句

8月10日，丰都名山风景区大门口，游客密密麻麻排起了长龙。沿石梯而上，道路两旁郁郁葱葱，楼台亭阁依山而立。登临名山最高点，万里长江浩浩汤汤，奔流而过，对面群山起伏，层峦叠翠。

"丰都名山原本叫平都山。"丰都县民俗学者郑瑞舜说。据《丰都县志》记载，平都山"治东北一里。石径萦纡，林木幽秀，梵宇层出。旧志谓平都福地，紫府真仙之居"。

公元198年，道教创始人张道陵之孙张鲁，在丰都设立道教"平都治"，道家将其列为"三十六洞天，七十二福地"之一。民间传言，汉朝方士阴长生、王方平曾在平都山上修炼成仙。从此，平都山的仙山之名远扬。

史料记载，极盛时期，平都山上的大型道观寺庙达75座，塑像、殿宇、亭阁和牌坊数以千计。四方文人墨客对平都山仰慕备至，纷至沓来。

吟咏丰都最早的诗句便与平都山有关。

据当地文史部门不完全统计，历代描写丰都的古诗有近100首。民间传言，最早描写丰都的古诗是唐朝青城道士所写的《平都山》：

> 万仞峰峦插太清,
> 麻姑曾此会方平。
> 一从宴罢乘云去,
> 玉殿珠楼空月明。

青城道士的生平已无从考证,但他这句"万仞峰峦插太清"将平都山的险、秀、奇描绘得淋漓尽致。

事实上,作为仙山福地的平都山一直备受历代诗人青睐。其中,便有苏轼父子。

宋仁宗嘉祐四年(1059年),北宋文豪苏轼偕父苏洵、弟苏辙从家乡去汴京,路经丰都,登游平都山,意气风发,写下《题平都山》二首:

(一)
> 足蹑平都古洞天,
> 此身不觉到云间。
> 抬眸四顾乾坤阔,
> 日月星辰任我攀。

(二)
> 平都天下古名山,
> 自信山中岁月闲。
> 午梦任随鸠唤觉,
> 早朝又听鹿催班。

苏轼在诗中描述出平都山地势高旷,与天为邻,抒发了自己登临平都山山顶时,心旷神怡的感受,将平都山称为"天下古名山"。"自那以后,人们便将丰都平都山改为'名山',沿用至今。"郑瑞舜说。

丰都篇

进出巴蜀的必经之地曾经群星闪耀

在丰都建县1900多年时间里，唐代李商隐、杜光庭，宋代苏洵、苏轼、苏辙、范成大等人，均写下与丰都有关的动人诗篇。

和杜牧合称"小李杜"的李商隐在《送丰都李尉》诗中，用一句"万古商於地，凭君泣路岐"抒发了对友人依依不舍的心情。

同样游览了平都山的南宋名臣范成大，在《平都观》一诗中，用"峡山逼仄岷江潆，洞宫福地古所铭"的诗句，展现了平都山洞天福地、险峻奇美的景象。

南宋宗匠、素有"小李白"之称的陆游当年奉命到前线抗金救国，他逆水而上，过丰都时留下《平都山》一诗（另一说是清代张豫章所写），诗中"名山近江步，蜡屐得闲行"一句与苏东坡的"平都天下古名山"遥相呼应，两者算是"英雄所见略同"，同时也表达了陆游对前辈的尊崇之心。

丰都为何吸引了这么多文人墨客？

"除了壮美的山川外，更重要的是其地理位置。"原丰都县作协副主席张学其称，自古出入四川盆地有两条重要通道，一条是从成都向北，经广元出川翻越大巴山的金牛道；另一条是沿长江而下，穿三峡向东的水路。与李白感叹"蜀道难"的陆路相比，长江水路相对高效便捷，当时的长江，便如同一条水上高速公路。丰都，地处三峡腹心，恰好是进出巴蜀的必经地。

所以，唐宋直至明清，丰都可谓群星闪耀，一大批文人在此反复吟诵，华章绝句题咏不断。

洞天福地为何变成"幽冥鬼都"？

"炼丹福地此嵯峨，下界无如上界何。若论神仙官府事，韩擒只愿作阎罗。荒唐谈鬼笑灵巫，剑树刀山果有无。莫是世途机太险，反将地狱号平都。"这首针砭时事的诗是清代诗人贝青乔所写的《丰都县戏题》。

有关这位贝青乔，当地的史料并无过多记载，"只知道他是一位晚清诗人，诗词风格冷隽、辛辣。"丰都县文史专家甘希凡称，"该诗讽刺了世人在丰都平都山'装神弄鬼'的做法，这说明在清代，丰都'鬼城'的说法已经

流行。"

可早在汉朝，平都山是道家的"三十六洞天，七十二福地"之一。为什么历经千年，平都山却变成了"幽冥鬼都"？

"民间传言，汉朝方士阴长生、王方平曾在平都山上修炼成仙，人们将两人的姓氏'阴、王'连读为'阴王'，久而久之，便误为'阴间之王'，故将丰都作为鬼都。"丰都当地人这样说。

然而，"丰都鬼城"真是人们的一个口误吗？

清道光重臣陶澍，在《丰都望阴王山》一诗中提出不同意见：

> 官府真人事渺茫，
> 传讹谁与问阴王。
> 扁舟此日山前过，
> 惟见疏林挂夕阳。

一句"传讹谁与问阴王"，说明"丰都鬼城"的来历另有原因。

"事实上，'丰都鬼城'文化是以平都山为载体，围绕着民间信仰的建构与传承而展开的民俗文化。"四川省社科院研究员陈世松说，历史上丰都县曾多次更名，东汉和帝永元二年（90年）丰都被称为"平都县"。隋恭帝义宁二年（618年），其从临江县（今忠县）分出单独置县，人们取平都山下豐民州的"豐"字与平都山的"都"字，将"平都县"更名为"豐都县"。明洪武十三年（1380年）朱元璋下诏将"豐都县"改为"酆都县"。1958年，"酆都县"更名为"丰都县"至今。

"明朝改名是重要转折。"陈世松称，首先，长江三峡地区的巫鬼信仰和阴、王两人修道成仙的传说，为丰都鬼城信仰体系铺砌了基石。第二，"罗酆山""北罗酆""北酆""酆都"均是道教传说中地狱、冥府的称呼，当时人们可能下意识地将"豐都"理解为"酆都"。第三，朱元璋出于教化民心、巩固政权的需要，将"豐都县"改为"酆都县"，助推了"丰都鬼城"民俗文化形成。再加上，明清时期的文学作品《西游记》《喻世明言》《聊斋志异》《封神演义》等，把"丰都鬼城"描绘得具体生动，"丰都鬼城"便深入人心。

"'丰都鬼城'文化是一种民间信仰，是中华传统文化的有机组成部分和独特的表达方式，在中华民族的历史上发挥了规范道德、维系人心、传承文化的作用。"重庆市地方史研究会会长、西南大学教授周勇说，近年来，丰都县委县政府赋予传统文化新的含义，在鬼城文化中提出了"扬善、惩恶、公正、和美"的时代价值。

如今，漫步丰都街头巷尾，随处可见当代书法家李半黎先生手书的"唯善呈和"组字碑刻，四个字共有一个"口"部，意在倡导世人和睦向善。

"目前，我们正着力创建名山国家5A级景区。"丰都县委宣传部相关负责人称，"丰都将大力传承和弘扬民俗文化的时代价值，将研究成果转化成为宣传、文化、旅游、经济发展的现实成果。"

仙子去无踪，"白鹿夜鸣"为哪般？

除了名山外，丰都的双桂山也十分引人瞩目。众多诗歌里描写的"白鹿夜鸣"典故便出自该地。

丰都双桂山，与名山对峙相望。山峰状如笔架，林木苍翠，涧壑流泉，云蒸霞蔚；山中楼、台、亭、阁掩映于绿树和百花丛中，素有"险、幽、古"的美誉。

北宋仁宗嘉祐四年（1059年）深秋的一个夜晚，丰都李姓知县正在书房读书。忽然，城后双桂山上传来一阵呦呦鹿鸣，声音清脆，山鸣谷应。这山为城郭之地，哪来鹿鸣？李知县命家丁查个究竟。家丁们赶往山上，只见树丛中一只白鹿纵身一跃，遂不见踪影。众人正在疑惑，忽见一老翁手拂银须静坐石上。

"白鹿夜鸣，明日将有贤人前来县里。"说罢，老翁飘然而逝。家丁们个

▲ 鹿鸣寺。(崔力 摄)

个惊讶，回去将此事告之李知县，李知县将信将疑。

第二天，一叶扁舟如离弦之箭，顺江驶来，北宋著名诗人苏洵、苏轼、苏辙三人舍舟登岸。原来三人从家乡去汴京，特意停留丰都。

苏氏父子听说了白鹿夜鸣一事，大为惊奇，在登游双桂山和山上的玉鸣寺后，苏轼写下了一首《仙都山鹿》，其中有诗句："仙子去无踪，故山遗白鹿。"

苏洵也在《仙都山鹿并序》里用不足百字讲述了自己经历的这段趣闻，称："余闻而异之，乃为作诗。"并题诗："客来未到何从见，昨夜数声高出云。应是仙君老童仆，当时掌客意犹勤。"

丰都县委宣传部工作人员称，后人为了纪念苏轼和颇具灵性的迎宾白鹿，将玉鸣寺改为鹿鸣寺，并在山上建了东坡祠，塑了东坡像，供后人观瞻。

如今，鹿鸣寺所在的双桂山，已成为国家森林公园，与名山两两相望。经历代修葺，鹿鸣寺焕然一新，寺外有座檐角飞翘、古风浓郁的牌坊，三道坊门上都刻有状若疾奔的白鹿,中间门额上置有黑色匾额,上面"鹿鸣寺"三个金色大字潇洒有力,颇具气势。

"'白鹿夜鸣'的故事流传了数百年,已成为我们丰都人热情好客的象征。"丰都县委宣传部工作人员说。

岁月等闲过,"丰都八景"今安在?

清晨,沿丰都名山后山的一排石梯爬上山顶。阳光从遮天蔽日的树丛间斜射下来,树影斑驳。庙宇屋顶的翘角在绿树丛中时隐时现,恍若人间仙境。这样美轮美奂的景色便是"丰都八景"中最负盛名的平都山晓(另一说是平都春晓)。

史料记载,唐代以来,丰都的平都山、双桂山、五鱼山、青牛山已是丰都的游览圣地,之后又陆续增加了四处风景优美之地,到明代发展成为"丰都八景",即:"平都山晓(平都春晓)""流杯池泛""月镜凝山""青牛野唉""珠帘映日""白鹿夜鸣""龙床夜雨""送客晴澜"。

"丰都八景"吸引了不少文人为之吟咏。明代诗人曹学佺就以《丰都》为题,描写了"白鹿夜鸣"和"青牛野唉"的典故:"平都称福地,隔水有仙潭。白鹿迎佳客,青

▲ 丰都名山景区。(崔力 摄)

牛度老聃。"

清末，郎承诜所著《丰都八景诗》详细描述了"丰都八景"的绮丽风光。全诗共256个字，内容全面，形象生动，寓意深刻，令人向往。例如，对其中的龙床夜雨，他这样写道："夜夜滩声作雨声，几经磨洗石床平。日来更觉风涛险，一卧沧江总不惊。"

斗转星移，岁月更迭。如今，"丰都八景"除"平都山晓""青牛野唉""白鹿夜鸣"等景色外，其他均已难再见。

（匡丽娜　杨晨）

丰都古诗选萃

处州李使君改任遂州因寄赠
〔唐〕贾岛

庭树几株阴入户，主人何在客闻蝉。
钥开原上高楼锁，瓶汲池东古井泉。
趁静野禽曾后到，休吟邻叟始安眠。
仙都山水谁能忆，西去风涛书满船。

忠州丰都观乃平都洞天也题一首
〔宋〕苏洞

宫殿隋梁所造成，殿门仍有晋丹青。
白头道士无人见，客至惟呼鹿出迎。

留题仙都观
〔宋〕苏辙

道士白发尊，面墨岚气染。
自言王方平，学道古有验。
道成白昼飞，人世不留窆。
后有阴长生，此地亦所占。
并骑双翔龙，霞绶紫云襜。
扬扬玉堂上，与世作丰歉。

荣昌篇

荣昌八景公园（崔力 摄）

荣昌篇

径转横渠水一方　　堰边风起忽闻香

"径转横渠水一方，堰边风起忽闻香。等闲寻得生香处，满树红酥绽海棠。"

海棠本无香，但在古代，有一个地方海棠飘香却是常事。清代诗人朱钧直就用这首七言诗赞叹过那里的海棠，这个地方就是如今的重庆市荣昌区。

荣昌历史悠久，春秋时期，便是巴国的属地，唐乾元元年（758年）始建昌元县，并成为昌州府的州治所在地；明洪武七年（1374年），取古昌州和荣州首字更名为荣昌，寓"繁荣昌盛"之意。

荣昌的古诗以风景为主，亦涉及战争、亲情等内容。虽然历代名家来往不多，但荣昌的大批本土诗人为家乡画下了一幅乡情浓郁的诗歌地图。

宋、明两代贤臣曾为荣昌作诗

从建县至今，荣昌已有1200多年的历史。在这漫长的岁月里，谁为这里写下第一首诗？

荣昌区诗词研究者廖正伦介绍，《荣昌县志》收录了一首写于北宋的诗歌《赠李戢》："昌元建邑几经春，百里封疆秀色新。鸭子池边登第客，老鸦山下著棋人。"

这首诗的作者是北宋名相文彦博。"这应该是目前发现的描写荣昌的第一首诗。"廖正伦感叹，"这文彦博的来头可不小啊！"

文彦博，字宽夫，号伊叟，汾州介休（今山西介休）人，北宋时期著名政治家、书法家。文彦博是中国历史上著名的贤相，他能文能武，经历了北宋仁宗、英宗、神宗、哲宗四朝，出将入相达50年之久，堪称"朝堂上的常青树"。

在《赠李戢》中，文彦博素描般地勾勒出荣昌的美景。尤为可贵的是，他还将荣昌鸭子池、老鸦山两处景点写入其中。

"鸭子池和老鸦山都在现在的安富镇附近。"廖正伦介绍。宋代,鸭子池边曾出了一名叫"谯南薰"的进士,于是诗人来到此地时,发出了"鸭子池边登第客"的感叹;而"老鸦山下著棋人"里的"棋人",指的正是棋艺高超的宋代"第一国手"李缄。李缄是土生土长的荣昌人,他在老鸦山下棋的地方也成为了"荣昌八景"之一"鸦屿仙棋"。

在文彦博之后,荣昌能找到的较早的诗歌,出自另一位贤臣喻茂坚之手。喻茂坚是明代人,生于荣昌,官至刑部尚书,因其为官刚正不阿、清廉有为,被嘉靖皇帝评价为"一代清官"。年老时,喻茂坚回荣昌安度晚年。

喻茂坚写下的这首诗叫《题敖处士幽居诗》。诗中,75岁的他用"海棠香国开晴霭,步履逍遥踏翠微",表达出对家乡宁静生活的热爱。

明代之后,荣昌本地的诗歌飞速发展,内容也更为丰富。记者在《荣昌明清诗集》中看到,所存的190余首诗歌中,大部分都是清代诗人所作。

这些诗中有不少描写亲情的内容,如左庭辅在《别亲庭》中,就用一句"及至思济河,忍泪泪滂沱",道出儿子对病中母亲的挂念;此外,荣昌的清代诗歌还涉及吟诵"荣昌八景"为主的山水诗,以及纪念喻茂坚等当地名人的诗歌。

得胜岩上有诗篇

▲ 得胜岩。(崔力 摄)

明甲申年(1644年)六月十三日,重庆荣昌,在县城北郊的巴斗岩下,交战已久的两支队伍早已舌干唇裂,部分人马因长时间缺水,口鼻流血不止,而厮杀却远远没有结束。

鏖战双方正是张献忠的起义军与荣昌当地

荣昌篇

喻、敖、张、雷四姓的地方武装。这场战争造就了一个叫"得胜岩"的地方，也造就了至今刻于得胜岩上的一首战争诗。

荣昌区作家协会副会长王平浩介绍，明末，张献忠率起义军入川，横扫各州县，途经荣昌巴斗岩

▲ 得胜岩上的古诗。（崔力 摄）

时，不想却遭到当地豪强武装的抵抗。经过激烈的战争，最终，当地武装被大部歼灭，数十人暴尸于战场。传说，张献忠得胜后，命人刻"得胜岩"三字于岩壁。从此，巴斗岩就被称为"得胜岩"。

为了纪念这场战争与自己的先人，清同治年间，死于战场的敖仲美的后人——敖京友写下一首七言诗，刻于得胜岩的石壁上。

"冲冠怒发剪凶仇，城北山头拼一战。委弧飞镞惨长号，白刃锋交血饱刀。"诗中，敖京友详细刻画了战争的惨烈场面，他在最后感叹："我今凭吊情无已，感触前徽深仰止。承题短幅写薛崖，留与人间补青史。"

如今的得胜岩是否还能找到这首诗的踪影，曾经的古战场又是什么模样？

近日，记者随专家爬上城北三公里处的一座无名土坡，走了十余分钟，跳下一个堡坎，找到了这个神秘的地方。面前，一块巨大的岩石上倾斜着伸展出一棵黄葛树。

"这里就是得胜岩。"指着岩石，荣昌区诗词楹联协会会长李相民说。

记者看到，岩壁上"得胜岩"的题字已严重风化，但在题字附近，一段文字若隐若现，仔细辨认，这正是敖京友写下的那首七言诗。

描写惨烈战争的诗文还在，昔日的古战场却早已归于宁静。岩上古树浓荫蔽日，岩下山花遍野，偶尔有人踏青郊游，一串串笑声拂过空中。

此外，清代荣昌教谕谢金元写的《复城纪咏》也是一首描写战争的诗歌。这首诗记录了清咸丰十年（1860年），李永和领导的农民起义军攻占荣昌的过程，诗人用"哀鸿满夜放悲伤，我亦闻声泪两行"，描写了战争给百姓带来的痛苦。

海棠如今何处香

在荣昌的清诗中，"荣昌八景"占了半壁江山。其中，以描写"荣昌八景"之一"棠堰飘香"的诗最为知名。"春光恰好上帘栊，问暖寻香曲院中。"清代诗人杨堂曾这样描写种满海棠的"棠堰飘香"。

有意思的是，荣昌涉及海棠的诗歌，大都逃不过一个"香"字。

海棠本无香，为何到了荣昌，却别有一番味道？

这还得从一个发生在唐代的故事说起：有一年，一个叫李丹的人被调到昌州为官，因为觉得离家太远，他要求换一个地方。官员彭渊材听说后便告诉他："昌州是个好地方啊。海棠本无香，唯独昌州的海棠香味浓郁，这里人

▲ 虹桥印月。（崔力　摄）

称'海棠香国'，难道不是好地方吗？"

这则故事载于宋代学者彭乘的《墨客挥犀》中，后来又被记录在《蜀中广记》《古今谈概》《荣昌县志》等著作中，"海棠香国"也随之名扬天下。

"海棠香国"究竟在哪里？和荣昌有什么关系？

"'海棠香国'的美誉来自宋代，《宋史·地理志》和南宋王象之的《舆地记胜》都称：'昌州领三县：昌元、大足、永川。'而昌元正是荣昌。"重庆师范大学教授鲜于煌说，据此，如今的荣昌、大足、永川都属于"海棠香国"的领域。

有意思的是，"棠堰飘香"在不同诗人眼中有不同的看点。

比如，谢金元用"地接巴渝据上游，棠香自古属昌州"，道出其地理位置；敖时模用"春色满郊坰，香风环古堰"，描写这里的美景；朱珏则写下"无缘惟杜老，吟榻少诗篇"，感叹诗圣杜甫没有来荣昌为海棠写诗，让人们在吟诵时少了一些诗篇。

那么，"棠堰飘香"又在哪里呢？

光绪年间的《荣昌县志》中这样写道："海棠堰……或云在吴家铺……"其中的吴家铺就是现在的荣昌区吴家镇。

走进吴家镇，记者看到，曾经的海棠已不见踪影。一座老旧的祠堂被"夹"在几座农家小楼之间，附近是吴家镇的蔬菜基地。当地居民介绍，荣昌敖氏家族曾定居于此，并修建祠堂，面前的祠堂正是敖氏祠堂。

"世事变迁，古诗里的'荣昌八景'，除了'虹桥印月'还有一些踪迹外，其他早已消失不见。"李相民感叹道。

幸运的是，"走"出诗歌，"荣昌八景"正以新的形式出现在世人面前。2017年五一节，由荣昌区水务局打造的荣昌八景公园正式开园。公园以传统江南园林风格为主基调，使用砌石、假山、回廊、亭台、步道等园林元素，集中再现了"荣昌八景"。在新建的八景旁边，不仅有吟诵该景点的古诗，还有荣昌现代诗人为其写下的优美诗歌。

明代廉吏喻茂坚家训相传400多年

"'衍祖宗一脉真传，克忠克孝；教子孙两行正路，惟读惟耕。'同学们知道这句话是什么意思吗？"近日，一位老人在荣昌区万灵镇中心小学，为同学们上了一堂很特别的课：分享自己家族的家风、家训。他就是喻茂坚第十三代孙喻权坚。

喻茂坚是何许人也？

时间回到460多年前。这天，濑溪河畔的小镇来了一位身着布衣的老人。因为喜欢上这里的宁静与美景，他决定在这里建一座书院，教导族人和乡邻的孩子。这座书院就是荣昌著名的尔雅书院，这位老人正是明朝法学家、著名廉吏喻茂坚。

荣昌区诗词楹联协会会长李相民介绍，喻茂坚是荣昌人，曾主持编著《问刑条例》，著有《梧冈文集》等。辞官归乡时，这位为官三十八载，位列七卿的刑部尚书竟"囊无百金"。

据史料记载，作为一代法学家，喻茂坚把法家理念和自身的教育思想融入到家规家训之中，形成家训《垂训联》《训示联》。这些家训被喻氏后人整理、修订后写入《喻氏族谱》，传承至今。

李相民介绍，这些家训多以联的形式出现，与诗歌密不可分。如《垂训联》内容为："衍祖宗一脉真传，克忠克孝；教子孙两行正路，惟读惟耕。"《训示联》则为："事五尺天而天知，存方寸地而地知，为人父母无愧；领千钟粟以粟养，读万卷书以书养，在我子孙自修。"

记者了解到，喻茂坚留下的家训涉及内容广泛，有教育子弟不要养成狡诈诓骗习气的，如："毋习伪以欺，毋好讼以胥戕，毋侮国宪典以自罹于辟。"有关于忠君爱国的，如："若有志上进，须以忠君爱国为念，方不负先人数代忠贞。"还有关于孝顺父母的，如："以孝顺父母为先，若有继母，更宜竭诚孝敬，不可悖逆妄为。"

荣昌篇

　　自喻茂坚之后，优良的家训哺育出很多优秀的族人。据《喻氏族谱》记载，受喻茂坚家规家训影响，明清时期重庆喻氏家族取得功名者共322人，其中27人高中进士，且无一人贪腐，涌现出一批清正廉明、秉公执法的好官。而曾参加淞沪、武汉、长沙等多次对日会战的抗日名将喻孟群，新闻学家、中国社科院学术委员喻权域，中国火箭专家喻显果等也都是喻氏族人。

　　喻茂坚第十三世孙喻权坚告诉记者，按族规，族谱不仅要记载喻氏族人的成绩，也要记载喻氏族人的劣绩。"成绩用以激励后人，劣绩用以警示后人。几百年来，还没有一个喻氏族人因为触犯刑律而被记入族谱。"

　　事实上，喻茂坚的影响不只在族人。2016年，中纪委网站推出重庆荣昌喻茂坚家规专题，以喻茂坚家规家训为主线，展示喻茂坚的清廉事迹，以及优良家风对其后世子孙的影响。

　　此外，喻茂坚陈列馆也于2016年9月在万灵镇正式开馆，作为荣昌区德廉教育基地，这里已成为当地干部群众感受中华优秀传统的重要场所。

（夏婧）

荣昌古诗选萃

游金牛寺
〔明〕光时亨

秉烛不能寐，夜观山更幽。
松阴连石塌，花雨润经楼。
鸟下分香饵，僧归话旧游。
瞿昙何处是，长此忆金牛。

棠堰飘香
〔清〕谢金元

地接巴渝据上游，棠香自古属昌州。
新红屡乞春阴护，嫩绿徐看翠叶浮。
百里芬芳风遍拂，一亭浓淡雨初收。
坡公旧梦黄州记，多少词人递唱酬。

荣昌道上
〔清〕王梦庚

试问荣昌道，长亭接短亭。
鸿呼沙岸白，道逼远山青。
获喜晴阳曝，炎馋细雨零。
好风迎面入，倦客梦长醒。

鸦屿仙棋
〔清〕赵诚

仙人一局棋，便可消长夏。
幽人养晦时，灵机借倾写。
不惜胳膊劳，但恨识者寡。
四象既成后，王道归儒雅。

秀山篇

秀山洪安镇拥有"一脚踏三县"的地理优势（李星婷　摄）

斗大方城镇蜀陬　公然黔楚此咽喉

东临湖南龙山，西连贵州松桃，北接酉阳，位于我市东南部的秀山土家族苗族自治县（简称秀山）是"一脚踏三省"的渝东南门户。

商周、春秋时期，秀山属巴国，自古为土家族、苗族聚居地。三国时期，蜀汉章武元年（221年），刘备置酉阳县（如今秀山的县地当时属酉阳县），隶荆州武陵郡。五代十国开始，当地旺族占据县地，至明代，经历了数百年土司制的统治。

清雍正四年（1726年），西南地区开始大规模"改土归流"（改土司制为流官制）。清乾隆元年（1736年），清政府割酉阳东南境石堤、宋农、晚森等土司据地，始置秀山县。

由于建县时间较晚，加上汉文化在土司制废除后才兴起，因此秀山古代的诗歌从清代才开始出现。据不完全统计，在清代共有28位诗人，留下关于秀山的诗作60余首。

第一首诗写"一脚踏三省"的洪安

"蜀道有时尽，春风几度分。吹来黔地雨，卷入楚天云。城廓都无恙，鼓鼙今不闻。此邦真秀发，蔚起见人文。"目前能查阅到的最早描写秀山的古诗，是清乾隆年间，酉阳知州、诗人章恺到秀山视察时，写下的《至秀山》。

章恺是哪一年到的秀山，现在已无法确定。但他这首诗所描写的地点，就是著名作家沈从文小说《边城》的原型地——洪安镇。

洪安镇距秀山县城26公里，与位于湖南省花垣县的边城镇只隔着一条清水江，向西则与贵州省松桃县相连。

"清水江发源于贵州梵净山，流往湖南洞庭湖。"洪安镇的一位老居民告诉记者，因为"一脚踏三省"的地理优势，这里居民世代依靠水上贸易为生。"原来江上的船只非常多，几百条木船沿清水江排开，来往运输桐油、茶

秀山篇

油、棉纱等。"

因为独特的地理位置，所以章恺用"蜀道有时尽，春风几度分。吹来黔地雨，卷入楚天云"的诗句，描绘洪安的地理特点。这里，本是蜀道之地，却吹来黔地的雨水，又卷来楚天的乌云，诗句形象地描绘了秀山与湘黔之间互为犬牙的地貌特点。

"不止洪安，整个秀山因位于重庆东南边陲，其东与湖南省的花垣、保靖、龙山三县毗邻，西接贵州的松桃境，北面是武陵山区腹地，被喻为'渝东南门户'。"秀山文史专家刘济人介绍。

清西阳诗人陈汝燮曾写下一首《过秀城》，其中的诗句"斗大方城镇蜀陬，公然黔楚此咽喉"，充分说明了秀山咽喉位置的重要性。

清朝官员在此写下军旅诗

由于地理位置的特殊性，秀山自古为兵家必争之地，诗歌里对此也有不少反映。

如乾隆二十六年（1761年）入川的江苏平都人林儁，来到秀山时，写下

▲ 秀山洪安镇有"一脚踏三省"的地理优势（李星婷 摄）

《和孙节相初至秀山七律元韵》一诗,描述了秀山边境遭战争蹂躏后耕作蚕织都已停止、兵营排列的景象:"州河盖外阵云横,不信潢池竟弄兵。室毁机丝停乙乙,师贞卜兆得庚庚……"

记者查阅史料发现,历任清朝内阁中书、编修、太常少卿等职的孙士毅,是清代在酉阳留下诗作的最高级别的官员。孙士毅本是浙江仁和人,曾在酉阳、秀山一带征战。

据《秀山县志》记载,乾隆六十年(1795年),湖南苗民叛乱,进入秀山境地,情势十分危急。嘉庆元年(1796年),秀山白莲教又起义。"这期间,孙士毅一直奉旨驻扎在秀山,处理叛乱和办理军粮储备等事务。"刘济人说。

在孙士毅创作的《初至秀山七律》等12首合韵诗中,"山城伏莽太纵横,风鹤还嗔草木兵""蜀山截业楚江横,钲鼓连连未洗兵""燕为危巢思避戍,土因寒雨感飞庚"等诗句均形容了当时的战事。

除了战争外,秀山的秀美风光也在诗人们笔下得以体现。穿城而过的梅江、层峦叠嶂的川河盖、古色古香的石堤镇等,都是诗人青睐的对象。清代诗人胡志伊、王达琮、周卜熊所写的《登川河盖》《梅江晚渡》《舟发石堤》等诗作,均描写了这些地方独特的景色。

乾隆皇帝曾为秀山写下御诗

说到秀山最著名的古诗,当属乾隆为这里写下的御诗。

"炮木洪安汛,三省界连道。黔楚两省苗,分路各入扰……兵分三路进,马腾士均饱。声势愈以壮,如隼击弱鸟……"这首乾隆写下的《志事诗》,描述的是当年秀山雅江镇爆发的战争。

雅江镇位于秀山东部,距县城16公里。我们驱车来到毗邻雅江镇政府、当年爆发战争之处,只见背面的泡木山高达万仞,山脚下曾经的战场已是一片荒芜之地,以往的营地、碉堡均已不见踪影。

"雅江古时称乜架,三面绝壁,只有一条路通往洪安镇,为川湘之咽喉。"雅江镇调研员杨秀禄告诉记者,乜架自古是被争夺的战略要地。

史料记载,清乾隆、嘉庆年间,川湘黔边曾爆发石柳邓、吴三保领导的

秀山篇

"乾嘉苗民大起义"。不到3个月时间,起义军势力扩大到湖南沅江,贵州铜仁、松桃以及秀山等地。

乾隆急调云贵、湖广等7省18万的兵力,由云贵总督福安康为统帅,四川总督和琳(和珅之弟)为副统帅,兵分四路围剿起义军。

"和琳率重兵驻扎秀山,连营几十里,在乜架周围的泡木山、川河盖、牛角山等地展开大会战。"杨秀禄告诉记者。

当时,和琳分析位于川河盖的起义军必不设防,于是做好部署,兵分三路,直至川河盖,出其不意发动袭击,起义军仓促应战,导致牛角山及至川河盖全线溃败。

接到和琳的奏报后,乾隆大喜,于是写下这首《志事诗》。诗中先交代了这里的地理位置,然后用"兵分三路进,马腾士均饱。声势愈以壮,如隼击弱鸟"之句,赞许和琳指挥的这场围剿战。

如今,当年的战火之地已草木深深,硝烟不再,那段烽火岁月已被掩埋在历史的尘埃中。"在秀山已出台的'十三五'规划中,对诗人笔下的洪安镇、梅江、川河盖等都有相关规划,将重新打造,以期展现这里的人文历史和自然美景。"秀山县委宣传部相关负责人介绍。

(李星婷 陈薪颖)

▲ 秀山洪安镇自古是兵家必争之地。(李星婷 摄)

秀山古诗选萃

过秀城
〔清〕陈汝燮

斗大方城镇蜀陬，公然黔楚此咽喉。
远山雄秀开荒徼，原树清苍入早秋。
问字空寻杨子宅，筹边正筑李公楼。
多云指点频回首，拼作征鸿客燕俦。

登川河盖
〔清〕胡志伊

磴道蟠空翠，兹山百里长。
风声沈大壑，天影落边荒。
烟杳诸苗洞，霜明古佛堂。
高秋澄远眺，乱叶下林塘。

梅江晚渡
〔清〕王达琮

野竹分秋蔼，空波簿晚青。
残霞看欲落，三两逗疏星。

垫江篇

保城寨遗址在阳光下古风犹存（向晓秋 摄）

驿路交游熟　千年一古县

垫江县地处四川盆地东部，上接巴渝之雄，下引夔巫之胜，蜀中陆路，此为锁钥。

据清光绪《垫江县志》介绍，垫江早在新石器时代就有先民活动的遗迹，春秋时属巴国，秦时属巴郡，汉至晋为巴郡临江县地。自西魏恭帝二年（555年）建县至今，已有1462年历史，因此垫江被称为"千年古县"。

一个如此满载历史的千年古县，有多少文人墨客曾为之抒怀言情呢？

垫江县诗词楹联学会会长梁欢表示，有关垫江的古诗约有百余首，具体数目尚在搜集整理中。民间传说最早的诗文为唐代的李白、白居易所写，但有史料记载的最早诗歌是南宋诗人范成大所作的《垫江县》。

近日，为揭开千年古县诗歌的神秘面纱，记者沿着古代名士的足迹探寻古诗中的垫江。

相传李白曾赋诗石牛滩，白居易写下《花非花》

"垫江砚台镇万胜桥附近有片石牛滩，原有两头石牛和一块诗碑，相传诗碑上的诗是李白所作。"梁欢告诉记者，三峡蓄水后，河水水位抬升，河边的石牛连同诗碑一起被淹没了。

所幸的是，垫江县已故书法家、诗人陈懋璋的文章中记载了这块诗碑上的诗歌内容："怪石崔嵬好似牛，江边独立几千秋。风吹遍体无毛动，雨打浑身有汗流。嫩草平铺难入腑，长鞭任打不回头。而今鼻上无绳系，天地为栏夜不收。"

李白曾有一首吟诵故里的《吟石牛》："此地巍巍活像牛，埋藏是地数千秋。风吹遍体无毛动，雨滴浑身似汗牛。芳草齐眉弗如口，牧童扳角不回头。自来鼻上无绳索，天地为栏夜不收。"

"对比两首诗歌，我们不难发现二者有不少相似之处。据此，说石牛滩的碑诗是李白所作并非毫无根据。只是目前缺乏可考的史料来证明该碑诗出自李白之手。"梁欢说。

如今享有"牡丹故里"美名的垫江，据说也曾吸引文豪白居易为满山的牡丹作诗。

相传，白居易任忠州刺史时，曾有一回游历垫江，见横跨垫江的明月山中有丛丛牡丹花，在山雾中若隐若现，顿时诗兴大发，于通集村十八岭处吟下千古名诗《花非花》："花非花，雾非雾。夜半来，天明去。来如春梦几多时？去似朝云无觅处。"

虽然暂时无从考证《花非花》是否为白居易在垫江所写，但白居易当年确实旅泊过垫江，并在西山白龙洞题写过"龙王洞"三字，署款"香山白居易"。

清光绪《垫江县志》中的《新建龙王庙记》载有此事："出大有门十余里，入西山，山有石窟而深……额题'龙王洞'三字，为白太傅手迹。"

此外，清代李丹生也作诗《龙王古洞》，吟咏白居易题字龙王洞的逸事："闻说龙王古洞幽，当年祷雨立能酬……香山石额题三字，捧作骊珠不可求。"诗中的"香山"指的正是白居易"香山居士"的名号。

范成大两过封门铺，留下诗作表心境

在垫江、长寿、四川邻水三地交界处，因两座高山对峙，形成一道天然"门"，这被当地人称为"封门铺"。

当地老人说，在古代，封门铺是三地交会的一个重要商贸集散地，民国时期该地仍然客栈商肆云集。

"作为重要的驿站，不少古代诗人曾停驻于此，留下传世名篇。"梁欢说。

南宋诗人范成大曾路经封门铺，写下古诗《垫江县》，该诗是现存史料中记载的第一首描写垫江的诗歌："青泥没髁仆频惊，黄涨平桥马不行。旧雨云招新雨至，高田水入下田鸣。百年心事终怀土，一日身谋且望晴。休入忠州争米市，暝鸦同宿垫江城。"

为了寻觅封门铺，记者绕垫江城西南约16公里的山路，蜿蜒而上，几间

屋舍隐没于满山郁郁葱葱之中。在山野古道两座山的垭口之间，记者终于来到封门铺，一块古代遗存的"长垫邻三县界碑"出现在面前。

封门铺界碑四周，至今还保留着从宋代到民国年间的摩崖石刻群20余方。

"范成大当时就是路过此地，写下了《垫江县》。"梁欢指着脚下的青石说，范成大任四川制置使期间，于乾道六年（1170年）作为使节到金国去谈判，途经垫江封门铺时，他忧心国难当头，心情郁闷。

当时的金朝首都是汴京（今河南开封），从成都至汴京，垫江、忠州是陆路的必经之地。从《垫江县》透露的信息来看，该诗大约作于8月前后的入秋季节，全诗表达了诗人忠诚大宋王朝、心系统一大业的情怀。

范成大第二次过垫江，是宋金谈判成功后，国家获得暂时的和平之时。再次路过封门铺，诗人心境明显开阔许多，复作一首《过垫江》表达他内心的喜悦之情："如今只忆雪溪句，乘兴而来尽兴还。"

此外，南宋词人李曾伯也在封门铺留下《入蜀垫江道间二首》，其中一首

▲ 范成大曾两次经过的封门铺遗址如今已荒草丛生。（向晓秋 摄）

以"驿路交游熟,江山契分生"的诗句,再现了当时驿站的车水马龙之景。

古寨护城40载,后变文人吟诗地

垫江还有一处诗歌传承之地——保合寨,也叫保城寨。这里曾有一座古刹,当地人称保和寺或宝和寺。

宝和寺始建于明代,初名太和寺。近日,记者站在垫江县城西门、北门,都还能够清晰地望见宝和寺寨墙的轮廓。

据民国《垫江县志》载,清咸丰十年(1860年),垫江知县德荫为避农民起义倡修寨堡,赶走宝和寺里的和尚,在宝和寺四周筑墙,并建东西南三座城门,添修了观敌楼、炮台,取名为"保城寨",与县城东北两门形成犄角。

清光绪二十四年(1898年),垫江知县谢必铿为褒扬保城寨保城近40年无兵灾之功,于寨南门上书题刻"崇城保障"四字,留存至今。

从那时起,县内文人墨客就常在宝和寺聚首,吟诗作对。清代邑人李默有写下《春日偕友人登宝和寺》:"朋串偶相约,莺花到上方。幽篁留宿雨,古柏挂斜阳。无计逃尘界,同心谒梵王。老僧谈贝叶,风散落英香。"诗文描写了诗人与好友春日交友礼佛的悠然。

清代著名教育家、文学家李惺也在此作诗《同误生兄虎山晚眺读书宝和寺》:"萧寺西头石一卷,两人斜坐夕阳边。平桥晚涨双溪水,绕郭晴飞万灶烟……"该诗描写了两位亲友坐在宝和寺看夕阳的美好景象,同时表达了诗人求知若渴、希望大展才能的愿望。

如今的保城寨,已被改建为垫江县崇城小学的一部分,宝和寺已经消失在岁月的烟云中。开学在即,校园里又将传出诵读古诗的童声。古老的城墙颓圮沧桑,一株株嫩绿的枝芽却从城墙缝隙中伸出,就仿佛垫江悠久的历史文脉,不断融入下一代人的血液中,成为滋养后世的精神家园。

(杨晨)

垫江古诗选萃

过垫江
〔宋〕范成大

百日蓝舆困铜轮，三辰泥板兀跻攀。
晚晴幸自垫江县，今雨奈何巾子山。
树色于人殊漠漠，云容怜我稍斑斑。
如今只忆雪溪句，乘兴而来尽兴还。

入蜀垫江道间二首（其一）
〔宋〕李曾伯

驿路交游熟，江山契分生。
故人梅扑面，薄幸柳忘情。
马跃霜桥步，鸡啼月店声。
豹狼俱敛迹，应避使车行。

桂溪四时
竹枝词十六首（其三）
〔清〕程伯銮

竹屋烟村接几家，到门流水认双叉。
雨中昨夜闻阳雀，开遍西山梨树花。

云阳篇

张飞庙全景（谢智强　摄）

峡里云安县　江楼翼瓦齐

"峡里云安县，江楼翼瓦齐……"这是唐代诗圣杜甫在永泰元年（765年）客居云阳时所作的诗歌《子规》。

"云安，指的就是云阳。"站在云阳县滨江路上，云阳学者胡亚星有些自豪，这两句诗写的正是杜甫初到云阳时的印象：地处长江三峡交通要道，县城依江而建，温婉动人。

事实上，云阳早在东周时就置县朐，张飞庙更是让这里名声大振。

在云阳这片土地上，曾聚集多少文人骚客吟诗作赋？这些诗歌背后又有哪些故事？

为抢救发掘本土文化遗产，云阳县政协于2002年组织专家，在广泛搜集历代名人云阳留题诗稿的基础上，选录了清末民初以前的200余首古诗编印成册，出版了《历代名人云阳留题诗选》。近日，记者来到云阳，试图从这些名人雅士的传世佳句中，品味其厚重的历史文化。

杜甫为云阳写下第一首诗

据《郡县释名》记载，"以地两山夹江，四时多云，而邑当山水之阳，故名云阳"。

"从中不难看出，古时的云阳云雾翻腾，风景迷人；县城位于长江北岸，谓之阳，交通便利。"在胡亚星看来，这正是杜甫、苏轼、苏辙、黄庭坚等大家云集云阳的原因。

那么，谁为云阳写下第一首诗？

"我认为是杜甫。"说这话的正是云阳县文联副主席张锋。

据张锋考证，在《民国志》诗集中，第一首诗便是杜甫的《拔闷》："闻道云安曲米春，才倾一盏即醺人。乘舟取醉非难事，下峡消愁定几巡……"寥寥几句表达出杜甫心中的惆怅，虽贫病交加，但忧国忧民之心不减。

云阳篇

杜甫，字子美，被称为诗圣，其诗歌创作达到了古典诗歌现实主义的巅峰。

杜甫为何会来到云阳？

张锋介绍，唐永泰元年（765年）秋，蜀中大乱，人事更迭，仍想回京为事的杜甫自忠州（今忠县）携家属乘船东下，因严重肺痨疾病复发滞留云阳，客居于县令严君在城东的水阁养病，这一待就是大半年，留下了诗作30多首。《拔闷》就是他在此写下的第一首诗歌。

杜甫之前有没有文人墨客为云阳作诗？

"应该有，但相关史志资料却因社会动荡而散佚。"张锋说，唐代以后，云阳诗歌进入蓬勃发展时期，且被完整地保留下来。究其原因，一方面是因为云阳进一步繁荣，社会安定；另一方面是明清以来皆有古诗撰辑，如《杜甫留居云阳诗》《历代名人云阳留题诗选》等，极大地丰富了云阳的文化内涵。

张飞庙与杜甫有不解之缘

说到云阳，就离不开一座庙，那就是张飞庙。

站在张飞庙前，首先映入记者眼帘的是苍劲有力的四个大字——江上风清。整座庙宇依山取势，层层叠起，在晨曦的辉映下显得幽深和肃穆。

张飞庙，又名张桓侯庙，始建于蜀汉末年，是为了纪念三国时期的蜀汉猛将张飞而修建的一座祠庙，据说距今已有1700多年历史。

相传三国时期，住在云阳县铜锣渡口边的一位老渔翁做了一个奇怪的梦：一个满身是血的将军自称是蜀国大将张飞，被部将范疆、张达在阆中所杀，二人割其头颅投奔东吴，途中听闻吴蜀讲和，他们便将其头颅抛入长江中。这位将军拜托老翁将自己的头颅打捞上来。

渔翁梦醒后到长江边撒了一网，果然捞起了张飞的头颅。后来，老百姓就在捞起张飞头颅的地方修建了张飞庙。

"这是张飞身葬阆中、头葬云阳的民间传说。"张锋说，张飞庙究竟建于何时，为何建在云阳，却找不到史志记载。

张飞庙素有"巴蜀一胜景,文藻一胜地"的美誉,吸引了无数文人骚客来此吟咏。

看着古木苍苍的张飞庙,明代进士陈文烛赞叹道:"云安县有桓侯庙,古木悬崖共暮烟。"

并生出几分感慨:"传说头颅曾此葬,可知肝胆更谁怜。"

清代大学士张鹏翮在游览时抒怀:"先生正气足千秋,江山祠堂剑佩留。"

在张飞庙中,还有一座杜鹃亭,它以24根朱红圆柱为支撑,古朴苍劲,是为纪念杜甫而修建。

杜甫与张飞庙有何渊源?

"杜甫客居云阳时居住的水阁正是位于张飞庙旁。"胡亚星说,在这里,杜甫写下《杜鹃》:

"西川有杜鹃,东川无杜鹃。涪万无杜鹃,云安有杜鹃……"

相传杜鹃为古蜀王杜宇的化身,杜甫在云阳有感于藩镇不臣、拥兵自重的现实,以杜鹃设喻,悲愤地写下了这首诗。

为了纪念他,在唐末宋初时,云阳民众在城南三十步子规石旁修建了一座杜鹃亭。到了清代,杜鹃亭迁入张飞庙。

张飞庙是三峡旅游线上的主要景点之一。2003年,因三峡库区建设,张飞庙整体搬迁至与新县城隔江相望的盘石镇。目前,张飞庙正在建设民俗风情街,按照"消费+记忆"的模式,将打造集游玩、购物、餐饮、休闲、娱乐于一体的景点,提升张飞庙的文化氛围和商业价值。

苏轼曾为下岩寺留题

翻阅《历代名人云阳留题诗选》等书籍,不难发现,古代文人们描写下岩寺的诗作是最多的。

作为一座寺庙,原位于云阳双江镇唐坊村长江边的下岩寺究竟有啥独特的魅力?

"其独特之处就在于它位于一个天然的岩穴内。"张锋说。唐代,定州(今河北)无极县人刘道禅师云游至岩穴内,恋其景异而长住不去。刘道禅师于崖壁凿石龛，大规模开岩造像，建起了下岩寺。后来，下岩寺逐渐演变成长江沿岸著名的文荟禅院，王维、苏轼、苏辙、黄庭坚等大家都慕名前往。

据史料记载，唐代著名诗人王维曾途经此地，见下岩寺风景幽奇，石色苍翠，瀑泻如珠，忍不住赋诗咏赞："山中燕子龛，路剧羊肠恶。裂地竞盘屈，插天多峭崿。瀑泉吼而喷，怪石看欲落……"

宋英宗治平四年（1067年）元月，苏轼、苏辙兄弟与黄庭坚于此不期而遇，苏轼游兴大增，提笔写下《下岩留题》："子瞻、子由与侃师至此，院僧以路恶见止。不知仆之所历，有百倍于此者矣。"

黄庭坚也被下岩寺的风景所迷醉，感叹道："空岩静发钟磬响，古木倒挂藤萝昏。"诗句的意思是：下岩寺古树繁茂、青藤盘绕，宛如仙境一般。

连陆游途经云阳也情不自禁赋诗道："一匹宁无好东绢，凭谁画此碧玲珑？"在他看来，谁也画不出下岩寺的玲珑美景。

正因如此，下岩寺也成为明清时期的"云阳八景"之一——"云岩水帘"。清代熊宇栋在《云岩水帘》中，这样描写下岩寺美景："峭壁欲摩天，尺雪直挂颠。冷筛千嶂月，寒喷一溪烟……"

2008年，下岩寺因三峡工程蓄水没入江底。2010年，云阳县在龙脊岭公园内重建下岩寺。如今的下岩寺掩映在苍松翠柏之间，浓郁的庙堂气息扑面而来，山门殿居中耸立，钟楼、鼓楼雄峙两侧，一派庄严肃穆的景象，让人仿佛能看到过往的繁华。

媲美白鹤梁的龙脊石引众多文人刻诗于石

> **龙脊夜涛**
> 〔清〕李应发
>
> 巨石横江上,
> 夜夜起涛声。
> 问汝恨何中,
> 终古不能平?

提到重庆的古代水文遗产,很多人的第一反应就是白鹤梁。

可你知道吗?在云阳,也有一块神秘的石头,其水文价值与白鹤梁不相上下,文学价值甚至超过白鹤梁。

那就是龙脊石,它背后有着怎样的故事?

形如游龙成就"云阳八景"之一

老一辈的云阳人都知道云阳有八景,八景之一就是"龙脊夜涛"。

"龙脊指的就是龙脊石。"云阳学者张曙光说,龙脊石其实是位于云阳老县城南长江中的一处砂岩石梁,随着江水的涨落,它就像一条巨龙在江水中蜿蜒游动,时隐时露,于是人们把它叫作龙脊石。

关于龙脊石的来历,民间有一个传说:古时候有一条龙违犯了龙宫的规矩被罚下人间,但它依旧恶心不改,玉皇大帝就派大禹用金斧子惩罚它。巨龙不服气,把江水搅得上下翻腾,洪水泛滥成灾。于是大禹就用一颗神针钉住了巨龙,这才风平浪静了,巨龙也化成一处石梁。

既是一处石梁,为何会入选"云阳八景"?

"这便是大自然的神奇。"张曙光说,清代大诗人李应发在夜游龙脊石

云阳篇

后,惊叹万分:

"巨石横江山,夜夜起涛声。"意思是说,龙脊石像巨龙卧于江中,到了夜深人静之时,浪拍礁石,发出撼人心魄的长吟。

"可以想象,在月色皎洁之夜,江波翻腾闪烁,江涛呼啸长吟,情景奇特,古人称之为'龙脊夜涛'。"云阳县文联副主席张锋也有感而发。

在明代关于"云阳八景"的题咏中,举人杨世望这样赞叹"龙脊夜涛":"凤山山下有龙川,滚滚江声接浪颠。听彻夜声雷鼓壮,却疑身化禹门边。"

| 引众多文人学士刻诗于石 |

据《蜀中名胜记》记载,"江中又有龙脊滩,形如游龙。岁人日(农历正月初七),邑人游于上,以鸡子卜岁丰凶"。

这说明唐代以前云阳便形成了农历正月初七游龙脊石的风俗。每逢这天,云阳人便纷纷登上龙脊石,唱戏说书,饮酒赋诗,或用公鸡占卜岁月的丰吉。

比如宋人杨济就形容道:"洞庭老龙时出没,万斛舟航俱辟易。此龙脊背已铁石,肯逐时好作人日。"

▲ 云阳县三峡文物园里原样复制的龙脊石(谢智强 摄)

明人杨鸾也赋诗道："人云龙脊景,登临始见之。浪涌平羌水,港连飞凤肢。"

在吟诗作赋之余,有些文人学士还挥毫泼墨,刻诗于石,至今龙脊石还存有北宋元祐三年(1088年)以来的历代石刻170余处,其形状大字如床,小字如粟,篆隶楷草,颜柳欧苏,异彩纷呈,堪称书法艺术家宝库和古诗长廊,被誉为"水下碑林"。

更难得的是,龙脊石题刻也是世界上著名的实测枯水位记录。"龙脊石由于常年没于水下,保存完好,石上留下的水文题刻,反映了长江各时代的水文变化。"云阳县文管所所长温小华说,通过深入研究,他们获取了53个枯水水文年份的历史资料。

龙脊石今何在

当记者一行站在长江边上,极目远眺,却看不到任何龙脊石的踪迹。

"当然看不到了,2003年,因三峡库区蓄水,龙脊石被永久地淹没在了水底。"温小华说,但在蓄水前最后一次枯水季节里,龙脊石"善解人意"地冒出水面约4米高,石刻全部现身。

得知这一消息,很多市民纷纷乘舟登上龙脊石,依依惜别。文物工作者则抓紧拓片,留下珍贵的墨宝。

虽然龙脊石被淹没,但三峡文物园按照1∶1的比例,原样复制了龙脊石。

在位于云阳新县城磨盘寨的三峡文物园里,记者看到,即使是在艳阳高照的8月,这里依然人流如织,他们一边观赏着复制的龙脊石景观,一边惊叹于水下碑林的壮观,"龙脊夜涛"中的长吟仿佛就在耳边回响。

(李珩)

云阳古诗选萃

杜 鹃

〔唐〕杜甫

西川有杜鹃，东川无杜鹃。
涪万无杜鹃，云安有杜鹃。
我昔游锦城，结庐锦水边。
有竹一顷余，乔木上参天。
杜鹃暮春至，哀哀叫其间。
我见常再拜，重是古帝魂。
生子百鸟巢，百鸟不敢嗔。
仍为喂其子，礼若奉至尊。
鸿雁及羔羊，有礼太古前。
行飞与跪乳，识序如知恩。
圣贤古法则，付与后世传。
君看禽鸟情，犹解事杜鹃。
今忽暮春间，值我病经年。
身病不能拜，泪下如迸泉。

忆 昔

〔宋〕陆游

忆昔浮江发剑南，夕阴船尾每相衔。
楠阴暗处寻高寿，荔枝红时宿下岩。
峡江烹猪赛龙庙，沙头伐鼓挂风帆。
区区陈迹何由记？惟有征尘尚满衫。

万州篇

太白岩上众多的摩崖石刻（崔力 摄）

万州篇

路入巴东何处好　万州郭外最清奇

"惊回晓梦不成眠，起看江行欲曙天。水气岚光分不出，鸟声啼破万峰烟。"

古时万州是啥样？清代诗人百保曾在诗歌《万县晓起》中描述了其破晓时的美景——山间雾气经日光照射发出的光彩与水汽混合，鸟儿的声音冲破烟雾缭绕的重山。

万州历史悠久，东汉建安二十一年（216年），刘备分朐䏰（古代县名）地置羊渠县，为万州建县之始；唐代武德二年（619年）置南浦郡，武德八年（625年）改南浦郡为浦州；贞观八年（634年）改浦州为万州。

万州上束巴蜀，下扼夔巫，是长江三峡文明大通道的重要坐标。因为得天独厚的地理优势，历代名流雅士流连忘返。李白、杜甫、白居易、苏轼、黄庭坚、陆游等都来过万州。在他们的笔下，古万州的美丽风光、风土人情被定格在诗歌中，让人回味无穷。

古诗中的万州蛮荒却绝美

据史料记载，万州有诗传世始于唐代初年。以此为起点，到辛亥革命前夕，来此寄情抒怀的诗人络绎不绝，其中不乏大量名家。在这长达1000多年的时间里，是谁为万州写下第一首诗呢？

"目前我们找到的关于万州最早的诗，出自唐代大诗人陈子昂。"万州区委宣传部常务副部长陈志告诉记者，在2013年出版的《历代诗词咏万州》中，收录了280位诗人的1052首诗篇，其中民国以前的诗有200多首。而由陈子昂所写的《万州晓发放舟乘涨还寄蜀中亲朋》作为写万州的第一首诗，放在了书的开篇。

"空蒙岩雨霁，烂熳晓云归。啸旅乘明发，奔桡骛断矶……"在这首诗中，陈子昂用浪漫的笔触"画"下了一幅万州晨间美景的素描，诗中的"远

岸"与"孤烟"犹在眼前。

对万州山水感兴趣的不只陈子昂一人。记者发现,在《历代诗词咏万州》中,大多都是山水诗。

宋代诗人范成大在五言诗《万州》中,用"穷乡固瘠薄,营营谋食艰,寂寂怀砖诉"等诗句详尽描述了万州的穷瘠;诗圣杜甫也在《放船》中形容万州"荒林无径入,独鸟怪人看"。

"古时,与中原城市相比,万州属于蛮荒之地,难免不让诗人们发出这样的感叹。"陈志说。

然而,比起穷苦,让诗人们印象更深的,是万州的美景。比如,清代诗人李调元就在《万县杂诗》中发出"路入巴东何处好,万州郭外最清奇"的感叹;苏轼用"飞檐如剑寺,古柏似仙都",描写出万州木枥观的美景;对于万州著名的景点天生桥,明代诗人张佳胤留下了"青溪百丈断青山,天造虹梁锁碧湾"的诗句。

黄庭坚无缘岑公洞留诗写遗憾

1101年2月的一个夜晚,一位诗人坐着轿子,准备与友人向着万州岑公洞出发。谁料夜雨连绵,道路泥泞,他只好作罢,并在遗憾中赋诗以记。

这位诗人正是北宋大文学家、书法家黄庭坚,随行友人是当时的万州太守高仲本。

在古代,位于万州翠屏山麓的岑公洞,几乎是诗人们来到万州后一处"非去不可"的景点——在万州山水诗中,关于岑公洞的诗歌几乎占了一大半。陆游称这里:"乳石床平可坐卧,水作珠帘月作钩。"冯时行赞叹这里:"暂来如可老,长住不难仙。"唯有黄庭坚,留下一份遗憾。

黄庭坚所写的诗歌名为《万州太守高仲本宿约游岑公洞而夜雨连明戏作二首》。在诗中,他讲述了自己本与好友高仲本约好游岑公洞,但因下雨而未成行的境况:"肩舆欲到岑公洞,正怯冲泥傍险行。应是岑公闭清境,春江一夜雨连明。"他还在诗中感叹:"今日岑公不能饮,吾侪强健可频频。"意思是,今天岑公虽不能饮酒,但拥有强健身体的我们,却大可趁此雨夜畅饮。

万州篇

　　岑公究竟是谁？据《蜀中名胜记》载："岑公名道愿，本江陵人，隋末避地隐此岩下，百余岁，肌肤若冰雪。积二十年，尸解去。"万州区博物馆副馆长颜泽林介绍，岑公被当地百姓看作"仙人"，他居住过的石洞被称为"岑公洞"。因为风景幽美且有仙人传说，这里成为历代文人骚客的重点吟诵对象。三峡蓄水后，岑公洞已被淹没在水中。

　　那么，黄庭坚是在怎样的情况下来到万州的呢？这就不得不提到他在万州留下的传世名作——散文《西山题记》了。

　　"庭坚蒙恩东归，道出南浦。"《西山题记》在开篇就道出其来万州的背景：被贬的黄庭坚奉诏复官，途经万州。诗中的"南浦"正是现在的万州。

　　万州本土学者郑永松介绍，未能游成岑公洞的黄庭坚，不久后写下了《西山题记》。

　　在《西山题记》中，黄庭坚发出"凡夔州一道，东望巫峡，西尽郁郛，林泉之盛，莫与南浦争长者也"的感叹。文章被人刻在石壁上，名曰"西山碑"。

▲ 坐落在繁华市区的西山碑碑亭（崔力　摄）

如今的西山碑已成为市级文保,安然"栖息"在万州区高笋塘广场的一座六角亭内。记者看到,西山碑高1米左右,共21行,笔意老辣,神韵绝俗。全碑共173字,是巴蜀现存黄庭坚题刻中篇幅最长、字数最多的一件。

李白是否到过万州太白岩

在万州,一提到诗仙李白,人们的第一反应就是当地古迹太白岩。太白岩也正是黄庭坚所写的西山,也叫西岩。

那么,李白和太白岩究竟有什么关系?他在这里又留下怎样的诗篇?

为了寻找答案,记者与当地学者来到位于万州城北的太白岩。

这处山岩峭壁陡崖,林木茂密。虽然一路上有防护栏作为保护,但踩在险峻而陡峭的石梯上,心中仍有一丝胆怯。

"李白啊,曾在这山里饮酒下棋,住了很久哦。"听说我们为李白而来,住在附近的居民、60多岁的李凤娇打开了话匣子,"据说,有天晚上,李白在喝酒的时候,飞来一只五彩金凤,李白喝完酒后仰天大笑,跨上金凤飘然而去……"

"正是因为这段传说,西岩被后人称为'太白岩'。"万州本土学者杨华耕介绍,为此,有人还写下了"谪仙醉乘金凤去,大醉西岩一局棋"的诗句。至于这诗句的作者是谁,却不可考。

除了"醉乘金凤"外,当地还流传着李白在此读书的传说。然而,李白是否真的来过西山?

杨华耕介绍,自东晋至民国,历代文人多到太白岩刻石题字,太白岩现存摩崖石刻50余处,但其中并没有李白的诗文。李白在万州留下的两首诗《春于南浦与诸公送陈郎将归衡岳并序》《赋得白鹭鸶送宋少府入三峡》,也没有提到西岩。

不过,这个疑问在其他诗人的诗句中却似乎有端倪可寻,比如曾到过万州的唐代诗人郑谷就在《蜀中三首》中写下"云藏李白读书山"的诗句;唐代著名女诗人薛涛也在万州写下七绝《西岩》:"凭栏却忆骑鲸客,把酒临风手自招。细雨声中停去马,夕阳影里乱鸣蜩。"其中的"骑鲸客"指的正是李白。

"来万州时,薛涛特意到西山追忆李白。"杨华耕说,在《西岩》中薛涛详细描述了来西山的情景——凭栏凝西岩,诗人仿佛看见李白把酒临风不断地招手。于是在沥沥细雨中,她拴住马匹徒步登山,眼前的西岩在夕阳的辉映与蝉鸣声中好像仙景一般。

虽然史料上没有关于李白来西山的确切记载,但李白却早已走进万州人的生活。如今,大年初一到太白岩望远,已成为万州人的习俗;万州仍然保留着两条与李白有关的街道:"太白路"与"诗仙路";此外,太白岩山顶公园规划也于近日出炉,公园设计以观山水、品诗画为主要内容,园内还将打造观景平台、诗仙广场等32个景点。

"现在的万州城市变化虽然很大,但古诗词却仍在万州人心中留下不灭的印记。"陈志说。

八个变形字与"错别字"组成一首诗
太白岩上藏着千古诗谜

万州太白岩上,有自东晋至民国的50余处摩崖石刻,包括历代文人的大量诗作。这些崖壁上的诗或写景或抒情,唯独有一首诗让人完全摸不着头脑,甚至连读都读不通——这首诗只有八个字,它们不是变形字就是"错别字",而字与字之间看似没有任何关系。

400多年来,无数人对它揣测猜想,试图寻找最合理的解释。它,就是太白岩上的"诗谜碑"。

| 石碑上的奇怪汉字 |

爬上太白岩中段，在李白雕像背后的石龛前，人们往往会停下脚步。石龛右侧，放置着一个不起眼的方形石碑。石碑长约2米，宽约1米，上面横排两列，歪歪斜斜地刻着8个字。

让人费解的是，这8个字看起来无法连成词句，且字体大小不一。其中，"竹""岩""夜""有"四个字已严重变形，比如"夜"字被上下拉长，而"岩"字则是整个字往右转了90度。剩下的四个字则每个字都少了些笔画，像是错别字。

"千万别小看这8个字，每个字都暗藏玄机。"指着石碑，万州区博物馆副馆长颜泽林笑着说。

这8个看上去毫不相干的字真的就是一首诗吗？

中国社会科学院文学研究所研究员邓绍基曾到过太白岩，他认为，这块石碑实际上就是"神智体"诗碑。

何为"神智体"？这是一种近乎谜语的诗体，因为能启人神智，故称"神

▲ 诗谜碑。（崔力 摄）

智体"。"神智体"的主要特征正是字形的变化，靠字形大小、粗细、缺笔、颠倒等"以形见义"。

"神智体"相传为苏轼首作，其诗名为《晚眺诗》。诗中首句只有"亭""景""画"三字。其中，"亭"字细长，意为"长亭"；"景"字短小，意为"短景"；"画"字里缺少两笔意为"无人画"，这三个字连起来的意思正是诗歌的首句："长亭短景无人画。"

对"诗谜碑"的解释莫衷一是

那么，太白岩上的"诗谜碑"到底是写的一首什么诗呢？

颜泽林说，石碑的落款为"嘉靖癸亥孟秋之吉"，证明这是明代嘉靖年间留下的石碑。400多年来，无人能准确破译。不过，在万州流传得最广的说法是，这是一首五言绝句，全诗为：小竹栽横岩，空亭门半开。夜长无一事，偏有一人来。

这种猜测从何而来？

颜泽林介绍，石碑上的字从右到左，上下两字含有一句诗。比如右边第一个字"竹"字写得很小，意思是"小竹"，"岩"字横着写，意思是"横岩"。这两个字构成诗的第一句："小竹栽横岩"。接下来的"亭"字，缺了两画，意思为"空亭"，"门"字缺了半边，意思是"门半开"。这又构成诗的第二句："空亭门半开。"

记者查阅相关资料，发现对"诗谜碑"的破解莫衷一是，比如，邓绍基就认为，诗的首句不是"小竹栽横岩"而是"小竹横岩上"，也有民间学者认为，这句诗是"小竹横岩外"。

"其实，'诗谜碑'并没有一种标准的解释。"颜泽林说，诗的作者是谁？是谁刻于石碑之上？写的究竟是什么？没人能说得清楚。"但启迪人的智慧，让后人在猜测的乐趣中找到与古诗的连接点，这也许正是'诗谜碑'的魅力所在。"

(夏婧)

万州古诗选萃

赋得白鹭鸶送宋少府入三峡
〔唐〕李白

白鹭拳一足,月明秋水寒。
人惊远飞去,直向使君滩。

寄题杨万州四望楼
〔唐〕白居易

江上新楼名四望,东西南北水茫茫。
无由得与君携手,同凭栏杆一望乡。

过木枥观
〔宋〕苏轼

石壁高千尺,微踪远欲无。
飞檐如剑寺,古柏似仙都。
许子尝高遁,行舟悔不迂。
斩蛟闻猛烈,提剑想崎岖。
寂寞棺犹在,修崇世已愚。
隐居人不识,化去俗争吁。
洞府烟霞远,人间早发枯。
飘飘乘倒影,谁复顾遗躯。

万县杂诗二首(其一)
〔清〕李鼎元

路入巴东何处好,万州郭外最清奇。
南山云接北山雨,正是寒江欲暮时。

梁平篇

梁平双桂堂 魏中元 摄

凉露无声湿桂树　古洞清幽百尺宽

自西魏废帝二年（553年）置县以来，作为渝东北门户的梁平（古称梁山）已拥有1400多年的历史。1952年，取"高梁山下有一平坝"之意，梁山更名为梁平。

第一个为梁平写诗的诗人是谁？又有多少文人骚客在此驻足？日前，记者前往该地探寻。

宋代才有第一首诗？

北宋仁宗年间，一位士子因故被派往当时尚不发达的梁山军（宋朝行政区划名称，指现在的梁平区）担任县丞。离开京城之际，一位好友前来相送，酒过三巡，看着郁闷的士子，这位好友叫随从取来笔墨，挥笔写下一首诗："苍壁束江流，孤军水上头。蛟龙惊鼓角，云雾裹衣裘。午市巴姑集，危滩楚客愁。使君才笔健，当似白忠州。"希望他能在西南地区做出一番事业。

"这位士子就是曾在北宋年间担任过梁山秘丞的徐章，写诗鼓励他的友人是北宋著名诗人梅尧臣。"梁平区文化遗产保护中心主任杨贤毅介绍，由于梁平在古时被称为梁山，故这首《送徐君章秘丞知梁山军》是现有文献记载中，最早提到梁平的诗歌。

作为川东咽喉的梁平，为何在宋代才有第一首诗？难道之前就没有诗人留下关于梁平的只言片语？

"答案当然是否定的，早在商周时期，这里的古人就已经开始进行文学创作，白居易担任忠州司马时也曾在梁平小住过一段时间。"杨贤毅介绍，不过由于长时期的战乱，这些诗歌大多已经失传。

"从现在的统计情况来看，历代文化名人歌颂梁平的诗歌总数大约有1000余首。"杨贤毅说，除了部分诗歌创作于宋朝外，大部分诗歌都创作于明清时期。究其原因，除了当时的政局日益稳定，吸引大量文人骚客到此吟诗作赋外，也和那时梁平重视教育，在城内普设私塾，从而培育了以来知德为代表的大量本土文人密不可分。

纵观这些诗歌，我们不难发现，其内容大多以描写梁平的风景为主。其中，就包括梁山古八景之一的"福利钟文"。

梁平与四川大竹交界处，有一座山高耸入云，危峰兀立，状如狐狸，名曰"狐狸山"。明朝正德年间，都御史林俊来到梁山，认为这里土地沃腴，此山名不雅，改名"福利山"。山顶曾有明崇祯时修建的关帝庙，庙内铸有洪钟一口，声闻十里，所以成就了梁山古八景之一的"福利钟文"。

对"福利钟文"，清代刘浩诗吟："巍巍福利与天参，拾级登临万象涵。耸峙千峰凝瑞霭，高柱七斗映晴岚。"

大儒来知德诗作等身

1604年，一位老者在梁平过世。当这个消息传入京城，已经多日不上朝的明神宗朱翊钧遣退了左右，把自己关在了御书房……

几日后，一道旨意从御书房中传出：准许这位老者的后人建祠堂以纪念，同时御赐"崛起真儒"匾额，以褒其贤……

"这位老者就是从梁平走出的一代大儒来知德，他能获得这么高的评价，与他在易学方面取得的成就密不可分。"杨贤毅说。

作为一名地道的梁平人，来知德自穆宗隆庆四年（1570年）起，就把主要精力用于研究《周易》，终在神宗万历二十七年（1599年），完成《易经集注》一书。因该书对《易经》的解说令人耳目一新，来知德很快闻名于世，被后世尊为"一代大儒"。

"后人皆知来知德是一代大儒，但人们不知道的是，来知德还是一位诗人，他创作了很多诗歌，为我们研究梁平的风土人情以及他潜心研究易学之时的种种想法提供了丰富的资料。"杨贤毅说。

"《来瞿唐先生日录·外篇》收录了来知德诗歌510多首，这些诗文除了歌颂、企盼国家推行仁政外，更多的是以他游历的山水为媒，表现其格去物欲的快乐和忠孝仁义的思想。"杨贤毅说，例如在《醉卧》一诗中，他就用

"竹林顶上覆棕蓑，一枕虚无梦不多"，抒发了追求自我的精神；在《舟入求溪》一诗中，他用"从来爱咏休文月，辞去应凭宋玉风"，展现了自己在注解《周易》时的所思所想。

来知德去世后，到其墓地拜谒的文人骚客数不胜数。

明代诗人瞿鳌在《来征君墓》中用"金马待诏荣，辞之何足惜"，表达对来之德辞官做学的肯定；另一位明代诗人袁凤孙则在《拜谒来征君墓》中，用"我来歌仰止，再拜设芳荪"，表达了对来知德的崇敬之意。

那么，现在的梁平还保存有多少来知德的遗存呢？记者随专家来到位于梁平工业园区的来知德墓园时，却只看到一块纪念碑，史书上记载其墓前树立的、刻有"聘君仁里"四个钦命大字的石牌坊等物却不见踪影。

"过去几百年来，来知德在梁平曾留下数处遗存，不过遗憾的是，它们和来知德墓一起，都已因故被毁，杳无踪迹。"杨贤毅说。

"这样的状况正在得到改善。"杨贤毅说，梁平区委、区政府准备充分利用文化资源优势，打造"知德故里"文化名片。梁平已将位于高速公路旁的啄子岩公园更名为"知德公园"，并计划在其中修建釜山书院（原型为来知德曾经授课的釜山堂）、"知德故里"牌坊等，让"知德故里"成为醒目的城市名片。来知德墓也将进行相应的复建，以期让更多游人感受一代大儒的风采。

诗意萦绕双桂堂

写梁平，绕不过双桂堂。

相传1661年的一天晚上，梁山（现梁平）金带镇万竹山的居民大多已进入了梦乡。忽然，万竹山上霞光大作，钟鼓齐鸣，从梦中惊醒的居民闻声而至，只见一位中年男子正端坐参禅，他的背后，两株桂树已落地生根，清香四溢……

"寺起双株桂，楼藏万卷经。这位男子就是破山，他所在的地方就是现在的双桂堂。"300多年后，站在双桂堂前，梁平佛教协会秘书长周克观一边吟诵起清代诗人符永培所写的《游双桂堂》，一边给记者说起了关于双桂堂的民间传说。

那么，有着"渝川滇黔禅宗祖庭"之称的双桂堂究竟因何得名呢？

"双桂堂的得名的确是因为其内部有两棵桂树，但这桂树却非天上之物，而是这里的原主人所栽。"周克观说，1653年，从浙江学成归来的破山决定在梁平建庙，几度纠结，终于选中了位于万竹山的一个荒废庄园。

"由于战乱，庄园的主人早已迁走，但房前有小溪环绕，房后又有桂树两株，香气袭人。"周克观说，破山十分满意，并在此兴建佛寺，寺庙建成后，被破山命名为"双桂堂"。

双桂堂建成之后，破山也在此创作了大量诗歌。在《双桂堂开堂吟》一诗中，他用"今年双桂开堂，个个脚忙手忙。山上工头喊号，堂前执事敲梆"的诗句，记录了修建双桂堂之时，僧人们忙碌的景象。而在另一首诗歌《双桂堂偶成》中，破山用"叫笑不知参有路，狂歌翻信学无门"，记录了自己在双桂堂内，参透佛理之时的喜悦之情。

"由于破山当时就是西南地区颇有名气的高僧，双桂堂建成之后，吸引了大量文人骚客来此吟诗。"周克观说，纵观这些诗歌的内容，我们不难发现，诗人们除了记录自己游历双桂堂的感受外，更多的是表达对破山和尚的崇敬之情。

"英雄胆略菩提心，岂止忠魂得安厝……追维往事重徘徊，凉露无声湿桂树。"清代诗人邱鏊游历双桂堂后所写的《双桂禅院》一诗，对破山和尚阻止杀戮的行为进行了高度评价；曾于乾隆年间担任四川学政的吴省钦，在《寄题双桂堂》中，用"海藏来天上，招提万古名"，表达了对破山的崇敬之情。

如今的双桂堂自2011年被评为国家AAAA级景区以来，可谓是游客来梁平旅游的首选之地。据悉，下一步，梁平区将以这里为核心，打造"双桂堂国家农禅公园"，让游客体会我国传统文化的博大精深。

陆游成就蟠龙洞　引文人墨客偏爱

　　1172年，梁平万梁古道上迎来了一位中年人。

　　他骑着毛驴，悠闲地走在万梁古道上。行至山腰，他忽然听到一阵巨大的水声，举目四望，只见附近的山中，一道瀑布飞流直下，声如奔雷，珠玑四溅。

　　见此情景，这位中年人从毛驴上一跃而下，拿出随身携带的纸笔，挥笔写下："远望纷珠缨，近观转雷霆。人言水出奇，意使行人惊……古来贤达士，初亦愿躬耕。意气或感激，邂逅成功名。"

　　这位中年人就是南宋著名诗人陆游，他所看到的瀑布就是闻名遐迩的崖泉瀑布。

　　众所周知，作为著名爱国诗人，陆游的行踪大多集中在江南地区，是什么原因让他与梁平结缘呢？

　　"这和他人生中唯一一次亲临抗金前线、力图实现爱国之志的军事实践有关。"梁平区文化遗产保护中心主任杨贤毅说，当年陆游应时任四川宣抚使王

▲ 蟠龙古洞（魏中元　摄）

炎之邀，到川陕边境的抗金前线——南郑（今汉中一带）担任王炎的幕僚，途中被梁平优美景色吸引，故写下此诗。

随后，记者一行来到与崖泉瀑布相邻的蟠龙洞。蟠龙洞，中国四大蟠龙古洞之一，梁山古八景之一，三峡陆路入川的古驿道从这里穿过。

杨贤毅指着洞前的两棵银杏树告诉记者，在梁平，民间还流传着"陆游三访蟠龙洞"的传说：陆游路过梁平之时，受邀为即将完工的蟠龙桥撰写对联，家住蟠龙洞的一位村姑看出对联中的纰漏。陆游得知此事后，三度来到蟠龙洞，终于见到了这位姑娘，并在她的指点下完善了对联。为表感谢，陆游在临别时留下两颗银杏种子。此后，那里就多了两棵挺拔的银杏树。

陆游之后，蟠龙洞和崖泉瀑布成为后世文人墨客偏爱的景点。

明代诗人张鲲就在《蟠龙洞》一诗中，用"六月正炎热，当来卧紫氛"，描写了蟠龙洞冬暖夏凉的情景；明朝时期，来梁平旅游的朝鲜诗人徐原本在《白兔亭看瀑布》一诗中，用寥寥数笔，描绘出瀑布的雄壮气势："飞泉直下碧云端，练影灯光次第看。"清代诗人吴承礼则用"濛茸深处有龙蟠，古洞清幽百尺宽"之句，描述了蟠龙古洞的清幽。

那么，现在的蟠龙洞和崖泉瀑布是怎样的景象呢？

记者采访当天的气温高达38℃，但当我们走进蟠龙洞时，却感觉凉风阵阵，暑气尽消。"蟠龙洞就是这样，冬暖夏凉，所以每年来此的游客络绎不绝。"古洞蟠龙景区工作人员介绍。

和蟠龙洞相比，记者却并未目睹崖泉瀑布的风采。"由于连日高温，导致水量减少，崖泉瀑布暂时'消失'了，不过只要下一场大雨，游人们就可感受明代诗人张珙所描写的'势腾万马军交驰，声震九天雷动威'的壮丽景象。"杨贤毅说。

记者了解到，为了更好地开发古洞蟠龙景区，梁平区在改善景区的交通设施上下了大功夫。蟠龙洞至蟠龙岔路口段公路将于近日开通，这条全长约6.6公里的道路开通后，将与318国道、古洞蟠龙景区和二环路相连，形成城区—蟠龙洞—二环路的旅游大通道，方便游客饱览蟠龙洞美景。

（黄琪奥）

梁平古诗选萃

醉 卧
〔明〕来知德

竹林顶上覆棕蓑，一枕虚无梦不多。
睡觉不知天早晚，数声牛笛下前坡。

登小碧山
〔明〕陈嘉谟

山衔野殿石屏孤，僧冷秋云一事无。
千里逢迎惊会面，十年羞涩愧非夫。
炉香茗碗如行役，雾树风泉入画图。
漫忆匡庐游走处，老来踪迹自江湖。

白兔亭看瀑布
〔明〕徐原本

飞泉直下碧云端，练影灯光次第看。
百道怒涛空石笋，千寻雪浪过松蟠。
冲开薜荔随流乱，挂出鲛绡带月寒。
溪壑将来非久托，倏归沧海作波澜。

游双桂堂
〔清〕符永培

高僧推世杰，名刹验山灵。
寺起双株桂，楼藏万卷经。
瞻碑钦笔法，认屦仰仪型。
何处神龛葬，翛然万竹青。

巫山篇

巫山云雨美丽景观（谢智强 摄）

曾经沧海难为水　心在巫山十二峰

　　巫山，地处三峡库区腹心，长江上、中游之交，扼守长江巫峡起端，毗邻湖北巴东，素有"万峰磅礴一江通，锁钥荆襄气势雄"的地貌特征和"渝东门户"之称。

　　在巫山龙骨坡发现的"巫山人"化石距今200多万年，是中国境内迄今发现最早的人类化石，为揭开人类起源之谜提供了珍贵的依据。

　　历史悠久的巫山，文化底蕴深厚，这里的先民创造了灿烂辉煌的古代文明，是巫文化的诞生地之一。

　　发源于此的巫山神女文化，已成为中华传统文化中一种独特象征和审美追求。千百年来，人们对爱和美的向往与追求，总是跟巫山神女紧密联系在一起。

　　古人云："行到巫山必有诗。"神奇的文化积淀，雄奇的巫峡，奇峰突兀、云腾雾绕的巫山十二峰，引来历代无数文人墨客的驻足和吟咏，留下了难以计数的锦绣华章。

　　据不完全统计，从先秦到清末，历代文人在巫山留下吟咏自然山水和人文景观的古诗近5000首。其中，唐宋两代是巫山古诗最繁盛的时期，李白、杜甫、刘禹锡、白居易、元稹、欧阳修、司马光、王安石、苏轼、黄庭坚等纷纷为巫山吟诵，可谓流光溢彩，蔚为大观。

　　此乃中华传统文化中的珍贵遗产，是巴渝文化的历史见证。

　　日前，记者一行来到巫山，怀着对先贤的感恩之心、对传统文化的礼敬之情，探寻古诗中的这块不凡之地。

古老中国最多情的一块石头

　　"巫峰十二郁苍苍，片石亭亭号女郎……何事神仙九天上，人世来就楚襄王。"（刘禹锡《巫山神女庙》）

提起巫山，人们的第一印象恐怕就是巫山神女了。

凡乘船游三峡的游客，到巫山县城东约15公里处，都会拥上甲板，争相观赏神女峰。只见巫峡北岸，一根巨石突兀于青峰云霞之中，云雾缭绕，若隐若现，宛若一个亭亭玉立的少女。

巫山神女峰，被人们称为"古老中国最多情的一块石头"。古往今来，不知多少诗人为之倾倒，为之咏叹，留下无以计数的诗篇，如同奔流不息的长江，千百年流淌不绝，神女文化已成为中国传统文化中一个独特符号。

巫山神女源于一个流传久远的古代神话故事。据《巫山县志》记载，"赤帝女瑶姬，未行而卒，葬于巫山之阳为神女"。说的就是，瑶姬下凡助大禹治水，之后化身为石，成了为百姓庄稼保丰收，为行船保平安的护佑之神。

真正让世人知道巫山神女之名，则源自战国时的辞赋大家宋玉写的《高唐赋》《神女赋》，"妾在巫山之阳，高丘之阻，旦为朝云，暮为行雨。朝朝暮暮，阳台之下"；"茂矣美矣，诸好备矣。盛矣丽矣，难测究矣。上古既无，世所未见，瑰姿玮态，不可胜赞"。宋玉运用铺陈排比、比喻、夸张等艺术手法，巧妙构思，成功地塑造了一位"美貌横生，晔兮如华，温乎如莹"，感情丰富细腻，令人倾倒爱慕的女神，奠定了巫山神女美神和爱神的文学地位。

从那时起，巫山神女"生活"在世上已有2000多年了。

其实，比宋玉更早写神女的是他的老师屈原。据考证，屈原的《山鬼》是现存最早描写神女的诗歌。

"若有人兮山之阿，被薜荔兮带女萝……"巫山文化研究会会长向承彦介绍，《山鬼》叙述的是一位多情的山鬼，在山中与心上人幽会，以及再次等待心上人而心上人未来的情绪，描绘了一个瑰丽而又离奇的女神形象。郭沫若等诸多专家考证，认为山鬼就是巫山神女。据此，也可以说《山鬼》是目前能够查证的关于巫山的第一首古诗。

神女应无恙　守望添新篇

自屈原、宋玉以后，历代文人墨客纷纷将"巫山神女""巫山云雨"引入诗，"巫山云雨"还成为不多的源自巴渝文化的成语典故。神女的形象也不断

被赋予新的内涵，从最初的男女欢合演变为美与忠贞爱情的象征，尤其是在唐宋诗歌中达到高峰。

这其中家喻户晓、广为传唱的当属唐代元稹为悼念妻子而作的《离思五首》之一："曾经沧海难为水，除却巫山不是云。取次花丛懒回顾，半缘修道半缘君。"这首诗的前两句，堪称是情诗中的金句。

类似描绘男女离别思念之情的诗歌还有很多。比如，李白的"一枝红艳露凝香，云雨巫山枉断肠"（《清平调·其二》），孟浩然的"今夜神仙女，应来感梦情"（《送桓子之郢成礼》），张九龄的"神女去已久，云雨空冥冥"（《巫山高》），王安石的"朝朝暮暮空云雨，不尽襄王万古愁"（《巫峡》）。

也有借用巫山云雨表现家国之痛的，如薛涛的"朝朝暮暮阳台下，为云为雨楚国亡"（《谒巫山庙》）；有歌颂巫山神女功德的，如苏轼的"飘萧驾风驭，弭节朝天关。倏忽巡四方，不知道里艰。古妆具法服，邃殿罗烟鬟。百神自奔走，杂沓来趋班"（《神女庙》），诗人有感于神女造福人间，建不世之功，发出了颂扬崇敬的咏叹。

▲ 巫山县神女峰（谢智强 摄）

神女应无恙，当惊世界殊。巫山县文化委员会主任宋传勇介绍，近年来，巫山利用深厚的文化历史资源，巧打"诗歌牌"，作为国家级贫困县的巫山，以旅游促进脱贫攻坚，以文化提升景区品质，而巫山特有的神女文化正是其中的核心内容。

神女庙已经复建完成并已对外开放。神女庙位于神女峰峰顶，由神女殿、朝云暮雨亭、神女伴月亭等组成。从山脚到山顶共有台阶3000多步，游客可近距离观赏神女峰景色，还可远眺长江、红叶美景。

唐乔知之曾在《巫山高》中这样描述巫山红叶："想像神女姿，摘芳共珍荐。楚云何逶迤，红树日葱蒨。"作为一个知名文化品牌，中国三峡巫山国际红叶节已成功举办了十届，每年吸引上千万游客前往。今年，巫山县还将举办第三届"巫山神女杯"艺术电影周。宋传勇表示，神女、云雨、红叶，都是爱的标识，要把这些资源聚合于巫山，打造中国恋城。

不仅如此，巫山还依据巫山云雨的创意，建成"朝云""暮雨""文峰""高唐"4个公园；在滨江路文化雕塑一条街上，树立着21尊历史文化名人雕塑。

一项文化大工程也正在实施——巫山投资近200万元，将历代诗文结集出版，取名《巫山诗文》，总共18册，预计在1000万字以上，目前已出版12册。

一块石头，一个象征，一种文化，在长江边伫立千年，成就了巫山这座小城，述说着千百年来人们对爱和美的向往。

《巫山高》：以巫山命名的古诗体

在古代文学诗体中还诞生了一种以巫山命名的诗体——《巫山高》。

"来源于铙歌军乐的《巫山高》，原是汉代的乐府诗歌。"巫山文化研究会会长向承彦介绍，最早的《巫山高》这样写道："临水远望，泣下沾衣。远道之人心思归，谓之何？"诗歌描写出远行的游子，面对千水万山的艰辛，临水远眺，思念家乡，潸然泪下的场景。

之后，以"巫山高"为题目的诗歌层出不穷，从南北朝的王泰、刘绘，到唐代的卢照邻、孟郊，宋代的司马光、王安石，再到明代的解缙以及清代的李调元等诗人，均作过此题。在唐代诗歌中，流传至今的《巫山高》诗作就有20余首。可以说，从汉代乐府诗歌开始，《巫山高》开创了古代文学创作的独特诗体。

据了解，在这些《巫山高》中，有五言八句、五言十句、五言十二句、

▲ 巫山云雨美丽景观（谢智强 摄）

七言十二句等表现形式；从内容上来看，主要分为三类。

第一类重在描述巫山的险峻或优美，比如在第一首《巫山高》中，就这样描写巫山的险峻："巫山高，高以大。淮水深，难以逝……"而南北朝时期王融的《巫山高》，又把巫山写得十分优美："想象巫山高，薄暮阳台曲。烟云乍舒卷，蘅芳时断续。彼美如可期，寤言纷在瞩。怃然坐相思，秋风下庭绿。"诗人想象在夜色将临之时，来到高峻的巫山，只见烟云翻卷舒张，蘅芜芳香怡人，美丽的巫山神女好像如约相见，蓦然梦醒，其音容笑貌仿佛还在眼前。

第二类是借此抒发孤寂、忧伤之情的。如唐代张九龄曾因仕途不顺，在巫山游览时写下了《巫山高》，"此中楚王梦，梦得神女灵。神女去已久，云雨空冥冥。惟有巴猿啸，哀音不可听"，以此来抒发自己的不得志。

第三类是借助巫山胜景，书写神女故事。如唐代阎立本在《巫山高》中写道："台上朝云无定所，此中窈窕神仙女。仙女盈盈仙骨飞，清谷出没有光辉。欲暮高唐云雨送，今宵定入荆王梦。"让巫山云雨和神女故事尽展眼前。

向承彦表示，在这三类诗歌中，《巫山高》的风格发生着变化，从最初的汉代军乐风，到南北朝以及初唐时期的华丽风，巫山之美和神女故事在有限的篇幅中统一起来，开拓了神女题材诗歌创作的新格局，赋予了巫山山水新的文化审美，让巫山成为神女文化的载体，神女也成为巫山之美的象征。

大溪：神秘的东方伊甸园

大溪口守风

（其一）

〔清〕张问陶

伏枕千峰底，
江声午夜寒。
雪花鱼复垒，
风力虎须滩。
峡逼天真小，
途长岁易残。
妻孥应笑我，
日日着诗难。

千百年来，一句“曾经沧海难为水，除却巫山不是云”，让巫山声名远扬。殊不知，巫山还有一个历史文化厚重之地，那就是被称为“东方伊甸园”的大溪文化遗址。

不过，即便是知道大溪文化遗址的人，更多的也只是知道它的考古价值。记者在大溪寻访古诗时，意外地发现，这里也曾充满诗情和神秘。

大溪文化遗址位于现在的巫山大溪乡，在瞿塘峡东口，大溪原是一条河流，古时候又名黛溪，考古证明，这里是我国长江流域古文明的发祥地之一。有的学者认为这里是古代巴人的活动中心，有的专家判定这里是远古巫载国所在地。四川学者胡太玉则认为在远古的大溪，百谷自生，气候温暖，植物茂盛，和人类文明记载中的“东方伊甸园”的地理环境描述极为相似，这里很可能就是“东方伊甸园”所在地。

“要说到描写大溪古诗最多的诗人，自然要数张问陶。”《大溪乡志》主编冉启春向记者介绍。

张问陶，四川遂宁人，清代著名书画家和诗人，他深得性灵派主将袁枚赞赏，誉其是“沉郁空灵，为蜀中诗人之冠”。

时光回溯到1792年腊月。

巫山篇

彼时,张问陶带着家眷,乘船经过三峡去往湖北,途中因为遭遇暴风雪,不得不在大溪停留数日,年关将近,他感慨万千,写下了《大溪口风雪(二首)》《大溪口守风(四首)》《瞿塘峡》等诗。

张问陶在《大溪口风雪(二首)》中写道:"北风吞峡一舟轻,雪里江声杂雨声。"其感怀他乡之苦的情绪尽显诗句之中。不过,随后他又被这里的山清水秀所吸引,在《大溪口守风(四首)》中写下"云雪英英白,奇峰高刺天""雨止孤云落,山繁一水争"的诗句。

在《黛溪》一诗中,张问陶感叹:"日出宿雾消,眉黛看历历。春痕一万重,苍翠如欲滴。"春光无限,一片苍翠,大好山河激发了诗人的无限情意。

冉启春告诉记者,在大溪远眺瞿塘峡,表面看其清幽、静谧,实则暗礁隐藏,充满神秘,顷刻就能感受到诗人李白描写瞿塘峡的经典之作:"昨夜巫山下,猿声梦里长。桃花飞渌水,三月下瞿塘。"

"这首诗出自李白的《宿巫山下》,它把瞿塘峡与巫山的风物和特定的情

▲ 巫山县大溪乡,船舶驶过(谭智强 摄)

绪渗透、交融在一起，让人沉吟至今。"冉启春说。此外，苏辙在《入峡》中也写道："舟行瞿唐口，两耳风鸣号""扁舟落中流，活如一叶飘。"诗人项安世直接以《瞿塘峡》为题，以"瞿塘关下惊危甚，一席巴天浪许高"之句，写千峰之下，惊涛拍岸之景。"这些诗句虽然写的是瞿塘峡，但瞿塘峡和大溪并不遥远，站在大溪口，感受到的瞿塘峡风光，真是无限感慨涌上心头。"冉启春认为。

大溪，这片充满神秘文化与诗意的古老之地，现状如何呢？

"巫山境内的大溪文化遗址如今已被长江淹没。"大溪乡党委副书记李养兵说，从1958年至2003年，国家考古机构多次发掘揭露面积共计上万平方米，清理出400余座墓葬和上千个器物坑、鱼骨坑、狗坑等，其中不少文物已在三峡博物馆和巫山博物馆陈列。

自2016年起，大溪开始打造"大溪艺术小镇"项目，第一期规划项目将于2020年完成，内容涵盖骡马古驿道、错开大峡谷、大溪遗址公园等。"这个项目将利用大溪得天独厚的地缘优势和山水人文资源，把大溪打造成集艺术创意、文化体验、文创购物、休闲度假、生态体验为一体的艺术之乡。"李养兵说。

（强雯　陈维灯）

巫山古诗选萃

宿巫山下
〔唐〕李白

昨夜巫山下，猿声梦里长。
桃花飞渌水，三月下瞿塘。
雨色风吹去，南行拂楚王。
高丘怀宋玉，访古一沾裳。

书巫山神女祠
〔唐〕繁知一

忠州刺史今才子，行到巫山必有诗。
为报高唐神女道，速排云雨候清词。

巫 峡
〔宋〕王安石

神女音容讵可求？青山回抱楚宫楼，
朝朝暮暮空云雨，不尽襄王万古愁。

三峡歌
〔宋〕陆游

十二巫山见九峰，船头彩翠满秋空。
朝云暮雨浑虚语，一夜猿啼月明中。

城口篇

城口县城全貌（苏思　摄）

城口篇

城盘龙虎势　山起凤凰仪

城口，三国时隶属巴西郡宣汉县，元明时期隶属达州太平县，清朝前期隶属川东道太平县，道光二年（1822年）正式建城口厅。

作为渝东北的重要门户，在漫长的历史岁月里，有哪些文人曾经到过城口？他们又留下了怎样的诗句？这些诗歌的背后蕴藏着怎样的故事？

城口第一首诗与诸葛亮有关

说到城口，不得不提的就是诸葛寨和葛城镇。这两个地名，让人不禁想起一代名相诸葛亮。

"现有文献中，吟咏城口的第一首诗，也与诸葛亮有关。"城口县文联副主席王毅说，清康熙七年（1668年），时任太平县知县的王舟在游历城口葛城镇后，挥笔写下一首《三义祠》。他在其中用"万年扶汉鼎，千古仰风流。地水通仙境，山云覆画楼"，对诸葛亮的一生进行了高度评价。

难道城口和诸葛亮之间真有渊源？

"乾隆年间的《太平县志》和道光年间的《城口厅志》都提到，相传，诸葛亮北伐时路经城口，被此处地势所吸引，于是下令三军在此歇息，并修建营寨。道光年间，村民在城口山中发掘出的两具铜弩，经考证后，也证明为诸葛连弩（三国时期，诸葛亮发明的连弩）。"王毅说，"正因如此，后人把蜀军的驻地命名为诸葛寨，山下的集镇也改名为葛城镇。"

"但根据我们现在的分析，诸葛亮曾经驻军城口的说法只是后人的附会。"王毅说，三国时期，城口隶属巴西郡宣汉县，虽是三省门户，但境内皆是茂密的原始森林，汉中在城口西北，且有莽莽大巴山阻隔，相距甚远，诸葛亮断不会舍本逐末在这杳无人烟的地方屯兵。"王毅说，至于出土的诸葛连弩，也许是蜀国的散兵游勇路过此地之时留下的。

不过，在王舟之前，就没有人留下关于城口的只言片语？

"答案是否定的,虽然交通不便,但由于城口是川鄂古盐道的必经之地,一度也吸引了不少商旅到此,不过由于战乱,他们所写的诗歌都已失传,现存文献中,描写城口的诗歌不过20余首。"王毅说。

"梳理这些诗歌,不难发现,道光二年,城口设厅之后,来此吟诗作赋的文人日渐增多。"王毅说。

康熙十九年(1680年),担任太平知县的清朝诗人廖时琛在《登峡口山》一诗中,用"怪石嶙峋景最奇,如旗如剑列江湄",生动描写了位于城口以西峡口山的险峻景象。

另一位清代诗人吴秀良则在《道光甲申冬日雪后登八台山》中,用"蠶汉奇峰成玉琢,向阳老树半花开",向我们展现了一幅冬日城口的美丽景色。

乾隆皇帝写诗赞美城口茶叶

据史料记载,为城口写诗的人中,名气最大的莫过于乾隆皇帝。

"至于乾隆皇帝为何要为城口写诗,这就和我们现在喝的茶有关了。"拿起茶杯,呷一口茶,王毅给记者讲了这样一个故事。

"进献贡品者,庶民可升官发财,犯人重刑减轻。"1751年,一道圣旨传入当时尚属川东道太平县管辖的城口,打破了这个小城的宁静。

人们纷纷开始寻找可以进献的贡品,在这喧嚣的人群之中,一位和尚并没有选择随大流,而是端起一杯茶若有所思。

原来,这位和尚所在的鸡鸣寺后山有一古茶园,其茶树皆为明朝所种,所产之茶,清香无比。此外,在这鸡鸣寺的后院内,还有一口古井,名曰"白鹤井"。

用该井的井水泡制茶园所产的茶,不仅清香扑鼻,揭开杯盖后,还可见蒸汽升腾,里面仿佛站着一对振翅欲飞的白鹤。

这位和尚把茶叶作为贡品献给皇帝。皇帝在得知该茶的来历后也啧啧称奇,不仅把这种茶定为贡品,还挥笔写下"白鹤井中水,鸡鸣院内茶"的诗句,对其进行赞赏。自此之后,这产自于鸡鸣寺的茶叶就被人们称为"鸡鸣贡茶"。

"这位皇帝就是大名鼎鼎的乾隆皇帝,鸡鸣寺始建于东汉年间,现位于城口县鸡鸣乡,而进献贡品的和尚就是当时鸡鸣寺的住持广隆和尚。我们现在喝的,就是鸡鸣贡茶。"王毅说。

作为鸡鸣贡茶的重要产地,鸡鸣寺现状如何?

记者来到鸡鸣乡的那天虽正下着雨,但寺内依然游人如织。记者在寺内僧人的带领下来到后院,只见一口古井位于院子中央,从井口向下看,里面的井水清澈见底。

"这就是闻名遐迩的白鹤井,而在这寺庙的背后,就是当年的古茶园。"鸡鸣乡副乡长徐豪说,如今的鸡鸣贡茶已褪去了皇家御贡的神秘色彩,在2016年成功入选重庆市第五批非物质文化遗产代表项目名单。白鹤井和古茶园也成为鸡鸣乡的一大景点,吸引大量游客前来旅游。

战争为何成为热门题材

道光年间,一位中年人从重庆出发,奔赴城口。

舟车劳顿让他困倦不已,但走进城口厅后,他却来不及休息,放下行李,就投入到工作之中。

站在城口的城楼上望去,满目疮痍,想起自己所担负的使命,这位中年人叹了口气,挥笔写下一首诗歌:"太平今戾止,伪节控旌麾。白屋饕周栗,青天睹汉仪……"

"这位中年人就是当时担任抚治重庆兵备副使的柯相,他所写下的这首《阅城有感》,是现有文献记载中诗人描写城口最喜欢采用的诗歌类别:战争诗。"100多年后,站在城口县政府门口,王毅感慨道。

与其他区县要么写人,要么写景的诗歌不同,城口流传下来的诗歌多与战争有关。

"这和柯相所承担的任务有关。"王毅说,综合清代刘绍文、洪锡畴等人所著的《城口厅志》可以看出,当时柯相的任务是剿清匪患。

"古时的城口位于深山之中,交通不便,成为土匪聚集之地。而剿匪就成为历任城口官员的责任。柯相为此写下诗歌,也就不足为奇了。"王毅说。

冰冻三尺非一日之寒，剿灭匪患的任务也不能一蹴而就。随着朝廷对这一问题的日益重视，与军事有关的战争诗也越来越多。

柯相的另一首《檄林令议创戍营》用"戍兵哀露宿，营棚拟星罗"，借创立戍兵营为名，表明了剿匪的重要性；而清代诗人林一元在《阅城有感》中，则以"城盘龙虎势，山起凤凰仪。保障能为是，舆图惜割非"，说明了城口重要的战略地位。

（黄琪奥）

城口古诗选萃

阅城有感

〔清〕柯相

太平今戾止,伪节控旌麾。
白屋饕周粟,青天睹汉仪。
间阎淳习荡,城郭壮图非。
满目疮痍在,调停后可时。

三义祠

〔清〕王舟

万年扶汉鼎,千古仰风流。
地水通仙境,山云覆画楼。
灵禽时静听,香客昼来游。
忠义俨如在,英雄孰与俦。

道光甲申冬日雪后登八台山

〔清〕吴秀良

八台山上八层台,雪后登临亦快哉。
矗汉奇峰成玉琢,向阳老树半花开。
地分两界民风古,河劈三条水脉洄。
下尽陂陁搓倦眼,始知身自白云来。

大渡口篇

金鳌寺大门（崔力 摄）

大渡口篇

猫儿峡风光似夔门　石林二十景惹人醉

"山容留禹凿，峡意仿夔门……"这是清代著名诗人张问陶于乾隆五十七年（1792年）路过大渡口时所作的诗歌《猫儿峡》。

"猫儿峡，就在大渡口跳蹬镇境内。"顺着大渡口区文管所所长李国洪所指的方向，猫儿峡奇特的景观映入记者眼帘：石壁高耸入天，犹如半个夔门。猫儿峡也征服了张问陶，他感叹这仿佛是大禹留下的鬼斧之作。

事实上，在清代道光、光绪年间，就有士绅在大渡口捐设义渡口，摆渡来往人众，渡口规模为沿江数十里之首，大渡口由此得名。中华人民共和国成立后，重钢更是让大渡口声名在外。

在这片土地上，曾留下哪些文人骚客的足迹？又有哪些诗歌留存下来？

杨慎为大渡口写下第一首诗

早在先秦时期，大渡口就是巴郡的治所区域之一，后辖垫江县、巴县等。

据清代《巴县志》记载，"大渡口，县西四十里，为智里二甲米口"。这是大渡口见于官方文献之始。

那么，谁为大渡口写下了第一首诗？

"这个人就是明代三大才子之首的杨慎。"李国洪说。

明嘉靖三年（1524年），杨慎因"大礼议"案被谪于云南永昌（今云南保山），投荒30余年，终老于戍所。其间他曾在春天乘舟沿长江而行，题咏一首《铜罐驿》描述途中所见："金剑山头寒雨歇，铜罐驿前朝望通。天转山移回合异，春添江色浅深同。"

"诗中的铜罐驿位于现在的九龙坡，金剑山则在大渡口。"李国洪说，杨慎在诗中描写道：寒雨乍歇，放眼望去，金剑山如一把长剑直插云霄，即将到来的春天为江水平添了几分色彩。寥寥几句表达出诗人浓浓的思乡之情。

至于在杨慎之前还有没有诗人为大渡口题咏，没人能确定。

"古时的大渡口就是一个小村庄，又处于巴县腹地，很难获得诗人们的青睐。"李国洪说，直到清代，这一情况才发生了根本性改变。

这是为何？

"因为这个时候的大渡口已成为沿江数十里乡民和过往客商贩运米粮的重要渡口。"李国洪说，据民国《巴县志》记载："大渡口河渡，清道光时马王乡士绅捐田业一股，年租二十余石，置船二艘，雇人推渡。""清光绪二十五年（1899年）三月十二日，巴县正堂张判将所剩财物，购船一只，雇船夫一人，以食米一斗五、工资钱六十文，正式义渡。"

随着义渡的繁盛，各地移民不断流入，大渡口逐渐繁荣，诗歌也才逐渐涌现。

经过梳理，辛亥革命前，大渡口仅存诗歌20余首，时间多集中在清代。李国洪说，为了发掘大渡口文化，该区拟组织专家广泛搜集历代大渡口留存诗稿，并出版成册，打造文化大渡口。

金鳌寺引文人骚客竞相题咏

提到大渡口，绕不开金鳌寺。

沿金鳌山蜿蜒的山路向上，10多分钟后，就能看到掩映在翠柏之间的金鳌寺。阳光虽然刺眼，寺庙却显得幽深和肃穆。

相传，金鳌寺始建于公元100至400年间，宋朝时得以大规模扩建，当时以放生池为中心，面积千余亩。

据民国《巴县志》记载，"又右五同崖南行至江边，曰金鳌山，盘郁蹲耸，若鳌矫首，绝顶，松径云盘，寺藏山坳，建始无考"。

"虽然金鳌寺具体建于哪一年已无法考证，但我们还是可以根据记载想象它当年的盛况。"李国洪说。其绝美的风光吸引了大批文人骚客，让他们接踵而至的还有一个原因，那就是当地流传的一句谚语："十载金鳌九进士。"

传说寺内有一口用铁板盖着的井，用井水磨墨写字就可以中状元。所以方圆十里凡是要考举人、秀才的，都要来此小住一段时间，用功读书。

曾有哪些文人骚客来过金鳌寺呢？最有名的要算明末清初巴县举人刘

道开。

刘道开是九龙坡人和场人,他的家距离金鳌寺只有10里路。他曾为寺庙赋诗:"古寺藏山凹,到门方始知。"在他看来,金鳌寺环境清幽,正适合读书。这似乎应和了"十载金鳌九进士"的传说。

细数之下,描写金鳌寺的诗歌还有不少。清代武官程远在《金鳌寺》中写道:"削成太华千寻矗,绕出长江一带澄。"描述了从金鳌寺望出去的壮阔景象。

"蹑步寻幽径,金鳌最上层。石梁横跨涧,老树倒垂藤。"清代贡生苗济所赋的《金鳌寺》一诗,让人感到了幽幽的禅意。

清康熙举人周开丰的《晚宿金鳌寺》更是有趣,诗歌全部摘集唐代诗仙李白的千古名句,竟句句应情应景,生动地描写了他在金鳌寺的所见所感——

明月看欲坠,流光灭远山。
众鸟各已归,孤云自去闲。
移花坐石忽已暝,使我不得开心颜。
琴松风兮寂万壑,别有天地非人间。

如今的金鳌寺虽不复当年的辉煌,但香火依然旺盛,是大渡口重点打造的景点之一。按照《大渡口转型发展规划》,将以生态旅游、文化休闲为主题,利用金鳌山丰富的地形地貌、森林植被和金鳌寺历史人文景观资源,将这里建成旅游休闲胜地。

石林二十景惹人醉

很多重庆人都知道华岩寺,却不知道在大渡口有一座与华岩寺堪称兄弟寺庙的石林寺,且历史更加久远。

石林寺,位于大渡口跳蹬镇石林村,因四周怪石如林而得名,它为何能与川东十大名刹之一的华岩寺相提并论?

"因为这两座寺庙的住持都是圣可大师。"大渡口文化学者冯尧安说,石林寺建于明代嘉靖三十九年（1560年），清代时圣可大师在此修行，后成为该寺住持并对寺庙进行扩建，一时间，香火兴旺。

传说，有一天，圣可大师在后山发现一金鸡朝着华岩洞飞去，他在追赶间，竟从这岩上跳下，从此华岩洞就留下圣可大师的一双大足印。圣可大师看中了这个金鸡巢窝之处，决意在此开山建寺，华岩寺至此得名，他也成为该寺的首任方丈。

在石林寺门口，记者看到，这里仍残存半座圣可大师的衣冠冢塔，寺庙内古朴幽静，透着几分冷清。

据冯尧安考证，在此处，曾有金仙洞、护法石、狮子峰等石林二十景，包括圣可大师在内的众多僧俗文士曾作诗题咏。

其中，圣可大师在修行时就留下《石林邀友》一诗："肉髻苍松翠可看，白云新茗香于荃。"在他看来，石林寺松柏苍翠，白云悠悠，泡一杯新茶在此品茗，足矣。

清代举人邓迪也为石林寺所迷醉，赋诗《石笋峰》："独峙万松中，屹立撑空际，下有灵鸡声，上接云霄气。"

清人李光正则留下一首《千尺井》："透雪心肠彻底空，曹溪一派任流通。"描写了寺中井水清澈、香火旺盛的盛景。

遗憾的是，大部分题咏石林寺的诗都佚失了。如今，石林二十景亦多不存在，唯有松柏常绿，伴着一声声悠远的钟声，回荡在山间。

（李珩）

大渡口古诗选萃

猫儿峡

〔清〕张问陶

石斓文章出，横空半壁蹲。
山容留禹凿，峡意仿夔门。
洞杂精灵守，林荒虎豹尊。
人烟可断续，一犬吠云根。

舟次金鳌寺亭子

〔清〕陈廷闾

两江环拥一危亭，峻削遥天小画屏。
对我山川皆过客，娱人风月是浮萍。
酒酣日淡茶烟碧，烛暗波明树影青。
记得初春曾击缆，清钟试向枕边听。

圣公塔

〔清〕邓迪

人坚石不磨，但与人俱远。
静寂春山幽，终古云霞点。

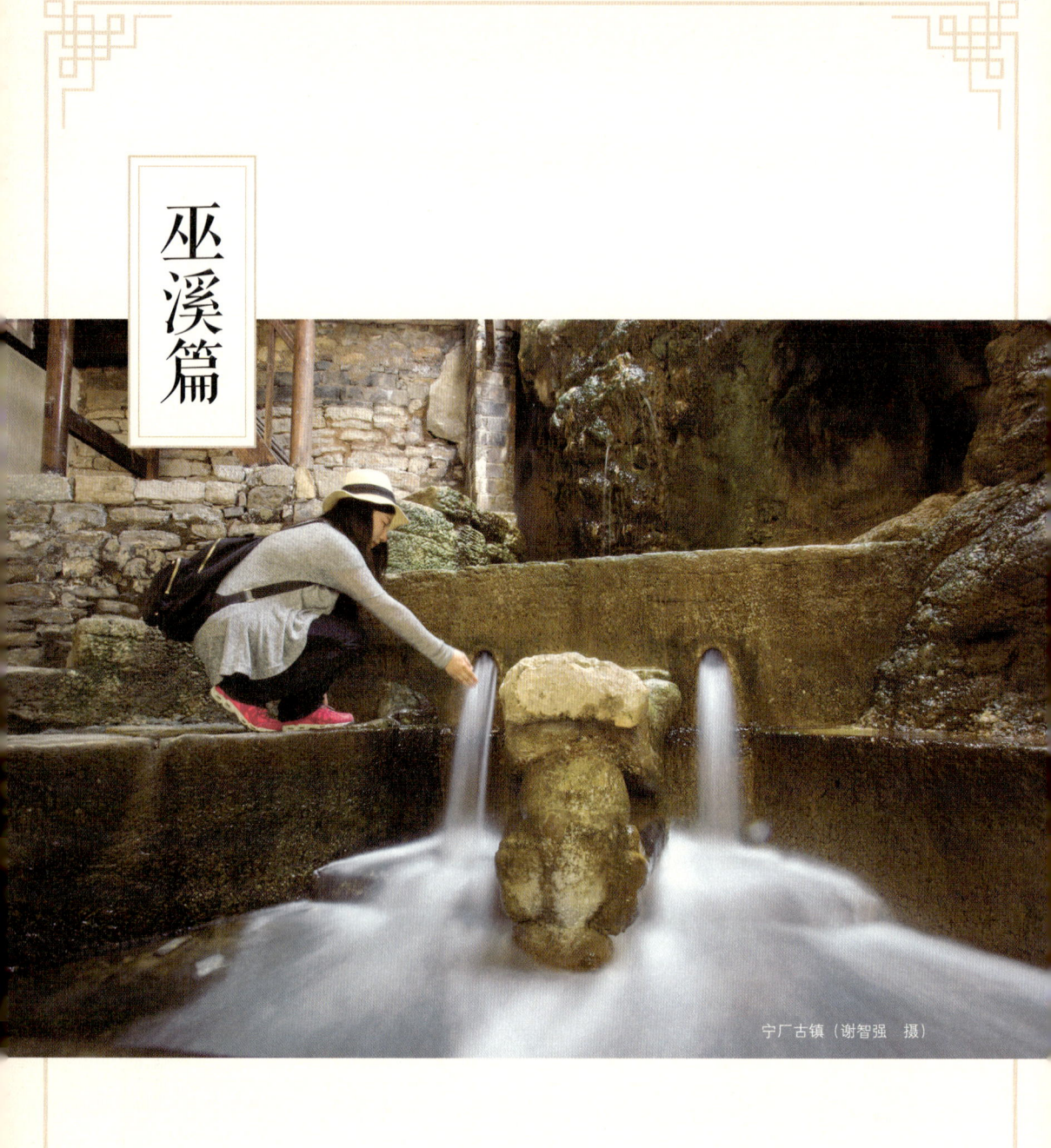

巫溪篇

宁厂古镇（谢智强 摄）

巫溪篇

盐井平分万灶烟　引从白鹿记当年

巫溪，地处渝东边陲，与鄂西陕南接壤，南近长江天险，北临巴山要隘，为"巴夔户牖，秦楚咽喉"。

自战国时楚置巫郡到东汉建安十五年（210年），刘备置北井县，再到民国三年（1914年），改大宁县为巫溪县，巫溪立县已有2000多年历史。而巫溪有文字记载的人类活动，更可追溯到5000多年前。

巫溪，唐尧时属巫咸国；虞夏时属巫载国；商周时属庸国鱼邑……巫咸国、巫载国、庸国都是古老而神秘的国度，创造了独具魅力的巫文化。

作为巫文化的发源地之一，这里又是以盐文化和药文化为主要内容的地域，《山海经》《楚辞》《诗经》曾为其留下笔墨；巫溪山水如画，大宁河、宁厂古镇、盐泉、荆竹坝岩棺等自然人文景观，引无数文人墨客诗以咏之。

据不完全统计，如今巫溪保存下来的古诗约为1000余首。日前，重庆日报记者一行来到巫溪，探寻古诗中的这块美丽之地。

"巫咸将夕降兮，怀椒糈而要之"
——最早写巫溪入诗的是屈原

巫文化神秘、浪漫，不少诗人都为之折服，为之倾倒。那么，是谁最早把巫溪写进诗歌里？

"我认为是屈原。"巫溪县作协主席王辉表示，巫溪最早入诗于《离骚》。

浪漫主义诗人屈原在《离骚》中如此描写巫溪："巫咸将夕降兮，怀椒糈而要之。欲从灵氛之吉占兮，心犹豫而狐疑。"

这两句诗是什么意思呢？

王辉表示，诗歌表达的是：听说巫咸王将于夜晚降临，我怀揣着香椒精米来邀约他。众神灵遮天蔽日从上齐降，九嶷山的众神一同迎接。

巫咸，是巫溪巫咸国的创立者，《山海经·大荒西经》对此有所记载。巫

咸是上晓天文、下知地理、精通术数卜筮的全能智者，又是神医。由于巫咸助黄帝征战有功，且长年替百姓出诊治病，尧便将一块地赐封予巫咸，这便是最早的巫咸国。

研究发现，《楚辞》《诗经》里的很多内容，也可能是在这片土地上产生的，如《楚辞》里的《九歌》、《诗经》里的《草虫》等。

在有记载的古诗中，不乏名家之作。

唐代诗人杜甫在《西阁三度期大昌严明府同宿不到》中，描写了自己等待好友——大昌县（今巫山大昌镇一带）县令严明府到访时的心情，诗歌中的"问子能来宿，今疑索故要。匪琴虚夜夜，手板自朝朝"，不仅写了自己的期待之感，也把巫溪的日夜都描写了一番，十分深情。

清代诗人王尚彬则在《大宁场题壁》中，用"岩疆断续四五里，石筑人居人更稠"，描写了巫溪人丁兴旺的一幕。

▲ 宁厂古镇。(谢智强　摄)

"北门锁钥绕回澜,高阁凭临晓色寒"
——大宁八景今何在

说到巫溪,不能不提到美丽的大宁河。大宁河滋养了一方百姓,也滋润了文人的笔头。

巫溪大宁河周边的景色美不胜收,这其中就有著名的"大宁八景"。

巫溪县文联主席李剑东介绍,光绪十九年(1893年)版本的《大宁县志》中记载,"大宁八景"指的是"两溪渔火""万灶盐烟""东山起凤""西岭伏麟""南渊跃鲤""北阁观澜""秋江月色""春岸花香"。其中,最有名的是"两溪渔火"和"万灶盐烟"。

"两溪"指的是后溪和大宁河。古时,因为宁厂古镇的盐业兴旺,货运非常多,富足一方,后溪和大宁河上的航运非常发达。曾有佚名诗人如此形容"两溪渔火"的繁荣景象:"一派渔火遍两溪,夜深灯暗最凄迷。浮家泛宅生涯足,卖鱼归来酒自携。"

"'万灶盐烟',是大宁最壮观的一景。"李剑东介绍,这是对宁厂古镇盐业繁荣的直接描述。清朝诗人陈镇就在《白鹿盐泉》中写道:"盐井平分万灶烟,引从白鹿记当年。"另一位清代诗人文钊则在《游白鹿咸泉作》中,用"岩脚石龙云喷雨,山头文豹雾藏烟"描述了当地盐业兴旺的景象。

遗憾的是,"两溪渔火""万灶盐烟"之景现在都不复存在。"盐业的衰退导致了货运的低迷,大宁河不再通航运,这两景自然也没有了。"李剑东说。

"不过'东山起凤''西岭伏麟'两景还能看到。"李剑东说,"东山起凤"指的是巫溪凤凰山的秀丽景色。凤凰山似凤凰起舞,山上林木郁翠,清代诗人陈镇在《凤山六景》中,用"第一名山数凤凰,云岩月窟望苍茫",展现了在凤凰山登高望远之情景。"西岭伏麟"指的是伏麟山的美景,有佚名诗人留下"麟兮俯伏卧西岗,盛世来游寝炽昌"的诗句,写"西岭伏麟"之景的苍茫、辽阔。

记者一行站在巫溪的古城城墙上,眺望奔腾不息的大宁河。"你们看,在这里还可以看到'大宁八景'之一的'北阁观澜'。"李剑东说,对于这一景,佚名诗人写有诗句:"北门锁钥绕回澜,高阁凭临晓色寒。观水横来称有术，潸泪屈曲静中看。"

至于"南渊跃鲤""秋江月色""春岸花香"之景，却再难寻觅踪迹。

"一泉流白玉，万里走黄金"
——盐官作诗记古今

古代巫溪的经济社会因盐而兴，诗歌亦是如此。

根据巫溪当地的史料、文献记载，关于巫溪盐业的古诗是最多的。

在巫溪，诗人群体的职业也与盐业有关。唐宋以来，外来的盐官在当地留下了不少诗歌。

宋代曾任大宁知监的宋永孚在《盐泉》中写道："一泉流白玉，万里走黄金。人事有因革，宝源无古今。"诗歌描写了当时盐业带来的巨大利润，使得巫溪一地十分富足，因盐业催生的巫盐古道也变成了金黄色，充满了象征意味。该诗作被后人广泛引用，影响巨大。

清代大宁知监王步瀛在《盐泉寄题》中也写道："闻说大昌县，飞岩泻卤泉。利分秦楚域，泽沛汉唐年。白鹿留仙迹，青山煮晚烟。雷公遗政在，应让使君贤。"这首诗把盐业的来源、生产过程说得清清楚楚，同时还对这一产业进行了诗意的描绘。

除了外地盐官，外地文人对巫溪盐业也多有吟咏。巫溪县文联、巫溪宁河诗社编辑出版的《巫溪诗词选》中，唐代以来外地诗人歌咏巫溪的诗词就有600多首。

清代诗人陈杏昌在《盐场酿雪不成》中有"纷纷瑞雪遍天涯，此地多阴暖气遮"之句，描述了巫溪制盐业的繁忙情景，劳动场面之热烈，连大雪在此都无法凝固成冰。

清代诗人闵文钊在《游白鹿咸泉》中曰："谁驱白鹿引咸泉，古穴深井一线穿。岩脚石龙云喷雨，山头文豹雾藏烟。"描写出巫溪盐业的壮观和富足。

不过，随着现代工业的发展，特别是交通运输条件和物资流通路线发生变化，陕鄂等地逐步减少直至停止食用巫盐，巫盐古道在延续5000多年后，也失去了原来存在的意义。

对此，巫溪将如何传承和发展这份古老、即将消失的文化遗产呢？

"宁厂因盐而兴、因盐而衰，支柱产业的没落带来严峻考验，却也留下许多不可复制的历史文化遗产。"巫溪县委宣传部副部长唐文龙坦言，如今的宁厂镇，被评为"中国历史文化名镇"，沉淀了5000年的巫文化、深厚的盐文化在此汇聚交融，以"七里半边街"、盐厂遗址为标志的古镇，保存着中国最早的地面盐泉，一个工业形态在一个小镇上保存如此完整，在世界工业史上都堪称奇迹。

"以旅游名镇为目标，宁厂古镇将按照'整旧如旧'的原则进行保护性开发。"唐文龙表示，巫溪已经从三个方面加大对宁厂古镇的保护力度：一是按照清朝末年留下来的照片对盐泉原址进行了保护性修复；二是完成了保护方案的修编工作，确定了市县级不可移动文物标示标牌；三是启动了盐厂三车间保护性发掘。

巫溪"五句子":古巴巫文化"活化石"

击壤歌

日出而作,日入而息,凿井而引,耕田而食。帝于我有何力哉!

　　五句子山歌,又称五行诗,是流行于三峡核心区域(奉节、巫山、巫溪和湖北巴东、秭归)的一种民间歌曲形式,被誉为巴巫古音的"活化石",具有很高的文化价值。

　　据巫溪县委宣传部副部长唐文龙介绍,五句子山歌已经流传了4500多年,以《击壤歌》为代表的五句子山歌,比我国第一部诗歌总集《诗经》还早1000多年。它以独特的韵律特质和文字表现手法,丰富了民族音乐和汉语诗歌的形式。

　　巫溪的五句子山歌是如何诞生的呢?唐文龙表示,这与巫溪的地理条件分不开的。巫溪境内山大坡陡,沟壑纵横,属于典型的"看到屋,走得哭"的地方,这为五句子山歌的产生创造了条件。

　　《巫溪县志》记载,明朝末年,李自成起义军在陕西商洛山区被打散后,其部下贺珍于顺治三年(1646年)率部退到巫巴山区,以明臣歧侯之名号召百姓抗清,成为"夔东十三家"之一。一支由巫巴山区女子组成的队伍,在宁厂古镇山上筑起石头寨坚持了18年,直到康熙二年(1663年)才被清军剿灭。女子们坚守的山寨被山民们称为女儿寨,遗迹保存至今。

　　据说当年那些女子在作战之余,最喜爱的就是五句子山歌,她们与外界联系的方式也是唱歌。五句子山歌成为她们表达向往和平与自由的最好媒介，这对后来的五句子山歌产生了深远影响，很多山歌的主题具有蔑视封建礼教、鼓励女子反抗压迫、追求男女平等的特点。

据悉，清人沈德潜编著的《古诗源》，其卷一辑录的103首古代逸诗中，就录载了两首五句子山歌。

五句子山歌内容丰富，有记载历史的，如："吃了烟来把灰拍，黑脸嘟嘴数包爷。"有记载劳动的，如："露水未干就上坡，打湿我绣鞋和裹脚。"有记录生活的，如："五更金鸡叫乖乖，乖乖起来送乖乖。"有表现爱情的，如："郎在高山打伞来，姐在河边绣香袋。"

巫溪以盐文化著称，盐工们在集体劳动中，触景生情，产生了不少关于生产、生活的五句子山歌。在繁忙的生产中，他们豪迈地唱道："宝山神医叫巫咸，架起炉子炼仙丹。制盐采药医百病……"

盐工大多是农村季节工，每年卤浓兴煎务工、卤淡停煎务农。他们把盐场"五句子"带到农村，又把农村仿作的新歌带到盐场，农工交流，生生不已。同时，巫溪县外远近赶场买盐运盐者日常数千人，他们耳濡目染，将生动感人、形式特殊的"五句子"传到四面八方。

"现在，五句子山歌依然在巫溪传唱。"唐文龙表示，五句子山歌产生于民间，它深深植根于人民生活的土壤中，从人民生活的土壤中发芽生根，茁壮成长，并随着社会历史的发展和人民生活的变化而发展、变化。

（强雯　陈维灯）

巫溪古诗选萃

西阁三度期大昌严明府同宿不到
〔唐〕杜甫

问子能来宿，今疑索故要。
匣琴虚夜夜，手板自朝朝。
金吼霜钟彻，花催蜡炬销。
早凫江槛底，双影谩飘飘。

竹枝词·烧畲
〔唐〕刘禹锡

山上层层桃李花，云间烟火是人家。
银钏金钗来负水，长刀短笠去烧畲。

送大宁监张椿往摄秭归郡
〔宋〕王十朋

女须归处郡如何？地狭民贫事不多。
把酒送行无别语，要先抚字先催科。

白鹿盐泉
〔清〕陈镇

盐井平分万灶烟，引从白鹿记当年。
行郊曾应随车雨，逐野欣逢涌地泉。
天遣霜蹄通潋滟，人从云麓觅清漪。
出山已备和羹用，玉液功名鼎鼐先。

黔江篇

武陵山奇峰。(黔江区委宣传部供图)

东南佳山水　　武陵花雨深

黔江区位于渝东南，素有"渝鄂咽喉"之称，自古既是交通要冲又是军事重地。商周时即为巴国地，秦属巴郡，曾名丹兴县、石城县，唐天宝元年（742年）正式得名黔江。

"山川秀丽名川东"的黔江遍布名山大川，自然景色珍奇独异，神秘多彩的民族文化在此交集，吸引了历史上众多文人墨客吟诵黔江，杜甫、黄庭坚、寇准、张之洞等历史名人等都在此留下诗句。

"黔江"自古入诗多　　三次赋诗至今传

唐代宗年间，一位王姓官员从四川三台辞职侍奉母亲还乡。离别宴上，这位仕途不顺的官员有些郁郁寡欢。一位前来送别的友人看出了他的无奈，同样官路坎坷的他不禁触景生情，当场题诗："大家东征逐子回，风生洲渚锦帆开。青青竹笋迎船出，日日江鱼入馔来。离别不堪无限意，艰危深仗济时才。黔阳信使应稀少，莫怪频频劝酒杯。"

"这位前来送别的友人就是杜甫，他写下的这首《送王十五判官扶侍还黔中·得开字》是现有文献中最早提到黔江区的诗歌。"黔江区文史专家何泽禄介绍。

何泽禄主编过《献中黔江》一书，其中的诗歌卷收录有400余首古诗。据他介绍，黔江建县虽早，惜战乱天灾不断、兴废频繁，史料多散佚。他初步统计，能查证的以黔江为题材的古诗大约有2000多首，兴起于唐宋，在明清达到高峰。

如果严格考证，涉及黔江的古诗情况比较复杂。一是乌江在唐宋时期叫"黔江"，元代后才逐步改称乌江，很多唐宋诗里的"黔江"不一定是指如今的黔江区；二是自唐以来，黔江曾属黔州、黔中郡，地域不仅限于如今的黔江区，故很多写黔州的诗是否列入黔江区古诗范围，存有争议；三是不少黔江籍的文人如陈景星写的很多诗作等也无法完全归于反映黔江的古诗里。这为黔江古诗的界定留下不少难解之谜。

即便如此，黔江古诗仍然以"雄奇峻峭、凌厉独出"的风格给世人留下深刻印象。例如，元代沈启的《黔江》"黔阳春草碧云齐，万曲青山万曲溪。久客不禁乡土思，半樯残月子规啼"，就令人回味无穷。

古时黔江一带，山高路远，溪深涧险，条件艰苦，唐宋时期即为朝廷罪愆贬谪官员之地，这些官吏来到黔江写景抒情，托物言志，留下了不少名篇。这其中最著名的当属宋代诗人黄庭坚。

宋绍圣初年，黄庭坚被贬为涪州别驾、黔州安置。他夜宿歌罗驿（今湖北宣恩高罗镇，古时属黔江县的一个驿站），写下《山谷歌罗驿》："黔南此去无多远，想在夕阳猿啸间。"反映了黄庭坚被贬途中艰辛备尝，期望早日到达贬谪地的落魄心情。

在探寻黔江古诗的过程中，重庆日报记者发现一个现象：不少在此地任职的官吏清廉勤政、体恤民情、治水赈灾、兴学修志，一直为黔江人民所感念，其留下的诗作，成为研究黔江历史文化的宝贵资料。

其中，明代六朝高官李时勉三次为黔江知县谢牧作诗的故事尤为传奇感人。

明宣宗宣德十年（1435年），四川蓉城进士谢牧出任黔江知县。当时中进士者一般都在京城任职，而谢牧却被任命为偏远的黔江知县，众友颇有微词。谢牧却开心地表示，吾二亲皆老矣，乐得便道过家拜吾亲，以祝百岁寿，何乐不为。时任国子监祭酒的李时勉闻讯，为其孝心所感动，遂作诗《送谢谦牧知黔江》："鸣佩自应辞圣主，过家喜得拜严君。金台凫影三秋别，巫峡猿声两岸闻。自古循良多善政，须令黎庶乐耕耘。"勉励谢牧以仁爱之心造福黔江百姓。

谢牧到任后"建圣庙，设学宫，聚生徒讲学，文教聿开。政尚凝视，民怀其德"。三年后他回京述职，朝廷命其再回黔江任职。李时勉再次作诗《送谢谦牧还知黔江》赠勉："作县三年政有成，东来万里到神京。褒书已荷天边宠，归棹还从峡里行。暑雨离亭看柳色，秋风客路听猿声。黔江江上棠阴下,多少儿童竹马迎。"赞许他回去后,连黔江儿童都会骑着竹马来欢迎他。

谢牧在黔江6年,果因政绩卓著而擢升。李时勉此时又第三次作诗《黔江三瑞》,高度称赞谢牧在黔江的善政与作为:"民安政善实相宜,和气蒸祥正此时。瑞麦两岐真可羡,嘉瓜并蒂亦何奇。更看白燕离群出,为显清名与世知。自昔中牟夸异政,由来循吏每如斯。"

在古人看来,麦子一株多穗,双瓜一蒂结果,紫燕产下白色的雏燕,均为吉祥之兆。李时勉认为这是谢牧治黔江,政洽民安,为政之善的结果,故赋诗褒扬他是奉职守法、清廉贤能的"循吏"。李时勉为黔江知县三次赋诗,留下一段佳话。

昔日十二景　如今绽新颜

乾隆年间,曾任巴县知县的王尔鉴谪任黔江知县,这位耗费十载编撰出《巴县志》、评定出"巴渝十二景"的进士,面对仕途低谷,不以为意,孤身一人赴黔江上任,并写下《由重庆之黔江》:"妻儿寄渝州,而我何所之,望望石城路,水险而山危,买棹下巴渝,两岸花雨滋,桃李向我开,云山向我依,长江波浪急,解缆舟如飞……天涯慰孤影,每眺夕阳时,虽云行役远,相兴舒襟期。"表达了一种乐观豁达的心情。

王尔鉴"平易近人,遇事仁而有断,所至兴利革弊,各事认真。做官三十七年,廉洁奉公,不积家私,身后无赢余"。他在黔江公务之余,善文工诗,主编了第一版《黔江县志》,为黔江写下了《亭子关》《金子岭》《发成都将之黔江》《由重庆之黔江》《铜钟歌》、《春兴》(三首)等诗作,对黔江山水发出由衷的赞叹,"欲闻幽景多,东南佳山水。武陵花雨深,羽人秀峰起。流览得初心,登临涤渣滓"(《发成都将之黔江》)。

黔江历史上政绩最为显著的知县要属清光绪年间的张九章。张九章在任期间,勤于政事,开仓救灾,热心教育,补修县志,在当地颇有名望,其主持修筑的河堤被后人称之为"张公万柳堤"。经过治理,黔江"民风甚淳,狱讼亦少,囹圄每至空虚"。

张九章留下不少描写黔江景物的诗文,他在《秋日登八面山》中写道:

"拽得兰舆上，行行石径微。山高惊鹊起，树老杳鸦飞。结伴携萸酒，寻幽胜菊衣，秋去低薄暮，犹自乐忘归。"近年来，黔江启动地方古籍再版工程，去年出版了《双冷斋文集校注》，收集整理了张九章的主要诗文。

清朝时黔江曾评出十二景，包括"三台拱极""八面兴云""羊岭朝霞""酉阳夕照""咸溪飞瀑""墨沼流香""雾雪凝岗""幽兰秀谷""武陵雾雨""羽人烟鬟""乌鸦集仙""金钟飞韵"。为此也留下众多吟诵这些景色的诗篇。

"三台拱极"所指的三台山"在县南三里，三峰并峙"，清代诗人邵敦当年游览三台山后，集名人诗句咏叹"三台拱极"美景："五云多处是三台（杜甫），保障西岷寿城开（查广居）。满座山光摇剑戟（杜甫），九城春色近蓬莱（皇甫冉）。"如今三台山已建成为黔江城市观景台，有公园式小区、音乐喷泉、果林，成为市民们游览观光的好去处。

尚爱此山看不足　天生福地武陵山

到黔江觅古诗，不能不提武陵山。

武陵山距黔江城28公里，孤高峻削，奇峰兀立，为黔江诸山之冠。其最大特色是山峰因砂质页岩风化剥落而呈现姿态万千，如公孙相携，似婆媳悄语，像八仙赴会……因势赋形，惟妙惟肖。

武陵山本名骷髅山，主峰因其形像头盖骨而名，唐玄宗李隆基在天宝元年（742年）赐名武陵山。武陵山曾为朝山问道的圣地，始自汉唐，盛于明清，曾与贵州梵净山、四川峨眉山齐名，为西南三大名山，佛、道、儒三教并存，极盛时庙宇广布，寺僧数百，"远近缁流，奔赴不绝，香火之盛，殆甲全州"。其真武观、香山寺、观音阁、天子殿、川祖庙、莲峰寺等体现了精美的建筑艺术，如今大部分被毁，现仅存香山寺、天子殿主殿、真武观山门等遗址。

距今 1000 多年前的一天，黔江迎来一位年轻的游客，他闻讯有此名山便即刻前往游览。经过一天的攀登，当登临峰巅，已是傍晚，站在山顶，脚踏云雾，山势欲飞，一览夕阳下的美景，他诗兴大发："武陵乾坤立，独步上天梯。举目红日尽，回首白云低。"

"这位游客就是北宋一代名相寇准，他写下的诗名为《武陵景》。黔江可以说是寇准仕途的起点。"黔江区文史专家何泽禄介绍，北宋太平兴国五年（980年），19岁的寇准考中进士，出任巴东（现湖北省巴东县）知县，上任之后，寇准外出考察民情，黔江就是他考察的其中一站。这首诗反映了他面对武陵山美景，抒发他少年得志、雄心勃勃的心情。

武陵山一直都是古代文人墨客游历黔江时的必游之地，留下很多关于武陵山的诗歌。黔江古十二景中的"武陵雾雨""羽人烟鬟"即属于武陵山。邵塈《武陵雾雨集句》写道："西风吹雨叶还飘（李洞），洒幕侵灯送寂寥（杜牧）。薄雾崖前秋漠漠（灵彻），片云头上晚潇潇（雍陶）……"生动描绘了"混茫一色，渺无涯际"的景色。清代川东道张九镒在《石塔峰》一诗中，用"三千丈落银河水，十二楼飞阆苑钟。峨雪峡云俱有态，画图还缀碧芙蓉"，描写了武陵山的优美风景。清代诗人龚绍南则在《咏黔邑武陵峰》中吟诵："钟声飞落三千界，石骨雄支半壁天。自是僧家玄妙处，拈花约坐已成仙。"描述了当年真武观香火旺盛的景象。黔江籍的大文人陈景星也多次登武陵山，在《九日游武陵山》中他写下："一笑登天上，群峰俯脚跟。雨收山路滑，云起寺门吞。"

初秋，重庆日报记者来到武陵山，车行半山至天子殿后只能弃车步行。天子殿传说因唐玄

▲ 黔江观音岩上的文峰塔（李诗素 摄）

黔江篇

宗李隆基曾驾临此处歇息而得名。记者走近观察，山门已毁，仅余旧庙主殿框架尚完好，几根高大的木柱叩之铿然，甚为结实，门前挂着一块招牌"天子殿客栈"，行人稀少，颇为落寞。

▲ 天子殿遗址。（李诗素 摄）

沿石梯向山顶登去，沿途沟壑深邃，丛林茂密，爬过几坡陡峭的山道，终于登上海拔1000余米的顶峰，此峰拔地而起，四面凌空，环顾四野，冈峦起伏，良田农舍尽收眼底。始建于明万历年间的真武观只剩下斑驳的条石砌墙，似乎在述说着当年的香火盛景。

据考证，当年的真武观后面曾有《武陵诗》碑，上刻有《武陵诗》，据说是写于明代："天生福地武陵山，峙立乾坤不等闲。联峰落脚培金脉，玉笋

▲ 武陵山天然石门（李诗素 摄）

冲霄捧翠盘。一剑云横喷紫气，九天星彩映元关。神功默默资民命，夏音传声四海沾。"如今碑已不存。

何泽禄介绍，始建于明代万历年间的真武观依山筑于四块狭小的平台上，四周用条石延伸悬空两米多，于绝壁之上挑两柱房梁，每台建有一座木质结构的楼宇，共百余间。内外以数百步傍壁石梯曲折连接，号称"悬空观"，离地数百米，其惊险之状，令人叹为观止。

晚清名臣张之洞任四川学政时到酉阳主考，路宿于此，登山而流连忘返，吟诗赞曰："尚爱此山看不足，每逢佳处辄参禅。"张之洞曾为真武观捐设"冲天殿"，据传殿中置灯，夜间周围十里左右能见。

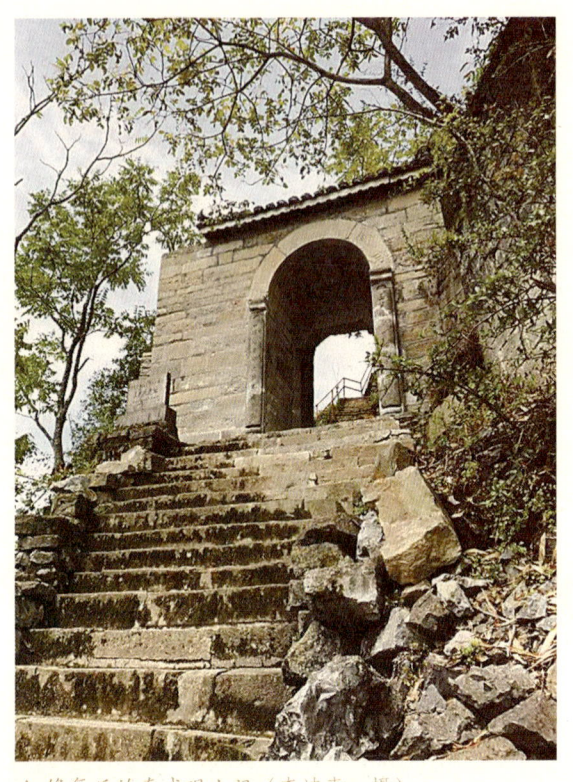

▲ 修复后的真武观山门（李诗素 摄）

"文革"中，武陵山的寺庙大部分被毁。黔江区10多年前就启动了重建计划，昔日的武陵山已更名为武陵仙山，成为"黔江国家森林公园"的一部分。2002年，香山寺修缮竣工开放，上山的步道、公路也已修好。虽然这几年修复开发的步伐有所放缓，但对武陵仙山保护开发的规划一直在进行。该区负责人表示，武陵仙山要深入研究论证旅游开发、古迹恢复等工作，按照国家4A级旅游景区标准规划设计，强化生态保护，挖掘宗教文化，科学适度有序开发，增强可游性、可观性，提升景区品质。

也许不久，当游客来到武陵仙山，就能欣赏到这座川东名山当年"万壑围群树，千峰捧一楼"的壮丽景象。

一代名人范长生和陈景星

公元318年，一位老人因病在青城山去世。得知这一消息，当时占据成都地区的大成皇帝李雄不仅辍朝三月，还追封他为西山侯，命其子继承他的官位。800多年后，当时的蜀州通判来到这位老人在青城山的居住地。恰逢中秋，月凉如水，通判诗兴大发："弭貂老仙期不来，独倚栏干吹玉笛。道人不怕九霄寒，银阙冰壶处处看。天台四万八千丈，明年照我扶藜杖。"

"这位老人就是出生于丹兴（现黔江）的天师道首领，后来成为'蜀中八仙'之一的范长生，那位通判就是南宋诗人陆游，他所游历的院子就是青城山的长生宫，那首诗则是《长生观观月》。"何泽禄说。

范长生20岁迁居成都，投张道陵所创立的天师道门下，因注重信义，博学多才，深得天师道教徒的敬服，逐步被拥为成都一带天师道的首领。西晋时流民起义军大成政权的创立者李特率兵入蜀，与范长生结识，拜为丞相。在范长生"休养生息，薄赋兴教"的劝导下，大成政权一度昌盛。史书记载他"年近百岁，蜀人奉之如神"，道家尊崇为长生大帝。

除了陆游外，还有很多诗人表达了对范长生的崇敬之情。唐代诗人唐求就曾颂道："松织香梢古道寒。昼傍绿畦薅嫩玉，夜开红灶捻新丹。钟声已断泉声在，风动茅花月满坛。"描述长生观美景的同时，也表达了对范长生的怀念。

据清光绪版《黔江县志》记载，知县张九章在县西沙子坝修了范公祠，但在上世纪90年代因故被拆，迄今未能复建。现在位于朝天门的重庆历史名人馆陈列有范长生塑像。黔江区2015年在黔江河上建成有土家族特色的风雨廊桥，命名为"长生桥"，在桥的旁边建有街头公园"长生苑"，入夜后灯光与河水相映，流光溢彩，已成黔江一道亮丽风景。

在黔江，记者拿到一套宣纸印刷、函套包装、制作精美的《叠岫楼诗草校注》，这套书的作者就是黔江清代进士、著名诗人陈景星，共收入其诗作800余首。

陈景星，1839年出生于黔江新华乡大田村，中年后游学贵州，落籍石阡，光绪二十年（1894年）中进士，乃黔江境内清代一朝的最高功名。他留下众多诗作，题材广泛、风格隽永、思想深刻，其师冯壶川先生称赞其诗"盈篇皆珠玉"，为土家族文学宝库中的重要篇章，是研究武陵山区人文历史及文化生态的珍贵文献。

陈景星入仕之前的诗，充满对民众的关切。《大水行》描绘了家乡遭匪患水灾的惨状："浮髓遂至少留踪，几处招魂惟野哭。可怜吾乡兵燹余，锋镝生存才五六。频年饥馑已堪伤，沉灾又罹怀襄酷。"他入仕后的诗，关注官场沉沦，民生疾苦，风格更加沉郁凄切："宦海无清澜，闻之辄头痛，思之心转酸。""太息豺狼当道卧，寸心时为下民哀。"

陈景星诗作涉及黔江的并不多，有《重游武陵山》《石塔铺人家》等，在《观音岩》中他写下"后峡看前峡，天然辟画图。穴如探宛委，奇不让夔巫。野水碧千尺，桃花红半株"的诗句，表达了对家乡的赞美。

（姜春勇　黄琪奥）

黔江古诗选萃

送王十五判官扶侍还黔中·得开字
〔唐〕杜甫

大家东征逐子回，风生洲渚锦帆开。
青青竹笋迎船出，日日江鱼入馔来。
离别不堪无限意，艰危深仗济时才。
黔阳信使应稀少，莫怪频频劝酒杯。

武陵景
〔宋〕寇准

武陵乾坤立，独步上天梯。
举目红日尽，回首白云低。

发成都将之黔江
〔清〕王尔鉴

云栈万里行，停骖值岁底。
满城梅花开，香风沁神髓。
方思度新年，忽奉黔阳委。
捧檄而踌躇，且忧复且喜。
西溪道路长，崎岖三千里。
浮波与披云，恐惧又始此。
欲闻幽景多，东南佳山水。
武陵花雨深，羽人秀峰起。
流览得初心，登临涤渣滓。
况复过渝州，可以见妻子。
扬帆下锦江，一棹烟霞里。

渝北篇

桶井峡风光（郑宇　摄）

渝北篇

玉峰若笔立　千树看猿悬

地处重庆主城北部的渝北，历史上曾属巴国、巴郡江州县、枳县、巴县、渝州、重庆府，曾名江北厅、江北县。

群山起伏，古树参天，流水潺潺，古时的渝北鲜有名人大家路过，但这里秀丽的风光仍然令文人们为之倾倒，留下了200多首美妙诗篇，这些诗作大多由在渝的外籍官员及本土文人创作。

近日，重庆日报记者走进渝北，试图还原这幅乡情萦绕的诗歌地图。

冯时行写下第一首诗

在漫长的岁月中，谁为渝北写下第一首诗歌？

"我认为是渝北洛碛镇人、宋代文学家冯时行。"渝北区作协荣誉主席李蜀霖表示。

"天行明月地行水，水月相去八万里。天公大力谁能移，月在水中天作底……"李蜀霖介绍，这首《信相院水亭》正是冯时行写于洛碛。

说来有趣，今天的洛碛原名"乐碛"，清道光二十四年（1844年）的《江北厅志》记载，冯时行是乐碛人。而乐碛之所以改名，还与冯时行有关系。

冯时行曾历任奉节尉、江原县丞、左朝奉议郎等官职，因力主抗金被贬。1144年底，他从万州回到家乡，气愤之下，将原籍"乐碛"改为"落碛"（此后逐渐演变成今天的"洛碛"）。

"《信相院水亭》应该就是创作于冯时行被贬回乡的这段时间。"李蜀霖称。

此后，渝北古诗的历史留下了一大段空白，直至清代，因为地方经济的发展和社会的稳定，在渝的外籍官员及本土文人的创作令渝北古诗迎来了繁荣之景。

至于为何会出现这样一段空白，李蜀霖认为，古代渝北相比渝中、南岸来说较为偏僻,又非交通要塞,自然鲜有文人往来其间。即便有诗人来到这里留下诗作,但古代巴渝几经战乱,很多史料也散失了。

渝北古诗在清代的繁荣,还要感谢一个人,他就是清乾隆年间的巴县知县王尔鉴。在渝期间,山清水秀的渝北也曾令这位被贬的"七品芝麻官"陶醉,在他评定的"巴渝十二景"中,就有"桶井峡猿"(后更名为"统景峡猿")、"华蓥雪霁"两景在渝北。

跟随王尔鉴的脚步,众多文人也纷沓而至。

渝北多山,其中,被称为"渝北第一峰"的玉峰山自然吸引了诗人们的目光。

玉峰山峰含玉润、蔚然深秀,清贡生段树培诗曰:"玉峰若笔立,其上耸仙宫。纡曲一条径,登临万象空。江城看历历,驿路望蒙蒙。远水列明镜,遥山布画工。"

位于今渝北区大盛镇白岩乡的白岩山,则因独特的山形地貌成为文人墨客吟咏的对象。

江北县县志编撰委员会编撰的《江北县志稿》中记载,白岩山"远望岩色,白光烛天,虽当隆夏,常如积雪"。

白岩山的一面崖壁是一片白色,远远望去,确实如同积雪一般。《江北县志稿》中记载:"每风雨至,石燕飞翔。"

清道光年间江北厅训导宋煊曾作诗《白崖石燕》,形象地展现了这一场景:"云崖耸立势崔巍,石燕乘风对对飞。舞处不曾萦彩线,翔时犹自着乌衣。"

桶井峡上演"百猴过江"

"峡来隘于桶,屈曲潜清溪。古木溣绿云,终日猿啼啼。"清道光二十二年(1842年)任重庆知府的王梦庚用寥寥数语,生动描述了"桶井峡猿"的美景。

"桶井峡猿"位于今渝北区统景镇的统景温泉风景区,统景也是文人墨客青睐之地。王尔鉴、周绍缙、姜会照、周开丰、张九镒等清代诗人都为之吟咏,留下不少洋溢着美妙意趣的诗作。

统景在古时名为"桶井"，境内有峡、河、泉、洞等。"桶井"之名，是因这里的峭壁峡谷，酷似桶状，当人入其中，有坐"碧井"观天之感。

统景温泉风景区内有温塘峡、桶井峡、老鹰峡。古时，这里最出名的可不是温泉，而是桶井峡的猴子。

近日，重庆日报记者乘坐竹筏，沿着温塘河进入峡中。因前几天下雨，温塘河的水变得有些浑浊，但峭壁青崖倚天而立，两岸林木郁郁苍苍，让人感受到清代本土文人黄善燨笔下"两岸排衙森石壁，几群接壁下江流"的情景。

古时的桶井峡崖上猴子成群，猴儿或攀树援藤，或倒挂嬉戏，给幽静的峡谷带来勃勃生机。

彭伯通编的《重庆题咏录》一书记载，王尔鉴初到桶井峡时，就被眼前的情景震惊了："瞥见溪波跳涌，疑有水怪出没，谛视之，乃硐猿挂树之倒影也。百十成群，呼云啸雨，携臂下上……忽穿峡，舍舟登岸，四望烟云层叠，几不能复识。其桃源别景欤？"

于是，这位钟情山水的巴县知县大笔一挥，赋诗一首，成就了"桶井峡猿"一景："山锁疑无路，崖幽别有天。一溪沿洞入，千树看猿悬。啸月谁为伴，呼云自结缘。移时出峡去，犹听水潺湲。"

作为王尔鉴的好朋友，周开丰和姜会照当然不会错过这处优美而又充满情趣的景致。

周开丰写下了"桂树千猿跃，窥天一线通。桃源花落处，几度诳渔翁"的佳句，将猿猴跳跃之景描绘得惟妙惟肖。

姜会照有诗作"游云杳杳入山时，古木烟萝夹岸垂。倒影忽惊波荡漾，百千猿挂一枝枝"，诗中有画，画中有诗。

据了解，统景温泉风景区于1982年开始开发，如今已是国家4A级旅游景区。那么"桶井峡猿"之景今天还在吗？

当重庆日报记者来到桶井峡，弃舟登岸时，看到几只猴子正在互相嬉戏打闹，争抢吃食，非常可爱。

50多岁的饲养员杨永六介绍，过去，这里的野生猕猴仅剩十几只。景区建成后，猴子逐年增加，现在野生猕猴的数量已达100多只了，"这会儿其他猴儿都跑到山里耍去了"。

"每天早晨9点半到10点，这100多只猴儿就一只接一只地跳进温塘河里，上演'百猴过江'。"杨永六拿出手机里当天上午录制的"百猴过江"视频给重庆日报记者看，只见猴妈妈们把猴儿背的背、抱的抱，游到对岸，生动再现了清代四川川东道张九镒诗中"溪深不可溯，中有青猿啼。波涵倒挂影，动宕碧玻璃"的有趣场景。

诗人盛赞排花瀑布

在渝北，有一处地方的瀑布，古代诗人将其与庐山瀑布相媲美。它就是位于龙兴镇排花村箭沱湾的排花瀑布。

排花村距龙兴镇政府12公里，地处御临河畔，有排花山、排花洞、排花瀑布、写字岩等优美的景点。而这御临河、箭沱湾的地名，还与一个民间传说有关。

相传，当年建文帝一行从南京逃出后，沿长江而上，一路东躲西藏，逃至重庆取道进入太洪江，走到沱湾时，他们已疲惫不堪。为隐蔽行踪，建文帝命随行士兵将箭羽沉入此处河湾沱中，于是，后人就将这里称为"箭沱湾"。而建文帝到过的太洪江，也由此更名为"御临河"。

建文帝究竟到没到过这里，我们不得而知。但此处的排花洞和排花瀑布，却在古代就享有盛名。

排花瀑布位于排花洞的出口处，《江北厅志》有这样的记述："其泉涧涌喷薄，远近望之，如万花飞舞，一落千丈，游观者皆疑之庐山瀑布云。"

排花瀑布终年不断，丰水期更是如飞珠溅玉。宋煊曾作《排花瀑布》，诗曰：

云岩百尺势高悬，一道流泉破晓烟。
银河落时光泻地，玉龙飞处影横天。
怒涛陡向峰头去，雪练玉将树杪连。
何用更寻庐阜胜，匡庐指点列当前。

宋煊把排花瀑布同庐山瀑布并齐，可见古时其名之甚。而在热爱家乡的黄善燨笔下，排花瀑布也是美不胜收："银河直向秋空落，珠箔遥从洞口悬。欲拟胜游何所似，香炉峰下石梁前。"黄善燨将秋日的排花瀑布比喻成美丽的银河、珠帘，令人不禁心驰神往。

排花瀑布现状如何？排花洞景区负责人唐永忠介绍，目前，景区正进行封闭升级改造，未对外开放。对排花瀑布这样的天然景观，他们将保持原貌。景区升级大约在两年后完成，届时，游人就可欣赏到清巴县举人罗学源在《飞泉瀑布》中描写的美景："混混源泉到峡来……缝裳不倩寻常手，唯有鲛人玉尺裁。"

雪霁美景今仍在　华蓥高腔代代传

在重庆主城赏雪，似乎并不是一件容易的事。可是，你知道吗？在古代渝北，就有一处地方因雪景著称，它还被评定为"巴渝十二景"之一。这个地方就是华蓥山，其美丽的雪景被称为"华蓥雪霁"。古人在华蓥山留下了哪些诗歌？华蓥山文化又是怎样在民间以山歌的形式得以传承呢？

| 王尔鉴被"华蓥雪霁"深深吸引 |

提到华蓥山，很多人都会认为它位于四川广安，其实，华蓥山由北向南纵跨川渝两地，延绵300余公里，重庆境内的华蓥山地处渝北区茨竹镇。

史料记载，此山"麓四面环拱，正峰孤峭插天，绵亘巴、合、岳、邻四县之界，盖坤隅之雄镇也"。

清重庆知府林兴泗有诗形容华蓥山："拾级登高高转幽，阴森夏木万行稠。蝉声不住赓泉韵，风色何曾下岭头。"

华蓥山最美的是它的雪景。冬雪初霁之时，点点白雪，在丛林翠霭中似

▲ 华蓥山雪景。(谢凤华　摄)

有还无，如碎琼乱玉，掩映于群山之间，美不胜收。

清乾隆年间巴县知县王尔鉴就被其深深吸引，禁不住发出感慨："渝州气暖，冬无积雪，独此玉宇高骞，霁色晶莹……"他更是写诗直抒胸臆："最爱华蓥雪，新晴映玉林。何须披鹤氅，无事待立阴。长啸联风月，空山自古今。光流尘不染，清响度崖音。"

清人周绍缙的《华蓥雪霁》直接写了自己进入山中的感受："霁雪浮林光，深山悦鸟音。行行访幽人，策杖山之岑。"

清代高僧寂昆则采取由远及近的写法，赞美"华蓥雪霁"："远看露光辉，近瞻增皎洁。山深人不知，中有秦汉雪。"

据介绍，如今，每到冬季，华蓥山依然银装素裹、玉树琼枝，是摄影爱好者的天堂；夏日，则满山浓荫蔽日，疏影流光，是一片清凉世界。

华蓥高腔传唱两百多年

除了华蓥雪霁的自然风光外，华蓥山的人文景观——华蓥高腔也同样令人称道。

诗以言志，歌以言情。华蓥高腔又被称为华蓥山歌。史料记载，华蓥高腔在清朝时期广为流传，迄今已有两百多年的历史。

华蓥高腔是一种自娱自乐的民间山歌，劳动者看见什么就唱什么，做什么就唱什么，唱的内容非常丰富。

"八月里来桂花开，桂花飘香十里外。中秋要去买月饼，敬了月神才吃得。"提起华蓥高腔，60岁的华蓥高腔传承人张万坤张口就来。

张万坤告诉重庆日报记者，民间传说，康熙年间，康熙皇帝二十三子允祁来视察华蓥山，当时没有什么娱乐项目，当地百姓即兴演唱了华蓥山歌，允祁听了很高兴，也跟着唱了起来。从此以后，华蓥山每年都要举办山歌会。

华蓥高腔有情歌、劳动歌、生活歌和历史传说歌等，主要包括独唱、对唱、和唱等形式。

"三月里来麦刁黄，割了麦子种高粱，好吃不过高粱酒，好耍不过少年郎。"这是表现生产劳动的。

"一铺金来二铺银，麒麟送子送上门。三铺床是桃花源，恩爱夫妻一百年。"这是表现新婚之喜的。

据了解，华蓥高腔已于2011年被评为市级非物质文化遗产，目前正在申报国家级非物质文化遗产。为了传承这一民间艺术的瑰宝，茨竹镇在华蓥中学创办了华蓥高腔的传承基地，并进行课题研究。近年来，该镇广泛开展了华蓥高腔进校园、进社区、进机关活动，目前，华蓥高腔在茨竹镇的6所学校、18个村居广为传唱。

（兰世秋）

渝北古诗选萃

信相院水亭
〔宋〕冯时行

天行明月地行水,水月相去八万里。
天公大力谁能移,月在水中天作底。
我心与月明作两,真月本在青天上。
虽云佛说我别说,恐入众生颠倒想。
少城城隈佛宫阙,客哦水月僧饶舌。
三峡水寒梅花时,起予对月赓此诗。

白崖石燕
〔清〕宋煊

云崖耸立势崔巍,石燕乘风对对飞。
舞处不曾萦彩线,翔时犹自着乌衣。
香巢是否营青岫,玉剪频看弄夕晖。
只为化工长鼓荡,顽心一触幻灵机。

桶井峡猿
〔清〕周绍缙

鼓棹寻花源,蜿蜒入幽峡。
久要猿鹤盟,相逢即相狎。

华蓥雪霁
〔清〕姜会照

银海光摇碎玉明,野梅花放晚山晴。
新诗一卷吟驴背,好纪华蓥雪后程。

奉节篇

奉节县夔门景观（谢智强 摄）

众水会涪万　瞿塘争一门

夔门雄峙，瞿塘幽深。奉节地处重庆东部边缘、长江三峡西首的瞿塘峡畔，古称鱼复，据荆楚上游，控巴蜀东门，距今已有2000多年历史。从汉代起，奉节即为巴东郡、巴州、信州、夔州、夔州府和江关都尉、三巴校尉等治地，是下川东政治、经济、军事中心。

这是一片文化积淀深厚的沃土——"奉节人"遗址发现的象牙刻画图案和石哨，将人类雕刻艺术和音乐艺术的萌芽提前了数万年，改写了世界艺术史；在这里，考古学家还发现了包括鱼复浦遗址、老关庙遗址、白帝城遗址等在内的，从旧石器时代至战国时期的遗址。

在这样的土壤里，来自民间的古歌谣《滟滪歌》《渔者歌》等成为奉节古诗的源头。"滟滪大如马，瞿唐不可下。滟滪大如牛，瞿唐不可流。""巴东三峡巫峡长，猿啼三声泪沾裳……"这些歌谣以最直白的形式表达了三峡之险峻，以及三峡人的情感世界。

2000多年来，深厚的文化积淀，加之这里系古代水路进出巴蜀的必经之地，故众多文人墨客来往于此，诗歌创作丰盈，以唐宋为高峰，从未中断。李白、杜甫、刘禹锡、王十朋、陆游、孟郊、白居易、苏轼、黄庭坚、范成大、杨慎、张问陶等在此为官、旅居，留下万余首传世诗篇，产生了以李白、杜甫为代表的浪漫主义和现实主义两大诗歌主流。奉节因此成为中国古代往来诗人最多、诗歌创作最丰的地方，是中国诗歌绕不开的地标。

在这里，历代优秀诗作形成中国山水诗中的壮美典范。"众水会涪万，瞿塘争一门"（杜甫《长江二首》），成为对夔门形胜最精彩的描绘，也是对夔州诗魂的绝妙概括；"朝辞白帝彩云间，千里江陵一日还"（李白《早发白帝城》），成为大多数中国人对三峡最初的认识；陆游写下"十二巫山见九峰，船头彩翠满秋空"；孟郊感叹"巴山上峡重复重，阳台碧峭十二峰"……

在这里，忧患意识、人生感悟等情愫在诗歌里熔为一炉。王十朋在《修垒》中的诗句"莫将逆旅视居官,直作吾家活计看",成为古代社会中清官思想的典型表现;范成大在《劳畲耕并序》中"奸吏大雀鼠,盗胥众螟蝗"的感叹,反映出宋代峡江经济社会发展的落后以及奸吏对百姓的盘剥。

在这里,曾任夔州刺史的刘禹锡,用三峡民歌开《竹枝词》新风,使之从民间歌谣"雅化"为文人雅作,为民俗文化与精英文化的交融提供了生动案例。一句"东边日出西边雨,道是无晴却有晴",更是成为情歌经典。

可以说,涵盖山水风情、民俗文化、现实批判等广阔内容的奉节古诗,浸润着这里的一山一水、一草一木,形成了一部自成体系、独具特色的地域诗歌发展史。如此源远流长、博大精深的诗化形态,让奉节以诗城名动文坛,在全国绝无仅有,在世界范围内都实属罕见。

为何奉节会成为历代诗人的青睐之地?有专家称,这首先得益于奉节的地理位置,三峡要冲,夔门形胜,大山大水在这里聚合成气势磅礴的迷人画卷;其次,巴楚文化在此交汇,加之白帝城托孤等历史事件,在这里云蒸霞蔚成一幕幕壮阔景观;此外,浓郁的三峡地域特色和风俗民情,更是一曲曲让人魂牵梦绕的交响乐章。这一切,都激发出诗人们的创作灵感,让无数诗坛巨擘吟咏长啸,挥洒翰墨。

光阴荏苒,诗脉连绵。如今,奉节县整理出版了《夔州诗全集》,收录历代742位诗人4464首作品。夔州诗词学会、夔州杜甫研究会等诗词学会累计发展会员2000多人。诗教活动广泛深入,诗词进校园、进机关、进社区、进院坝、进企业、进景区的"六进"活动在全县广泛开展。同时,奉节正积极推进文旅结合,打造"三峡之巅,诗·橙奉节"文化旅游核心品牌,全长30余公里的中华诗词碑林正在建设中。

历史上恢宏壮美的奉节古诗早已汇入人心,流贯古今,经久不衰。

杜诗：宏伟的诗城基石

"伏枕云安县，迁居白帝城。春知催柳别，江与放船清。农事闻人说，山光见鸟情。禹功饶断石，且就土微平。"

766年，阳春四月，一位诗人乘船从四川云安（今重庆市云阳县）抵达夔州（今重庆市奉节县）时，写下他一生中少有的欢快之作《移居夔州作》。

这位诗人就是诗圣杜甫。在学者眼里，杜甫夔州诗奠定了奉节诗城的基石，是夔州诗里最厚重的一笔。

将人文关怀融入山水诗中

《移居夔州作》是杜甫在奉节写下的第一首诗歌。

他为什么来奉节？

时间追溯到765年，因生活所迫，杜甫携妻儿离开成都，翌年来到奉节，投靠好友。

▲ 如今的白帝城已因三峡工程蓄水而成为一个四面环水的小岛，由廊桥连接着岸边，供游客登城。（谢智强 摄）

奉节篇

　　杜甫在奉节近两年的时间里，写下400余首诗，占了他一生诗作的1/3，数量与水平都达到了杜诗的巅峰。

　　杜甫为什么在奉节创作了如此多的诗歌？

　　"原因有三。"夔州杜甫研究会副会长龙占明认为，杜甫到达奉节时，其人生经历和艺术造诣都已有深厚积淀；当时边患不断，诗人痛感朝廷无能，心忧家国；奉节的奇绝山水、人文风俗，令诗人叹为观止，产生了强烈的诗兴。

　　"中巴之东巴东山，江水开辟流其间……"杜甫的《夔州歌十绝句》组诗出色地描绘了峡江风光，为后世的山水诗奠定了美学基础。《峡口二首》《白帝》里"峡口大江间，西南控百蛮""高江急峡雷霆斗，翠木苍藤日月昏"等诗句，凸显了瞿塘险关的雄伟景象。

　　杜甫还常常把风土民情与人文关怀融为一体，表达出忧国忧民的情怀，如《负薪行》《最能行》等诗作，体现了诗人对百姓疾苦的关怀。在"野哭几家闻战伐，夷歌数处起渔樵"（《阁夜》）、"舟人渔子歌回首，估客胡商泪满襟"（《滟滪》）等诗句中，人们分明听到了诗人对民间苦难的悲恸。

| 集七言律诗之大成 |

　　　　　风急天高猿啸哀，渚清沙白鸟飞回。
　　　　　无边落木萧萧下，不尽长江滚滚来。
　　　　　万里悲秋常作客，百年多病独登台。
　　　　　艰难苦恨繁霜鬓，潦倒新停浊酒杯。

　　《登高》无疑是杜诗中最有名的代表作。全诗不仅对仗工稳，且句中自对，字字精当，被明代评论家胡应麟誉为"此当为古今七言律第一"。

　　"在杜甫以前，七律尚未发展成为一种成熟的诗体。"龙占明说，而《夔州诗全集》里收集的杜甫七言律诗，不仅技巧成熟，内容上也开辟了广阔的天地。

　　《秋兴八首》就是其中的经典之作。这组七言律诗各诗独立，但又统一在悲秋怀旧的情怀中。"玉露凋伤枫树林，巫山巫峡气萧森。""瞿塘峡口曲江头，万里风烟接素秋。"这些诗句描写了夔州独有的风物秋色，倾诉了流寓他乡的伤秋情怀，蕴含着深广的时代忧患。

更值得一提的是杜诗中最长的一首《秋日夔府咏怀奉寄郑监李宾客一百韵》，此诗系五律长排，写景记事，劝勉友人，感情沉郁，诗气豪迈，为中国诗歌史古今百韵诗之祖。

对后世诗歌创作影响巨大

"杜诗感情深厚，风格沉郁顿挫。"龙占明认为，作为夔州诗现实主义流派的杰出代表，杜诗对后世影响深远。

南宋诗人陆游就是一个例子。"陆游早年诗风为婉约派，在夔州做通判时，深受杜诗影响，加之当时金人入侵，诗风从浪漫主义转向现实主义。"奉节诗城博物馆馆长赵贵林说，比如他的代表作《十一月四日风雨大作》磅礴悲壮，很有杜诗的影子。

杜甫离开后，人们把诗人居住过的草堂遗址保留下来，建了杜公祠，把祠堂前的小溪改名为浣花溪；奉节古城的南大门"依斗门"，也是根据《秋兴八首》中的诗意命名。

如今，杜甫纪念碑仍然伫立在草堂中学的操场一隅。这块由安徽巡抚冯煦于清光绪三十四年（1908年）所撰石碑，题有《重建杜工部瀼西草堂记》，上面记载："诗圣家国忧思，千载之下仍激荡回响。"

"杜甫草堂的复建方案已出炉。"奉节县文化委副主任邹伯乐介绍，按照规划，占地面积约9.8万平方米的杜甫纪念馆将建有杜甫草堂、拾遗斋、诗史堂等。

"杜诗因夔州而精彩，诗城因杜公而辉煌。"龙占明深有感慨地说，在奉节即将设立的碑林、诗歌园里，杜诗都会在其中有重要展现，"后人将以各种方式，把杜甫对奉节的影响，世世代代地纪念、传承下去。"

奉节篇

一句"朝辞白帝彩云间"响彻千年

1200多年前，流放途中遇赦的李白，于白帝城乘舟东下。是时，朝霞绚丽，悲喜交加的诗人提笔写下《早发白帝城》："朝辞白帝彩云间，千里江陵一日还。两岸猿声啼不住，轻舟已过万重山。"

作为奉节的名片，这首诗为奉节积攒了一笔取之不尽、用之不竭的精神财富——很多人都是通过它了解白帝城，进而认识诗城奉节的。

人生转折处，千古诗篇留

在奉节白帝山上，飞檐楼阁掩映在郁郁葱葱的草木中，这里就是著名游览胜地白帝城。然而，对于李白而言，这里更是他命运的转折点。

"李白一生中最重要的三次人生转折点，都与奉节、三峡密不可分。"奉节诗城博物馆馆长赵贵林介绍。726年，李白出蜀过三峡写下"巫山高不穷，巴国尽所历"（《自巴东舟行经瞿塘峡登巫山最高峰晚还题壁》），挥斥方遒，意气风发；757年，李白因入永王李璘幕府而被判流放夜郎，"巴水忽可尽，青天无

▲ 白帝城（吴国红 摄）

到时"(《上三峡》)等诗句流露出巨大的悲恸;759年,朝廷因关中大旱,宣布大赦,李白闻之,欣喜若狂,写下《早发白帝城》,一句"朝辞白帝彩云间,千里江陵一日还",表达出拨云见日的开阔之感。《唐宋诗醇》称:"'朝辞白帝'乃太白绝中之绝出者。"《李太白集注·丛说》称此诗"惊风雨而泣鬼神矣"。

在奉节众多动人诗篇中,《早发白帝城》可谓流传最广,千古传诵。

"此诗堪称李白浪漫主义诗歌创作的经典范例。"三峡文化研究学者程地宇说,诗中将"千里"之遥的空间感凝聚在"一日"之内的时间维度里,将"两岸猿声啼不住"的听觉印象与"轻舟已过万重山"的视觉印象相融合,而诗的后两句还带有某种隐喻的意味——"猿声"悲鸣,但终究挡不住"轻舟"前行。

程地宇认为,"白帝彩云间"乃是奉节的诗化形象,是诗城的文化象征。

| 白帝城一带多被诗咏 |

除李白外,历代诗人对白帝城也情有独钟。作为奉节最重要的人文景观,白帝城往往和瞿塘峡、滟滪堆等自然风物结合在一起,成为长江三峡最负盛名的诗咏之地。

最早歌颂这一带的诗歌,当属夔州古歌谣《滟滪歌》。自此诗开始,瞿塘峡、白帝城一带的险峻便被诗人反复吟咏,如杜甫在《夔州歌十绝句》中写道:"白帝高为三峡镇,瞿塘险过百牢关。"

除险峻之外,这一带的风景也在诗歌中呈现出柔情的一面,如白居易感叹"瞿塘峡口冷烟低,白帝城头月向西。唱到竹枝声咽处,寒猿暗鸟一时啼"(《竹枝词》);张问陶笔下的瞿塘峡则是"峡雨朦朦竟日闲,扁舟真落画图间"(《瞿塘峡》)。

怀古也是白帝城一带诗歌的重要主题。"功盖三分国,名成八阵图。江流石不转,遗恨失吞吴。"杜甫的《八阵图》便是其中的名作。陈子昂则在《白帝城怀古》中吟唱道:"日落沧江晚,停桡问土风。城临巴子国,台没汉王宫……"

| 文旅融合，打好诗歌牌 |

为何白帝城一带会成为诗人们的"心头好"？

"白帝城一带除了得天独厚的地理优势外，厚重的人文历史也为来往诗人瞩目。"夔州诗词学会会长陈学斌介绍，西汉末年，公孙述据蜀并在此建白帝城；三国时期，刘备兵败退守白帝城，将刘禅托付给诸葛亮，留下白帝托孤的佳话；白帝城还见证了南宋抗击蒙元等重大历史事件。

如今的白帝城已因三峡工程蓄水而成为一个四面环水的小岛，由廊桥连接着岸边，供游客登城参观。2017年6月，白帝城大遗址申报世界文化遗产工作已正式启动。

此外，奉节县正在打造"三峡之巅，诗·橙奉节"文化旅游核心品牌，其中包括开发赤甲山、白盐山、复建瞿塘峡古栈道，将白帝城·瞿塘峡景区创建为国家5A级景区等内容。

从民间歌谣到文人雅作的竹枝词

《竹枝词》，又称《巴渝曲》，原为三峡地区的民歌。"因民众歌舞时多持竹枝，边舞边唱，故得名。"日前，重庆日报记者在白帝城竹枝园采访时，一路同行的夔州杜甫研究会副会长龙占明说，《竹枝词》可谓奉节古诗中最接地气的一个方阵。

时间回溯到唐代。

因受到文人雅士的关注，《竹枝词》逐渐发展成为一种新的诗体。如杜甫曾写下《夔州歌十绝句》；唐代诗人顾况直接以《竹枝词》为题作诗："帝子苍梧不复归，洞庭叶下荆云飞。巴人夜唱竹枝后，肠断晓猿声渐稀。"819年，白居易出任忠州刺史，也写过《竹枝词四首》。

"真正使'竹枝词'发扬光大，雅化于诗坛的，当推刘禹锡。"龙占明说。

822至824年，刘禹锡出任夔州刺史期间，创作了《竹枝词九首》和《竹枝词二首》。"这11首'竹枝词'中，最负盛名的当数《竹枝词二首》其一：杨柳青青江水平，闻郎江上唱歌声。东边日出西边雨，道是无晴却有晴。"三峡文化研究学者程地宇分析，这首诗巧妙地运用"晴"和"情"的谐音造成双关，以多变的春日天气来暗喻情爱的若隐若现，生动地描绘出一位聪慧多情的少女如何试探情郎心意的状态，尤其最后两句，成为后世人们所喜爱和引用的经典佳句。

"刘禹锡还把人生感悟引入诗中，拓展了'竹枝词'的题材内容。"程地宇介绍，如《竹枝词九首》其七："瞿唐嘈嘈十二滩，此中道路古来难。长恨人心不如水，等闲平地起波澜。"此诗借对瞿塘险滩的艰险的描写，表达出对仕途艰难的感叹。

程地宇认为，在表现手法上，刘禹锡也进行了创新，他大量使用比兴、谐音、双关、借代等手法，增添了诗的活力；在音韵节奏方面，多采用叠词

▲ 记者一行在白帝城采访（吴国红 摄）

或回文，形成一种回环往复、跌宕多姿的韵律美。

到了宋代，写"竹枝词"的文人逐渐增多，如黄庭坚的《竹枝词二首》、杨万里的《峡山寺竹枝词》等，尤其是南宋诗人范成大所作的《夔州竹枝歌九首》，其中"赤甲白盐碧丛丛，半山人家草木风"等诗句，虽为白描，但功力深厚，堪称佳作。

明代的"竹枝词"创作不仅描写三峡地区的风土民情，还扩展为其他各地的景观和风俗，如《西湖竹枝词》等，还有以节令为题的《清明竹枝词》，以虚拟世界为题的《仙家竹枝词》，对诗坛影响进一步深入。

程地宇认为，"竹枝词"的发展为民俗文化与精英文化的交融提供了生动案例，对研究当地的史学、社会学、民俗学等都有重要价值。

（吴国红　夏婧　李星婷）

奉节古诗选萃

早发白帝城

〔唐〕李白

朝辞白帝彩云间，千里江陵一日还。
两岸猿声啼不住，轻舟已过万重山。

移居夔州作

〔唐〕杜甫

伏枕云安县，迁居白帝城。
春知催柳别，江与放船清。
农事闻人说，山光见鸟情。
禹功饶断石，且就土微平。

初入峡有感

〔唐〕白居易

上有万仞山，下有千丈水。
苍苍两岩间，阔峡容一苇。
瞿唐呀直泻，滟滪屹中峙。
未夜黑岩昏，无风白浪起。
大石如刀剑，小石如牙齿。
一步不可行，况千三百里。
苒蒻竹篾稳，欹危楫师趾。
一跌无完舟，吾生系于此。
常闻仗忠信，蛮貊可行矣。
自古飘沉人，岂尽非君子？
况吾时与命，蹇舛不足恃。
长恐不才身，复作无名死。

重庆最美十大古诗

(以诗人生辰年代为序)

《龙门峡》(陈子昂)

《峨眉山月歌》(李白)

《早发白帝城》(李白)

《登高》(杜甫)

《竹枝词四首·其一》(白居易)

《离思五首·其四》(元稹)

《夜雨寄北》(李商隐)

《武陵景》(寇准)

《竹枝词》(黄庭坚)

《重庆府》(何明礼)

注:"重庆最美十大古诗"从重庆日报"重走古诗路 思君下渝州——探寻重庆古诗地图"全媒体系列报道梳理的近万首古诗中产生,经专家投票、审议,结合网络投票最终评定。

记者手记

重走在开满优秀传统文化鲜花的古诗路上

吴国红

2017年的中秋正好在国庆长假里。除了双重的喜庆外，于我和我的团队更有一层特殊的圆满之意。

中秋那天，由我带队采写的"重走古诗路　思君下渝州——探寻重庆古诗地图"全媒体系列报道压轴篇——奉节专版见报了，这也意味着"重走古诗路"系列从6月5日在重庆日报刊登至此告一段落。

历时4个多月，走遍全市38个区县（自治县），行程逾万公里，形成36期、16万字的报道，梳理古诗近万首，作为这一系列报道部分区县的采写者和整个报道的主编，几个月来超负荷的忙碌和倾力付出，在这一刻，终于可以稍作休歇了。

近年来，重庆日报以弘扬传统文化、传承巴渝文脉为主题，相继推出了一系列"重走"报道。

从2014年的"君从何处来——重走湖广填四川迁徙之路"大型实地采访、2015年的"传承重庆历史文脉"系列报道、2016年的"重走古盐道　感受新变化"全媒体系列报道，再到2017年的"重走古诗路　思君下渝州——探寻重庆古诗地图"全媒体系列报道，我们在一次次"重走"中挖掘巴渝文化的血脉，在一次次"重走"中感受这座城市的沧桑巨变。

可以这样说，"重走"已成为重庆日报文化报道的一个品牌。

这一次，我们把"重走"的足迹放在古诗中的重庆。

在源远流长的巴渝文化中，巴渝古诗一直是其中一束绚丽夺目的光芒。

仅就奉节来说,在其2000多年的文化积淀中,万余首传世诗篇流芳至今,这里也因此成为中国古代往来诗人最多、诗歌创作最丰的地方,成为中国诗歌绕不开的地标。

"重走古诗路"系列要做的就是讲述这些古诗中蕴含的中华优秀传统文化的人文精神,古诗背后的故事,以及那些文人墨客诗吟过的地方,今天发生了怎样的变化。

这不是一次简单的采访,我们遇到了几乎是从业以来前所未有的困难——

要收集全市38个区县的古诗资料、历史文献,涉及面太宽,规模很大,况且古代巴渝几经战乱,很多史料都已散失,各区县对古诗的整理出版程度也不一。做得好的区县出版了当地某个历史时段的诗选,而有的区县是既无现成的资料,专门研究这方面的专家也不多。这,对于新闻人而非专家的我们来说,无疑是一次非常大的挑战,更何况以重庆日报文教中心为主力的整个团队就只有10来个人,还必须保证每周两期的进度,本中心的其他采访也不能落下。当我们与其他报刊的同仁交流此事时,他们纷纷觉得这简直是不可思议!

回想那些"重走"的日子,我在朋友圈里发得最多的就是关于"古诗路"的信息。其中一条这样写道:今日,涂山寺,雨浓雾重,道路湿滑。作为"重走古诗路"南岸篇的重要一站,本中心记者兰世秋驾车载着专家实地探访。雨下得很大,他们就在车里采访。由于没有任何现成的资料,每一篇"古诗路"稿件的背后,都蕴含着记者的辛劳,探寻、挖掘、考证……还有无数次的修改、打磨,才能呈现出现在的模样。

在我所采访的綦江、江津、忠县、奉节4个区县里,奉节篇的采写压力最大。一来作为诗城,奉节在诗歌方面的资源太过浩繁,如何取舍并加以表现,实考功力;二来作为这一系列的最后篇章,在历经了之前35个版的采写、编辑后,我们也想以一种更加新颖的形式来加以展现,给从渝中发轫、诗城压轴的"重走古诗路"画上一个圆满的句号。可以说,采访中,辛苦已在其次,更多的是一种使命感、责任感的驱使,让我们不敢稍加懈怠,唯恐我们的采访不细,唯恐我们的写作不实,唯恐我们的表达不力。

令人欣慰的是，在整个"重走古诗路"报道中，我们陆续收到了不少专家读者的肯定：有读者称赞，挖掘巴山渝水丰厚的古诗文化，把山水重庆的自然景观与历史文化紧密结合，这个选题太有意义了！有专家表示，报道不仅具有浓郁的地方特色，也是一种文化自觉与文化自信的体现，传播了优秀传统文化，很好地凸显了党报价值。

怀瑾握瑜，累并欢畅。重走在一条条开满优秀传统文化鲜花的古诗路上，我感觉我们所有的辛苦付出都是值得的，我们传播这座城市的美好，我们也在传播中收获美好。

记得中秋节那天，我在朋友圈里把奉节篇推送出来时，一位朋友在后面留言道：中秋节，圆满了！

记者手记

触摸记忆的温度

兰世秋

城市可以天长地久，是因为记忆一直都在吧？

李白的"朝辞白帝彩云间，千里江陵一日还"，杜甫的"无边落木萧萧下，不尽长江滚滚来"，元稹的"曾经沧海难为水，除却巫山不是云"……

从小到大，这些累积了千百年的诗句，一直陪伴着我的成长。

不过，这样的陪伴似乎仅限于我通过薄薄的纸笺去阅读它；或者，在学校的诗歌朗诵会上，用字正腔圆的普通话朗诵它。

始终觉得，我与这些历经岁月沧桑积淀下来的动人诗篇之间，还有着一段看不见的距离，直到这次"重走古诗路　思君下渝州——探寻重庆古诗地图"全媒体系列报道的展开。

报道中，我不仅承担了重庆部分区县"重走古诗路"的采写工作，还担任了这组系列报道的责任编辑。

在母城渝中，我行走在临江门、长滨路、朝天门等地，看着那些散落在街边及沿江一带的老城墙。重庆母城是如何形成的？这些老城墙是明证。而当我在采访中发现元代著名文学家袁桷用一首《渝城老人歌》，记录下当年重庆军民修筑城池的场景时，历史的记忆在那一刻在我眼前重现。

在编辑《探寻古诗中的巫山》一稿时，"曾经沧海难为水，除却巫山不是云"的诗句一遍又一遍在我脑海里回放。我们的记者是在暴雨之后抵达巫山的，彼时，那块"古老中国最多情的石头"——神女峰高耸云端，在云雾中若隐若现。那一刻，记忆的闸门打开了，一首又一首关于巫山的诗句在耳际回响。我与古代诗歌之间那一段看不见的距离，仿佛在不断的"重走"中渐渐消失。

古典诗歌是历史深处走来的文化记忆，这样的记忆不断累积，构建了城市历史文明的厚度与深度。

而记忆的重现，除了实物的载体，也需要精神上的依托。此次"重走系列，正是对二者进行了嫁接、融合。

　　在实地探寻中，我们体味着诗人的孤独、哀伤、理想、追求与深情，感悟着诗人笔下巴渝大地上的人间万象、秀美风光、民风民俗，以及发生在这块土地上的友情与爱情……

　　原来，记忆一直都在。滚滚长江依然奔流不息，朝天门、白帝城、钓鱼城、神女峰、石宝寨、白鹤梁等等，通通都还在；那些熠熠生辉的诗篇在经历了古代巴渝的战乱、千百年光阴的积淀之后，也还在。

　　记忆还在，文化的根脉就不会断。

　　忽然想起一段话：记忆就像曾经握在爱人手中的一枚硬币，掉在城市的某个角落，不管时空转换、岁月更迭，当我们找到它的时候，还能觉出爱人手中的余温。

记者手记

回望，是为了更好地传承

匡丽娜

"平都天下古名山，自信山中岁月闲。"这是北宋文豪苏轼描写丰都平都山的诗句，也是我们在"探寻古诗中的丰都"一文中，采用的标题。丰都历史悠久，曾为"巴子别都"，自古就有"壮涪关之左卫，控临江之上游"的美誉。

"丰都鬼城"誉满天下，苏洵、苏轼、苏辙、王元翰、郎承诜……历代骚人名士、羽流迁客纷至沓来，或览胜抒怀，或吟诗作赋，留下了层层足迹和厚重的历史文化。

我们好奇，为什么历代诗人对"平都山"和历经千年发展和形成的"丰都鬼神"文化题咏不绝？丰都这座千年古城隐藏着怎样的文化密码？

事实上，类似的疑问，一直伴随在我们古诗路的采访中。例如，明代诗人金俊明所写的《怀清台》一诗，是否能解开巴寡妇清的身世之谜？程颐是否在涪陵北岩的点易洞点注《易经》？为什么江津也有一个规模不小的"白鹤梁"？

通过实地采访、专家访谈，我们又查阅了大量的史料，"丰都鬼城"文化原来是以平都山为载体，围绕着民间信仰的建构与传承而展开的民俗文化，它们不是封建迷信，而是中华传统文化的有机组成部分和独特的表达方式，在中华民族的历史上发挥了规范道德、维系人心、传承文化的作用。近年来，当地也积极研究挖掘其中内涵，并极力试图将研究成果转化成为宣传、文化、旅游、经济发展的现实成果。

江津"白鹤梁"是因江津地处长江要道，古时便已是川东重镇，人文荟萃地，文人雅士纷纷登临莲花石，题咏不绝。而长寿的"怀清台"遗址、涪陵的点易洞更是揭开了当地深厚的历史文脉。

我们一边走，一边深深地被中华传统文化的魅力所打动、吸引，我们笔下的文字也更为深情、深沉。

"不忘本来才能开辟未来,善于继承才能更好创新。"在采访中,专家们一再强调,中华传统文化是我们民族的"根"和"魂",如果抛弃传统、丢掉根本,就等于割断了自己的精神命脉。

参与这次"重走",我们倍感自豪,也倍感欣慰。因为我们和灿烂中华文化有了一次亲密的对话和交流,因为我们,让更多的人对悠久巴渝文化有了更清楚的了解和认识,这样的成就感,让我们感觉,即使再辛苦的采访,走再多的路,都值得。

当年,诗人登游平都山,意气风发,洋洋洒洒写下《题平都山》,自那以后,人们便将丰都平都山改为"名山",并沿用至今。今天,在"探寻古诗中的丰都"一文中,我们沿用了苏轼的诗句作为文章标题,在向这位中国伟大的诗人致敬的同时,我们也希望以这样的方式,向古人表达敬意,让更多人了解我们家乡的历史文脉,弘扬中华传统文化。

记者手记

抬头看见星光

夏 婧

写完重走古诗路系列报道,回头再看,心中不禁涌起这样一个想法:与其说我们在打捞历史,不如说我们在重新认识自己,寻找自己的来路。

历史如此浩瀚,诗歌是散布在其中的零散的坐标,把它们串起来就是一条线索、一条长路。或许,我们是手拿电筒的寻路人。

重走古诗路,体量大、路途远、时间紧,采访艰辛自不必说。但那些传奇的故事和意外的发现总能迅速抚慰我们。比如,长期奔波于九龙坡区的我,并不知道在鹅公岩一带,曾有清代诗人龙为霖的九龙别墅,他在此建立诗社,呼朋唤友,歌咏260多年前的巴山渝水;我不知道写下"滚滚长江东逝水"的杨慎曾逆水行舟,在途经铜罐驿镇时,用一首七言律诗展现过十里长江的山水;我不知道在合川,唐代诗人杜甫想在"江花未尽时"登上会江

楼而不得，宋代诗人范成大也在经过此地时遭遇瓢泼大雨，同样错过心心念念的会江楼，他因此怀念起了杜甫……

就像打开了一个个装满宝藏的盒子，你永远不知道下一个惊喜是什么。一路走来，我们看到了诗人笔下壮阔的中华山水，他们的忧患意识、人生感悟以及他们对民俗文化的记录。我们看到了他们诗歌当中盛大的希望与彻骨的寒凉，看到他们的彷徨、遗憾与孤单，甚至看到诗人之间跨越时代的默契与友谊。

古诗路的稿件需要记者深度采访，也需要读者深度阅读，这样的互动在快餐阅读时代很难说不是一种挑战。幸运的是，这些稿件吸引了大批热爱传统文化的读者，他们提意见、谈感受，把对巴渝诗词的探讨推向高潮。

感谢这次重走，让我们在互联网时代和工业文明笼罩的天空中，抬头看见了星光。

记者手记

不要让文化底蕴消失于人心

刘蓟奕

2017年6月起，本报独家推出"重走古诗路 思君下渝州——探寻重庆古诗地图"全媒体系列报道，而我被分配到的采访任务是探寻古诗词背后的江北、南川、彭水，这不禁让我内心划过一丝兴奋与期待。

作为土生土长的重庆人，我很好奇古诗中的重庆究竟是什么样？还有哪些不为人知的秘密？

事实上，这趟行程着实让人受益匪浅。

在江北，沿嘉陵江边一路探访，这沿途的景致几乎都曾与古诗结缘，令人惊讶。例如，香国寺的"前世今生"、盛极一时的"金沙火井"、底蕴深厚的江北嘴保定门等等，都曾有诗作流传，这片生育我的土地瞬间变得神秘而有趣。

嘉陵江大桥下，曾有一座盛极一时的香国寺，明清时期，这里曾香火鼎盛，成为文人墨客到江北的必经之地，留下众多诗作。直到中华人民共和国成立初期，香国寺一名还标注在重庆市区地图上。上个世纪60年代，因为城市发展的需要，香国寺被完全拆除。如今再问起香国寺，除了古稀老人，似乎没人记得它的存在。短短几十年，一座承载着古代诗歌文明的建筑就这样消失在人们的记忆中。

黄花园大桥下，如今残留着一片不起眼的乱石滩，谁又曾想到这里曾是文人墨客饮酒斗诗的聚集地？明清时期，这里曾有一个浪漫而优美的地名——"莺花渡"。在重庆众多刚性、直白的地名中显得那么与众不同、清雅脱俗，很有江南水乡的韵味。然而，历史的海浪不断更迭，莺花渡和它的故事也渐渐消失在历史烟云中。

在我看来，古诗歌代表着这座城市千百年来的历史文化底蕴。然而，在今人眼中，重庆高楼林立、错落有致、繁华现代，似乎很少有人去关注她的历史底蕴，她的文化从哪里来。尤其是在"80、90后"群体中，他们似乎更多在意的是重庆的光鲜与洋气，而忽略了她的厚重。

某日，我和一位"80后"友人在茶叙时聊起"莺花渡"这个地方。他说道："如果你不告诉我背后的故事，我还以为'莺花渡'只是一家火锅店的名字。"

相视一笑的同时，我的内心既有喜悦，也有悲叹。

喜的是，因为记者这份职业，我有机会通过采访去深入了解众多重庆的文化"遗珠"，并且通过我的传播，让更多人了解这些历史文化，这是一种职业幸福感。作为一名重庆人，我收获了一份满足感，让我对重庆这座城市有了更深入、更立体的认识。

悲的是，在充满浮躁与快节奏的都市里，又有几个人能够有机会或者有心思停下脚步去真正深入了解这座城市的文化底蕴？一座城市经济社会的"高楼"堆叠得再高，文化底蕴才是支撑这一切的基石。地基不稳，何谈摩天大楼？

文化传承，始于人心。因此，不要让我们的文化底蕴消失于人心。

记者手记

那一刻，我对这座"诗城"充满了深深的敬畏

李星婷

此次参与采写本报"重走古诗路　思君下渝州——探寻重庆古诗地图"全媒体系列报道，让我印象深刻的有两个地方，一是奉节，二是酉阳。

奉节是我的家乡。17岁以前，我都在这个位于长江三峡的起点——瞿塘峡边的小县城生活、长大。

在我的记忆里，有高大的依斗门、古老的城墙；铺着大片鹅卵石的河坝，湍急江水上血红的落日；高高的瞿塘峡附近，还有诸葛亮摆下的旱八阵、水八阵……

但那时候，我并不知道，位于三峡要冲、古称"夔府"的家乡，是曾经来过李白、杜甫、刘禹锡、陆游、白居易、苏轼等2000余位诗人，共留下1万余首诗作，名动文坛的"诗城"！

时隔20年，身为记者的我回到生长的故乡，深入探寻这座"诗城"的前世今生。"众水会涪万，瞿塘争一门""无边落木萧萧下，不尽长江滚滚来""朝辞白帝彩云间，千里江陵一日还""功盖三分国，名成八阵图"……当手捧奉节县历时数年整理、整整九卷本的《夔州诗全集》，我发现，那些记忆中的画面，原来在古代诗人的笔下，有着多么瑰丽壮美的体现！那源远流长、博大精深的诗化形态和诗意精神，又带给这座小城多么深远的影响？！

那一刻，我对这座"诗城"充满了深深的敬畏。

但奉节诗歌的浩瀚，无疑给写作带来巨大困难。如何在仅仅一个版的篇幅内体现出奉节诗歌的精华和特点？我和另外两位同事吴国红和夏婧组成的报道小组，在宾馆里彻夜商量版面安排、写作思路。历经几天的思考后，我们决定：采用一种全新的、颠覆以前报道模式的方式，用几个主题板块，"管中窥豹"地体现奉节诗歌的精华。

还有酉阳。此前我对酉阳的诗歌、文学也并不了解。酉阳自古为荆楚要道，土家族、苗族聚居地。酉阳文脉渊源流长，仅明代至清同治年间酉阳的

乡贤及流寓文人就写下涉及今酉阳境内的古诗约2000余首。

所以难怪，我的一位同事称酉阳文学为"神秘而美丽的花朵"。

我采访的还有北碚和秀山。"江山青峰耸缙云，云来舒卷目缤纷"，背倚缙云山的北碚区，风景优美，自然人文景点众多，不少文人墨客在此留下众多诗篇；因"一脚踏三省"的地理位置秀山成为自古兵家必争之地，诞生了不少军旅诗……每个区县，因历史、地理、人物等因素不同，诞生的诗歌其特点也纷呈。

正所谓，"一方水土养一方人"，也孕育出不同的文化、诗歌。文化是民族之根，也是民族自信之魂。于是我明白，家乡奉节为什么要持续推进诗词进校园、进社区等"六进"活动；为什么一所普通中小学的墙壁上、走廊里，都随处可见学生写下的诗作……因为，那是作为"诗城"儿女应有的传承。

所幸，这样的传承，因为重庆日报的努力影响范围变得更大。持续几个月的报道，引发了巨大的关注和学界的讨论，最后开研讨会时，我们将所有报道简单成册后，有不少朋友来跟我讨要，纷纷夸赞。

遗憾的是，因自己体力、能力有限，未能行走更多的区县。今后，作为新闻工作者，我将更加努力地担负起传承优秀传统文化的使命，在行走的脚步中体验、体会各种精彩！

记者手记

巫山巫溪踏歌行

强雯　陈维灯

阳春三月我们记者一行奔赴巫山巫溪，寻访古诗路。

一路上，触目所及，都是古诗。

为何？

只见，巫山的山水世界中，山高入云天，水涌浪澎湃。山水相互作用相生相成，从而形成一种共生的美，加之附丽其上的云蒸霞蔚、瀑飞泉涌和哀猿长鸣，使巫山成为面貌独具的审美客体。我们不得不感叹，这些都是巫山诗词山水世界所特有的美学风貌。

由此，我们看到巫山古诗"山水世界"的独有的品格，它既不是谢灵运的"池塘生春草，园柳变鸣禽"一类的清新，也不同于王维的"明月松间照，清泉石上流"一类的明净，也不同于袁宏道的"云奔海立，沙走石扬"的壮阔，它的意象是层峰叠岭，高江急峡，是"地与山根裂，江从月窟来"，是"水从天上下，舟自地中来"，是"碧丛丛，高插天，大江翻澜神曳烟"的壮美。

这种山水共构多相叠合的壮美，并不是一般的山水诗所能具备的审美特征。它的独具性仍然是来自于巫山"质"的特定性。因此，唐代元稹会写下"曾经沧海难为水，除却巫山不是云"的诗句；南宋何承天会写下"巫山高，三峡峻。青壁千寻，深谷万仞"。同时，这种壮美的"山水世界"，更显示出了巫山山水的气势和力度。大江与群山的搏斗厮杀是力与力的较量。山的紧锁高压，江的百折不挠，勇往直前，使巫山千曲百回又惊心动魄。但"巫山七百里，巴水三回曲"，江山相雄的结果，是江夺路而出浩荡而去。

在巫山，我们领略了巫山神女峰的美妙，感受到古代神话之美，沿着神女峰步道向上，虽然艰难，但今天的人们已能够到达神女峰绝顶之上。而在古代，要登临绝顶，当真如苏轼在《巫山高》中所言："去随猿猱上，反以绳索试。"

苏轼在《巫山高》中细致描写了神女峰的险峻和壮丽景色，却也留下了一个千古谜题。这些谜题也许没有呈现在我们的报道中，但是却将更多古代文化的情愫留在了我们心中。

在巫溪，我们沉浸在过去巫溪盐业的辉煌历史中，在重走巫溪宁厂古镇中，体会到盐对文学的影响，也感受到"五句子"山歌的魅力。

这是一趟不虚此行的报道，不虚此行的人生之旅。

记者手记

传承优秀传统文化，匹夫有责

牛瑞祥

　　对于每一位参与"重走古诗路　思君下渝州——探寻重庆古诗地图"全媒体系列报道的人来说，如何在浩如烟海的巴渝古诗词中，选取最具当地特色、最有代表性的诗词来着墨切入都是首要解决的问题。在开州采访时，我们有幸结识了当地的文化学者，已经87岁高龄的开州诗词楹联协会会长张昌畴，在他的帮助下，我们的寻访得以顺利完成。

　　张昌畴老人一生中大部分的时间都在研究开州的历史传统文化，编著有《开县历代诗文选》《两江总督李宗羲》《进士陈昆文选》《雷子惠牛山诗选》等多部作品。随着年事渐高，老人如今腿脚已有些不便，但精神矍铄，很健谈，说到开州的古诗词时，更是如数家珍。

　　开州最负盛名的古诗词，无疑是唐代宰相韦处厚写下的总计12首的《盛山十二景诗》，加之元稹、白居易等诗坛名流纷纷写诗唱和，并由韩愈作序联成大卷，让开州之名著称于世，盛山也因之声名远播。

　　因为有了《盛山十二景诗》，这片青翠在我们眼前也变得灵动起来。只是，经过一千多年沧海桑田的变化，韦处厚笔下充满诗情画意的十二景，早已没有了最初的风貌。在登山寻访十二景的途中，若非当地学者张绪文的提醒，我们根本无法将脚下一段看似普通的石阶，跟诗人笔下的《琵琶台》联系起来。

　　事实上，不仅是我们这些外人，在开州当地，除了那些研究历史文化的学者，如今已少有人能说出盛山十二景的准确位置。张昌畴老人记得，少时游盛山，许多景致依旧在，"那时盛山还是开州老城的后花园"。不过几十年的时间，十二景中的大部分已经无处可寻，很难想象，若干年后，开州盛山的魂是否还有留存？

　　在接受采访时，张昌畴老人朴实地表示，能够潜心研究开州的历史传统文化，除了自己的喜好外，也是想为后人留下点什么，让开州优秀的历史传

统文化不至于失传。文化传承说起来好像很空泛很大，但正是众多张昌畴老人这样的学者从一件件具体的事情做起，才让优秀的中华传统文化代代相传。事实上，学习和传承优秀的历史传统文化，并非几名专家学者肩上的责任，而是匹夫有责。

记者手记

纸上得来终觉浅，绝知此事要躬行

黄琪奥

在写第一条关于沙区的稿子的时候，我就隐隐觉得，自己在结束之时，应该写下一些文字来记录这次的故事。

如今，数月过去，当我真正坐下来，静静回想我的古诗路之行时，陆游的这句"纸上得来终觉浅，绝知此事要躬行"，就蹦入我的脑海之中，巧合的是，在这次重走的过程中，我也曾走进梁平，沿着陆游曾经走过的万梁古道，看着陆游为之赞叹的蟠龙瀑布，脑海中却想着这位一心抗金的诗人，在路过此地被瀑布的美景所震撼时，是否也对自己的抗金之路充满了期待，最终挥笔写下："古来贤达士，初亦愿躬耕。意气或感激，邂逅成功名。"从而成就一番美谈。

这样的感触在古诗路采访中比比皆是，毫无疑问，古诗路的采访是艰难的，和其他采访相比，它不仅需要我们走进浩如烟海的文献中，寻觅那些隐藏在角落中的诗歌，也需要我们实地探访，了解时间给这些地点所带来的变化；更需要的是我们拿出匠人之心，对采访到的素材进行梳理，整理出一幅古诗地图，让后人能够了解这里发生的故事。

正因如此，我才会在城口采访之时，顶着三十多度

的高温走在万梁古道上，只为感受陆游曾经的足迹，也会冒着危险，穿过塌方地带，只为感受寇准曾经的足迹……

虽然有着种种的困难，但当一切完结，回忆这些采访的点点滴滴，我才发现，这些困难成为了我最宝贵的财富。毕竟，如果没有亲身感受，我又怎能感受一代权臣长孙无忌在路过被称为"蛮荒之地"的武隆时，那种难以言说的落寞，又怎能理解风光一世的女英雄在病逝之时，对家人的关心……

这些故事构成了我的整个古诗路之行。在每一篇稿件的写作过程中，我都如同在和古人对话，听他们娓娓道来自己的故事的同时，也弥补了巴渝文化的那些缺口，生成了一幅幅古诗地图。

古诗路的写作已成为过去，但古诗路的精神会一直伴随着我。

记者手记

探寻古诗地图　提升文化修养

李　珩

"峡里云安县，江楼翼瓦齐""西川有杜鹃，东川无杜鹃"……要是放在今年初，我肯定想不到自己能承担文化类的深度稿件，尤其是与古诗相关的大型策划。对我来说，此次参与"重走古诗路　思君下渝州"系列策划报道，是对自我的提升，也是一次很好的学习机会。

此次策划报道，我参与了綦江、云阳、大渡口三个区县的古诗路采访。由于平日里采写文化类稿件的机会很少，在被派到采访任务时，心里真的打了一个很大的问号。

为写好这次稿件，在采访前，我做了大量的案头工作，在网上搜集与当地有关的古诗。但按照策划，古诗是限定于辛亥革命以前的诗，由于各种原

因，网上的内容非常少，尤其是大渡口这种中华人民共和国成立后才建区的新区。

  所以在了解该区县的基本沿革后，我积极寻找当地的文联、文管所或是一些对古诗有一定研究的当地专家学者，通过实地走访、专家讲述来描绘一幅幅古诗地图。通过这些细致的工作，我也学习到大量文化知识：虽然大渡口是新区，但早在明代，杨慎就为它写下第一首诗；诗圣杜甫曾客居云阳，并留下大量著名诗篇；南宋抗蒙名将王坚曾在綦江登上观音岩赋诗一首《游观音岩》……这些知识无疑都是宝贵的财富，拓宽了我的眼界，也丰富了我的积淀。

  通过采访，我对巴渝文化也有了更深的认识：巴渝文化源远流长，因其特殊的地理位置，拥有独特的文化魅力；历史上诸多文人骚客云集重庆，为巴渝文化增添了厚重的一笔。这让我意识到，我们做的这件事意义非凡，通过我们的"脚步"，丈量出一幅绝美的古诗地图。

  当然，在采访过程中，也有一些遗憾的地方，比如綦江的进士牌坊，由于城市开发，现被搁置在室内，没作任何保护性开发，实在是可惜。

记者手记

在"重走"中寻觅新知

申晓佳

初次听到"重走古诗路 思君下渝州"的报道策划时，说实话，我感到有些惊讶——关于重庆最有名的诗句，早有李白的"朝辞白帝彩云间，千里江陵一日还"，杜甫的"无边落木萧萧下，不尽长江滚滚来"。这些伟大的作品还不够吗？再说，偌大的重庆，真的能在每个区县都寻觅到当地的古诗吗？

然而，当采访正式启动后，我发现，我最初的想法真是错了！重庆的群山和江河间，三千年的历史间，的的确确隐藏着许多优秀的古诗。它们的作者名声或许不如李杜响亮，但丝毫无损古诗本身蕴含的真挚和优美。

只是，由于此前未曾有过如此大型而系统的报道，这些古诗和作者就一直沉睡在"诗仙"和"诗圣"的光芒下。在此意义上，"重走古诗路 思君下渝州"恰恰是一次发掘地方文化瑰宝、唤醒地方文化记忆的创举。

就拿我实地采访的大足、永川两地来说，大足以大足石刻名闻天下，享誉国际；永川的茶山竹海也广为人知。但是，这两地的古诗中，除了石刻与茶竹，还记录了许多宋代至清代的生活气象、文化传统、风景名胜等。从诗中，我读到了诗人对一方土地的热爱，读到了他们远游的乡愁，还读到了他们的所思所想、雄心壮志。

例如，明代公安派代表人物，文坛领袖袁宏道，曾为大足的香海棠写下"青袍白马翻然去，念取昌州旧海棠"的诗句。其实，袁宏道从未到过大足，这是他送给一位从军的大足人的赠别诗。但，连没到过大足的袁宏道都听说过"昌州海棠"，足以说明，在明代，大足还有一样全国闻名的风物——海棠。少为人知的历史的瞬间，就这样凝固在了隽永的诗句中。

又例如，明代"三才子"之首的杨慎曾在永川石盘铺写下"不用燃双炬，天高秋月明"，这样好的月色，让杨慎诗兴大发，也让我遐想，他为什么要写这首诗？

经过查询史料，我得知石盘铺是从杨慎的故乡成都到重庆的必经之路，或许，这是他在旅途将要结束时的欣喜；或许，这是他在离开故乡远行时的怅然。无论如何，永川和石盘铺因为杨慎而留在了古诗中，也留在了明代和整个古代的中国文学史中。

类似的例子还有许多。事实上，参与报道的过程，采访、查询史料的过程，也是一次学习的过程。我们每一个人都在"重走"中寻觅到了新知。

研讨会

凸显责任担当　弘扬巴渝文化
"重走古诗路　思君下渝州"系列报道研讨会举行

2017年10月13日,"重走古诗路　思君下渝州"系列报道暨江津区诗词文化建设研讨会在江津举行,20余名专家学者及重庆部分区县文化单位相关负责人参加了研讨会。

2017年6月至9月,重庆日报推出"重走古诗路　思君下渝州——探寻重庆古诗地图"全媒体系列报道,在历时4个月的时间里,遍访重庆38个区县(自治县),梳理巴渝诗歌脉络、挖掘史料、对话专家、实地采访,共计推出约16万字的报道,引发了社会各界的广泛关注。

研讨会上,与会专家学者畅所欲言,对这组报道给予了充分肯定,认为党报在文化引领、价值引领等方面体现了作用与担当，弘扬了中华优秀传统文化，挖掘和普及了巴渝文化，并就下一步如何传承、传播重庆古诗这笔宝贵的文化财富提出了建议。

■ 价值引领，体现责任担当

这组报道充分表明重庆日报是一张具有文化自觉与文化自信、有文化特色和文化担当的报纸

重庆市地方史研究会会长周勇说："'重走古诗路'不同凡响，行程万里，搜诗近万首，满载而归，真是大手笔！为我们描绘出一幅重庆古诗的全景图，为重庆市民奉上了一份精神文化大餐。"

四川外国语大学副教授杨清波说，这组报道带着读者对重庆各区县进行了一遍人文和历史情怀的扫描，在追寻古诗人留下的足迹中穿越历史、连接时空、激活受众、倾听诉说、见证辉煌，起到了很好的传播效果。

西南师范大学出版社副社长蒋登科表示，这次采访难度很大，"要收集各个区县的古诗资料、历史文献，涉及面太宽，要通过通俗易懂的方式在大众媒体上讨论诗歌话题，不是一件容易的事情"。这组系列报道体现了重庆日报对人文精神的坚守。

市记协副秘书长朱东称，这组报道影响大，效果好，锻炼了队伍，推出了佳作，是重庆日报采访团队践行"走转改"的生动实践。

■ 传播巴渝文化，彰显城市形象

这是一份厚重的精神大餐，作为重庆人看了报道当为之振奋、激动、自豪

"看了这组报道，谁还能说重庆没有文化？这是一次精神的考古，它让我们从古诗中寻找自己的历史与来路。"三峡博物馆名誉馆长、重庆文史馆馆员王川平表示，三峡文化是长江文明中最华彩的乐章，其中就包含了诗歌。重庆为什么能吸引这么多古代诗人留下美妙的诗篇？因为这是一座充满诗情画意的城市，既热情如火，也柔情似水；既巍峨壮丽，又秀丽清新。这组报道让人读到了浓浓的爱乡之情，在古诗中领略到了巴山渝水之美。

重庆师范大学教授鲜于煌称，这组报道将重庆古诗进行了一次梳理，对传播巴渝文化起到了积极作用。"以诗圣杜甫为例，他一生创作了1400多首诗歌，其中就有400多首写于长江三峡，其夔州诗达到了杜诗的巅峰。重庆如今广为人知的许多城市品牌，古代诗人早在古诗里就有所体现，比如重庆火锅、广柑、美酒等，要好好利用这笔文化资源。"

重庆图书馆研究员王志昆说，自己参与编撰的《巴渝文献总目》历时7年而成，与"重走古诗路"报道有异曲同工之处。看了重庆日报这组报道更可自豪地说，巴渝是古代诗歌的重镇。我们有责任摸清家底，了解本地历史文化资源，利用好巴渝文化及古诗资源。

江津区文联主席庞国翔、酉阳土家族苗族自治县委党史研究室主任黎洪、奉节县文化委副主任邹伯乐、黔江区武陵都市报总编郑清华、忠县文联秘书长向金龙纷纷表示，这组报道不是简单意义上的宣传报道，而是有意义的地方历史文化、特色文化、地域文化的发现、挖掘、收集、整理行为，对助推地方文化建设、旅游发展和文旅结合意义重大。

江津区委常委、宣传部部长秦敏表示，江津的诗词文化积淀深厚。据不完全统计，有关江津的古诗有上千首。目前，江津区正在筹备创建"中华诗

词之乡"，将以本次研讨会为契机，植根江津丰厚文化土壤，弘扬优秀传统文化，涵养人们的精神世界。

■ 角度独特，体现开拓创新

选择从古诗角度切入来报道地方文化，视角独特，受众容易接受，报道具有开拓性、创新性

蒋登科认为，这组报道将诗歌文化和历史地理、民风民俗、文化传承、旅游开发等有效地融合在一起，体现了诗歌与生活、诗歌和发展等方面的关系。"这些报道将深厚的文化底蕴和当下人们的阅读习惯、精神需求有效地结合起来，使人们在轻松的阅读之中获得知识的积累和诗意的熏陶。报道还留下了不少关于巴渝古诗的未解之谜，这也正好为我们提供了进一步研究的空间。"

杨清波认为，这组报道体现了"古诗视角、重走方式、时空连接"三位一体的精心策划，在报道方式上具有新意，其巧妙之处在于以诗歌这种富有美感的载体，以记者"重走"的方式，追寻古代诗人的脚步，发掘、寻访和打捞历史文化的遗迹，并在历史的穿越中观照现实。在这样的系列化、大版面、融合式、持续性传播中，读者可以领略古诗中重庆美丽多姿的山川景

物、魅力独特的风土人情，在审美沉醉中浓郁乡愁，在古今对比中触摸沧桑，且兼具较强的知识性、趣味性，凸显了可读性、价值感和参与性，引发了市民的自发收藏、诵读、分享等行为。

三峡博物馆研究馆员黄晓东说，这组报道采用线上线下相结合的方式，联合其他社会资源，把高雅的诗歌艺术融汇到百姓的生活中，共同涵养城市文化气质。

重庆工商大学文学与新闻学院院长蔡敏表示，这组报道很好地从地理学、符号学等方面梳理了重庆古诗，阐释了重庆地理、文化与诗歌的关系，解读了巴渝文化独特的基石和内涵，非常有价值。报道同时采用了多种新媒体传播方式，加入了H5、漫画、朗诵音频等形式，扩大了影响力。

■延伸报道成果，多渠道传播优秀传统文化

要把"重走古诗路"的报道成果延续下去，进一步转化

周勇建议，编辑出版一套"1+38"的《重庆古诗读本》。所谓"1"，就是将此次的文字报道结集出版；所谓"38"，就是全市每个区县选择部分古诗，

适当加以注释和解读。建议这套读本统一版式，统一形象标识，以通俗易懂的方式传播优秀传统文化。

王川平认为，重庆日报弘扬传统文化的报道不要中断，可做相关后续报道，对重庆古代诗人、著名历史人物进行进一步挖掘。

"应该充分利用本次报道成果，做好线下推广宣传。"黄晓东说，可以广泛开展"重庆古诗词进学校"活动，用乡土教材的方式，让学生阅读和欣赏诗词，多渠道了解自己家乡的文化；还可在轻轨、地铁等交通工具里开辟"诗歌重庆"专栏，把"重庆最美十大古诗"贴在车厢里，让高雅诗词接地气。

重庆市文物局副局长白九江介绍，巴渝古诗与当代文物研究、文物保护密切相关，许多自然风物、人文建筑因为古人的吟咏而成为文物古迹，与此同时，文物中也包含了很多诗歌题刻。他建议，重庆日报在进一步开展相关文化报道时，可以将诗歌与文物结合起来，同时与市文物局合作，共同挖掘巴渝文化。

重庆演艺集团总裁朱凯表示，这组报道的推出，给予他们新的创作灵感。重庆演艺集团正在策划民族管弦乐音乐会《思君不见下渝州》，将精选报道中的古诗名篇入曲，给予全新阐释。届时，演艺集团计划联手重庆日报，将音乐会推广到古诗地图上的各区县，唤起社会对巴渝文化、对国乐的关注。

沙坪坝区文化委主任李波建议，可以把重庆日报此次选出的"重庆最美十大古诗"打造成"重庆诗词"品牌，通过举办诗词朗诵会、打造旅游文化产品等方式进行传播，形成一系列文化旅游活动。沙坪坝区准备与重庆日报合作推出诗词诵读大会。

（此文刊登于2017年10月16日《重庆日报》）

附 录

重走古诗路 思君下渝州 探寻重庆古诗地图全媒体系列报道⑪

綦江篇

綦水一带环 瀛岭千峰矗

——探寻古诗中的綦江

"兄弟进士"成美名 家训相传百余年

綦江古诗选萃

杨慎曾路过綦江写诗怀古留佳句

本土作家写歌呼应"重走古诗路"

宋代官员留下残诗传世 记录老瀛山四十八面险

重走古诗路 思君下渝州 探寻重庆古诗地图全媒体系列报道⑰

江津篇

几江形势甲川东 山势崔巍类鼎钟

——探寻古诗中的江津之秘

江津古诗选萃

黄庭坚做客江津乘兴留诗 杨贵妃吃的荔枝出自江津？

"要吃烧酒中白沙"

（重庆日报报道版面摘录）